民衆史再耕

上條宏之

〝クロムウェルの木下尚江〟の誕生

祖先・家族・開智学校・松本中学校

龍鳳書房

はじめに

木下尚江（きのしたなおえ）は、一般的に「キリスト教社会主義の思想家、社会運動家、小説家」と位置づけられている（宮地正人・佐藤能丸・櫻井良樹編『明治時代史大辞典1』吉川弘文館　二〇一一年。「木下尚江」中島国彦執筆　六九〇、六九一頁）。

木下尚江の晩年に、もっとも近くにいた早稲田大学の柳田泉氏は、尚江が到達した人物像・思想像を、「神の王国の実現を望む結果として、日本の革命を期待した。また神の王国の実現を望む限りにおいて、社会主義と手を携えた」と評価し、それを「最も簡単なる木下尚江論」（柳田泉『日本革命の預言者木下尚江論』〈以下、『預言者木下尚江論』と略す〉春秋社　一九六一年）で解読している。

作家中野孝次氏は、最終的な尚江の人物像を「自己の内的現実の出来事のほうが、社会的自己の持続性よりはるかに重大な現実であった」と結論づけ、それを高く評価している。もっとも、母を失って「全人間的な動揺」により「劇的な転機」を迎える尚江三十七歳の一九〇六（明治三十九）年以前は、「弁論と言語表現を武器として政府と戦った、最も先鋭的な思想と言葉の闘士だった」とみ、その尚江の働きも重視した（中野孝次『若き木下尚江』筑摩書房　昭和五十四年）。

こうした尚江を、「二つの姿勢」＝外へ向かう姿勢と内へ向かう姿勢の「結合」と「離反」として、尚江の「先鋭的社会的活動」と転機後の「陰者的生活」とを理解しようとした上島忠志氏の考察がある（上島忠志「尚江における『二つの姿勢』」『信濃教育　特集・木下尚江』第八八七号　昭和三十五年十月）。

開智学校生徒のころから内気な性格ながら自由民権家の演説に感動し、尚江自身の回想で、松本中学の授業「万国史」で王を処刑したイギリス清教徒革命の指導者オリバー・クロムウェルの存在を知って、王を処刑できる英国の法学を学ぶことを生涯の針路にえらんだというエピソードには、まだキリスト教との内面的出会いはなかったものの、上島氏の指摘する尚江の二つの姿勢を、内面を変えながらも、外へ向かう姿勢を卓越させたかたちで尚江が「統合」させたようすを、わたしは感得する。

尚江自身も、「二つの力」とその「抱合」がかれを支配したと語っている。ジャーナリスト林廣吉氏の質問に答えるかたちで纏められた著書『神・人間・自由』（中央公論社　昭和九年）の冒頭「神の解放」で、「僕は『神』という言葉なしには、生きて行かれない男だ」と書き出し、「自分の記憶をたどつて、遠く五六歳の頃まで行つて見ると、そこに一個病弱な『厭世兒』が、青白い顔をして立つて居る」と回顧し、つぎのようにのべている。

僕の幼童時代を見て居る故郷の老人達は、帝都の真中で臆面もなく長広舌を振ふといふ噂を聞いて、「あの無口な柔和な児が――」と皆が不思議がつたものだ。
二つの力が僕を支配した。中学時代に爆発した政治革命の野心。青年の初期に得た神様の歓喜。この黒白全く相反した二つの力が抱合して、一個の空想者夢想者妄想者を、街頭に乱舞させたものだ。

尚江の最後の病間筆録を長男木下正造が『病中吟』と題して―尚江は「病中苦吟」、のちに「病中吟」と命名しなおしていた―発行する。それに、尚江を尊敬し兄事した、新宿中村屋の経営者として知られた相馬愛蔵が、「木下尚江兄」を寄せ、つぎのように書いている（木下正造編集・発行『病中吟』自家本　昭和十二年。六頁）。

兄は我信州人に共通せる欠点であり亦長所である傲岸不屈の精神を多分に持つて居つた。彼のクロンウエルを理想的の人物として崇拝せし如きも自己に肖た処があつたからだ。早稲田に学びながら大隈侯の門を叩かず、剛腹なる星亭を筆誅し終に非命に倒れしめしも、此の性格の顕れと見る可きである。

〝クロムウェルの木下〟の存在を後世につたえた相馬愛蔵は、尚江の「性格」からクロムウェルへの崇拝を説明している。しかしわたしは、維新変革期に生まれ、文明開化期から自由民権期に小学生・中学生であって、その時代の影響を鋭敏に感得した尚江のあゆみから、〝クロムウェルの木下〟の誕生を解読したいとおもう。

開智学校・松本中学校の生活をとおして、一八八四、八五（明治十七、十八）年に、尚江が〝クロムウェルの木下〟とよばれる存在となったことは、中野氏の指摘する転機以前の「最も先鋭的な思想と言葉の闘士」となる人間的基礎を形成したことを意味した、とわたしは理解する。それを尚江の生涯のなかで忘れてはならない歴史的営為として評価すべきだと考えている。

木下尚江の評伝をまとめた山極圭司氏は、つぎのようにクロムウェルを知り、飯田事件の被告をみて尚江が変わったと、表現している（山極圭司『評伝木下尚江』三省堂　一九七七年）。

それまでは、立身の道として、医者になろうか、農業をやろうか、と思い迷っていたが、今ははっきり法律を志した。革命を志した。志が定まれば、人間は変わる。尚江は、変わった。たまたま背丈もぐんぐんのびた。おとなしく無口だった「坊様」は、乱暴な少年になり、教師に反抗する、講堂を借りては、民約論めいた演説をする。「物理や化学で天下は取れないぞ」というのが「僕の高慢の口癖となった」のである。

おおくの先学が積み重ねてきた木下尚江をめぐる研究史は、分厚いといってよいであろう。前掲中島国彦「木下尚江」は、クロムウェルの影響もふくめ、青年期までの尚江を、つぎのようにまとめている。

> 明治二年九月八日（一八六九年十月十二日）、信濃国松本天白町（長野県松本市）に、松本藩下級武士の長男として生まれる。松本の開智学校、松本中学で学ぶ。クロムウェルに影響を受け、社会性に富んだ資質を養う。明治十九年（一八八六）上京し、一時英吉利法律学校（現中央大学）に学ぶが、四月に東京専門学校（現早稲田大学）法律学科（のち法学部、さらに法律科と呼称変更）に転学。二十一年（一八八八）七月、東京専門学校法律科を卒業。成績優秀で、大隈重信夫人賞を受ける。松本に帰郷、『信陽日報』の記者となる。（下略）

紙幅の関係からか、クロムウェルの影響が突然でている。だが、文明開化期・自由民権期の開智学校・松本中学校で修学したころの尚江の生活を踏まえて、クロムウェルとの出会いを理解することが不可欠であると、わたしは考えてきた。

しかしこれまでの諸研究があきらかにしてきた、〝クロムウェルの木下〟に尚江を変貌させた開智学校・松本中学校での生活にかかわる基礎的諸事実に、重要な空白のあることが、わたしには気になってきた。

柳田泉氏も、前掲著書の「むすびの言葉」で、「資料的にいえば、尚江伝の正しい、精しい、大きな伝記はこれから書かれるべきで、今はある意味で資料の整備時代であるから、急に備わることをもとめても、それは、無理である」とのべている。

わたしは、尚江の生涯の諸事実の空白を埋めようと、尚江研究に正面から向き合う手始めに、近年「木下尚江の生い立ちと自由民権家との二つの出会い　木下尚江における少年期の思想形成についての基礎的考察」（上條宏之監修・長野県近代史研究会編『長野県近現代史論集』龍鳳書房　二〇二〇年）を発表した。

そのさいは、祖先・家族や地域のなかの幼少期の尚江、維新変革期の尚江の家族・縁者とのかかわりを考察の外（そと）においていた。とりわけ父木下秀勝や外祖父平岡脩蔵の歴史とのかかわり、さらには尚江在学当時の開智学校について新たな考察をする史料が手元になかったからである。

その後、とりわけ元松本城管理事務所研究専門員青木教司氏の教示を得て、木下家・平岡家の祖先、木下秀勝・平岡脩蔵に新たな史的考察をくわえる史料を入手できた。そこで、民衆史再耕シリーズの三冊目として、この書をあらわした。民衆的近代日本の創出者列伝のひとつの著書であることを意識して書きあげたものである。前稿「木下尚江の生い立ちと自由民権家との出会い」を基礎にしているが、再考による修正がおおく、大幅に加筆していることをお断りしておきたい。

わたしは、当初、シリーズ二冊目『『富岡日記』の誕生　富岡製糸場と松代工女たち』につづく企画に、『村の維新変革　信濃国幕府領の村民衆史』（仮題）を考え執筆してきた。だが、四冊目にそれをゆずり、木下尚江の再評価がいま重要であると考え、この著書をまず公表することとした。

ひきつづき、龍鳳書房の酒井春人氏の尽力によって民衆史再耕シリーズ三冊目を出版できることに深謝し、発行できることを喜びとする。

著　者

目次

一　木下尚江の生い立ち

1　尚江の出生と木下家の人びと

天白町にあった木下尚江の生家

木下尚江は、松本藩の下級武士の子に松本城下街の北東の端にあたる天白町一一〇番、開智学校在学時には北深志五番丁六二七番地（現在の松本市安原町に近接する、松本市北深志天白町六五二番地）と改称された地に、明治二年九月八日（西暦一八六九年十月十二日）に生まれた。満年齢で父秀勝三十三歳、母くみ二十九歳のときであった。秀勝・くみには、尚江誕生に先だち長女が生まれていた。だが、文久二（一八六二）年八月に三歳でこの年流行した麻疹で病死（戒名「玉峰童女」）している。

尚江は秀勝・くみ夫妻の次子であった。はじめての男子であったから、戸籍上「長男」である。壬申戸籍では、まず「尚衛」としるされ、

「尚江」と修正されている。尚江の生前最終執筆となる『病中吟』（木下正造編集発行　一九三七〈昭和十二〉年十一月二十四日。十一月五日午後四時四十四分に逝去した尚江が、十月一日から十一月二日まで病床で短歌と随筆で表現した著作）では、外祖父の平岡脩蔵が「尚恵」と命名したが、松本藩主の娘が恵姫であったので父秀勝が文字を変えたと書かれている。しかし、戸籍の名の「衛」と伝承の「恵」からの変更記載とは異なる。なお、尚江の妹イワは秀勝・くみの二女であったが、戸籍で長女とされる。このことは、のちにみる。

尚江の生まれた時期の木下家の家族構成について、従来の諸研究であきらかにされている諸事実を簡潔に纏めれば、つぎのようになる（千原勝美「尚江に関する三つの人事　宝栄寺・乾鍬蔵・浅野くわのことなど」『木下尚江研究　一九六一・三　創刊号』ほか）。

父　木下秀勝　天保六（一八三五）年十二月二十日生まれ　安政六（一八五九）年に二十四歳で結婚　一八七六（明治九）年長野県巡査となる。一八八七（明治二十）年十月二十一日　胃癌で死去　享年五十三（神葬祭）

母　木下（旧姓平岡）汲（くみ）　天保十（一八三九）年二月二十八日生まれ　安政六年二十一歳で結婚　一九〇六（明治三十九）年五月六日死去　享年六十八

本人　木下尚江　明治二年九月八日（西暦一八六九年十月十二日）生まれ　一九三七（昭和十二）年十一月五日死亡　享年六十九

妹　木下イワ（伊和子）一八八五（明治八）年七月二十三日生まれ　一八九九（明治三十二）年
松本町初代町長をつとめた菅谷司馬の二男菅谷徹（一九〇二年八月十九日三十歳で一女をのこして死去）と結婚、一九〇二年六月入籍　一九二九（昭和四）年
十一月十三日菅谷伊和子として死亡　享年四十九

祖母　木下（旧姓丸山）てふ（長子）文政元（一八一八）年四月十五日生まれ　一八八四（明治十七）年五月二十二日に六十七歳で死去（神葬祭）

一八七六（明治九）年一月の木下家戸籍が、日下部桂『松本平文学漫歩』（信濃往来社　一九五七年）の「戸籍から見た木下尚江」で、つぎのようにあきらかにされている（長女イワの生年月日が明治七年八月廿三日〈年と月の入れ替え〉、同七ケ月となっている。誤記として処理）。

北深志五番町六百二拾七番屋敷　士族　木　下　秀　勝
天保六年十二月二十日生
明治九年丙子一月四十年二月

当県卒　丸山彦四郎亡長女　母　テ　フ
文政元年四月十五日生
同　五十七年一月

当県士族　平岡脩蔵長女

妻　　　　　　　　ク　ミ

天保十年二月廿八日生

同　三十七年

長男　木　下　尚　江

明治二年九月八日生

同　六年五月

長女　　　　　イ　ワ

明治八年七月廿三日生

同　六ケ月

日下部氏（本名倉科平、一九一三〈大正二〉年六月十四日生まれ　日本歌人クラブ会員、木下尚江研究会会員）は、一八七六年の戸籍のほか、一八八七（明治二十）年の木下家戸籍なども調査している。それによれば、秀勝は「明治十六年四月九日」に隠居（『明治文学全集45　木下尚江集』〈筑摩書房一九六五年。以下、「筑摩書房版『木下尚江集』」と略す〉の「年譜」には、一八八七〈明治二十〉年十月二十一日胃癌のため五十三歳で死亡とのみある）、尚江が家督を相続していること、祖母てふが「明治十七年五月二十日死亡」（五月二十二日が正しいとされているので誤記か）していること、その後の戸籍で母くみ（北深志五番町七百七拾番屋敷に住んだ士族平岡脩蔵長女で安政六〈一八五九〉年十一月十一日に木下秀勝と結婚入籍）が「明治三十九年五月六日死亡」し、東京市麻布区の戸籍役場に届けだされていること、妹いわが「明治三十四年六月九日」に北海道根室郡根室町大字根室村花咲街道壱番地の菅沼徹と婚姻、寄留地の東京本郷区へ届けだされていることを、あきらかにしている（前掲『松本平文学漫歩』四二頁）。

　日下部氏は、さらに戸籍のうえでは、尚江は「明治三十四年八月二十一日」に岩手県盛岡市仁王小路三十一番戸の士族和賀潜の長女ミサ（一八七四〈明治七〉年九月十六日生まれ）と結婚したこと（前掲筑摩書房版『木下尚江集』の「年譜」には、明治三十三年の「十二月和賀操子と結婚し神田猿楽町に新居を構えた」とある）、長男正造が「大正二年十二月二十二日東京府豊多摩郡三河島村字町屋二百八十番地で出生」し、尚江四十五歳のときの初めての子であったことをしるしている。

大正初年の木下家家族　尚江・操子・純枝・正造（松本市歴史の里所蔵）

　尚江・くみ夫妻は、実子正造のほかに、山梨県中巨摩郡南湖村無番地戸主平民秋山普次郎の姪、純枝（一九〇七〈明治四十〉年九月十五日生まれ）と、一九一三（大正二）年八月九日に養子縁組したこと、正造は一九四二（昭和十七）年東京の村田てつ（一九二二〈大正十一〉年一月二十六日生まれ）

と結婚し、純枝は一九二六（大正十五）年二月十六日に新潟県長岡市東神田町二十番戸の士族伊藤亀之助の三男正治と結婚したこともしるしている。

尚江の妻ミサは、一九三六（昭和十一）年八月一日に東京市滝野川区西ケ原町六拾九番地で死亡、翌一九三七年十一月五日午前四時四十四分に尚江が妻とおなじ住所で永眠したと正造が届けでたこと、木下家の家督は一九三七年十一月十八日に正造が相続したこと、正造・てつ夫婦には、長男尚太郎（一九四三〈昭和十八〉年生まれ）があったが夭折し、長女真理子（一九四七〈昭和二十二〉年生まれ）、二男雅雄（一九五一〈昭和二十六〉年生まれ）の二子がいること、この調査時の木下家の本籍は長野県松本市大字北深志天白町六百五拾弐番地であることなども書かれている（同前四二～四三頁）。

2　木下家の『出身記』『出身書』と八代の祖先

(1)　木下家の菩提寺宝栄寺と木下家墓地

尚江は最後の闘病中の著作『病中吟』で、「わが家の先祖」と題し、つぎのように詠んでいる（三〇頁）。

大阪浪人　木下俊秀と　申すほか　わが家の先祖　知るよしもなし
しばらくは　江州の山に身をかくし　妻の家名を　名乗り居たりき

尚江が学んだ開智学校の教室には、「あらゆる社会階級の代表者を寄せ集め」た感のある生徒たちがいた。あるとき、「祖先の系図」を自慢しあうあらそいが教室内でおこった。そのとき、尚江は家で「古紙の巻いたの」を見出すと、「巻頭には木下某の名を認めて、大阪落城の折浪人して近江の僻村に退隠した由がしるしてある、予は大阪浪人の末孫であることを知った」という(「第三章　先祖問題」『木下尚江全集　第四巻　懺悔　飢渇』教文館　一九九四年。以下。教文館版全集『懺悔・飢渇』と略す)。大坂落城・浪人の記載から、尚江は木下藤吉郎秀吉を想い出し、教室で感じたコンプレックスを克服したといってよい話が、『懺悔』では回想されている。尚江は、小学生のころはまず、木下家は松本藩下級武士の系譜をひく士族の子であるとだけ考えていた。

木下家の菩提寺は、木下家から四丁ほど離れた浄土真宗の宝栄寺であった。この寺の墓地に木下家の墓がある。安原横丁の北深志町七番町(和泉町)に現存している東本願寺派の智海山無量院宝栄寺の境内は、八反五畝一二歩の広さ。この地に享保十一(一七二六)年に西安原堂町から宝栄寺は移り、新たな寺院がつくられた。この建物は、安永元(一七七二)年十二月十九日夜に火災にあったので、寛政五(一七九三)年九月に再建されている(「北深志町誌　明治九年」長野県編『長野県町村誌　南信篇』長野県町村誌刊行会　昭和十一年)。

維新期の松本藩領は、はげしい廃仏毀釈でおおくの寺院が廃されたが、宝栄寺は住僧義遵たちが抵抗し、浄土真宗であったため民衆の支持があって廃寺をまぬがれた。

和泉町にある宝栄寺

宝栄寺にある木下家墓地

木下家の墓は、宝栄寺墓地のほぼ中央にある。礎石一段、高さ六〇チセンほどの墓石三基が、東を向いて並んでいる。碑面の上部に家紋の沢瀉（おもだか）が刻まれ、三基ともに正面に「木下家之墓」、墓石南側面の下部に「木下氏」とある（前掲千原勝美「尚江に関する三つの人事」と上條の調査による）。

南側の墓石には、千原氏の調査を基本に、没年月日を戸田家史料『木下家出身記』（後述）に照合してその誤りを修正し、和年号に西暦年をくわえてしるすと、まず四代木下常左衛門冨秀と妻の、つぎの墓誌がある。

北　文化元甲子（一八〇四）年十一月晦日　妻　行年六十五歳

南　享和三癸亥（一八〇三）年八月廿五日　木下常左衛門冨秀　行年八十二歳

北側の墓石には、五代木下織左衛門秀允（冨秀養子　後掲の『出身記』には「十二月二十八日死す」とある）と妻の墓誌がある。妻の没年月日の上の「笑」は戒名の最初の文字である。

北　文化十三丙子（一八一六）年十二月廿七日　木下織左衛門秀允　行年六十一歳
南　笑天明二壬寅（一七八二）年十二月十日　妻　三代木下忠七秀政養姪

中央の墓石には、尚江の曽祖父で六代木下廉左衛門秀賢（秀允養子）と妻、長男逸蔵有信の墓誌がある。三人の没年月日の上の漢字一文字は、戒名の最初の文字である。

北　禅天保五（一八三四）年甲午十一月十五日　木下廉左衛門秀賢　行年五十四歳
中　霜文政十三（一八三〇）年庚寅九月朔日　妻　行年四十九歳
南　良文政三（一八二〇）年庚辰四月廿六日　秀賢嫡子　木下逸蔵有信　行年二十一歳

尚江の祖父は、廉左衛門秀寿といい、木下家六代の木下廉左衛門秀賢の嫡子逸蔵有信の弟で、木下家七代にあたるとみてよいであろう。秀寿の妻は河辺要右衛門妹で、尚江を愛してくれた祖母てふ（文政元〈一八一八〉年四月十五日生まれ　一八八四〈明治十七〉年五月二十二日死す　享年六十六）

は秀寿の後妻となる。

尚江の父木下秀勝（母は河辺要右衛門妹、幼名真太郎、廉左衛門秀勝、忠七郎を名乗ったのち秀勝となる。天保六〈一八三五〉年十二月二十日生まれ　一八八九〈明治二十〉年十月二十一日死す　享年五十三）、さらには文久二（一八六二）年七月十一日に三歳で死んだ尚江の姉・戒名「玉峰童女」も、尚江の実祖父母とともに、宝栄寺の木下家の墓地に葬られたが、墓誌には、きざまれていない。

『懺悔』の「第二章　死の恐怖」で、尚江は「予の八歳の時、予の叔父は僅に四十歳で死んだ。然るに其の墓の在る所が湿地なので墓の穴が濁水で溢れて居た、人夫は大きな桶を持ち来りて切りに其れを汲み出しつゝ叔父の棺を釣り下ろした」と書いている。地下水の高い扇状地末端に宝栄寺は位置しているのである。「予の叔父」とある父の弟右弥太豊正は、鷹見家の養子となり、一八七六（明治九）年十月十二日に享年四十で死去し、木下家墓地の近くの鷹見家墓に葬られたのであった（前掲千原勝美「尚江に関する三つの人事」）。

これまでの研究で、木下家の祖先について、もっとも具体的に書かれているのは、前掲柳田泉『預言者木下尚江論』で、木下家の過去帳によったとされている。つぎのようにある（一五、一六頁）。

大阪落城の後、木下左近秀俊とかいう人が江州あたり（妻の郷里かという）にかくれ、何代かの間妻の生家の姓岸根氏を名のっていた。（中略）

木下家は松本で武家奉公をする前に、美濃の加納藩に仕えていたらしく、その前には武州にもいたという。松本へ来たのは中興三代目の岸根氏で、忠右衛門秀則、この人が木下姓に改めたのである。その次の代の忠七秀政のとき、始めて松本に来たが、それは享保年代（西暦一七一〇年代）であったらしい。尚江の見た系図は今はないが、過去帖でそう推測される。尚江の父までで大よそ六代目になっている。

(2) 美濃国加納藩で戸田氏に召抱えられた木下家と長寿だった三代・四代

柳田氏が木下家過去帳でみた木下家にかかわる系譜を、わたしは松本市松本城管理事務所所蔵の戸田家史料『木下家出身記』（青木教司氏教示　以下「出身記」と略す。これは松本藩で纏めたもの）によって、木下家の明暦二（一六五六）年にさかのぼった祖先の動向から、たどることができた。それは、尚江の回想にある大坂浪人までの先祖にさかのぼることはできない。しかし、つぎのように、柳田氏が三代とみた岸根忠右衛門を、わたしは初代と位置づけ、尚江の父木下秀勝までの松本藩士としての活動の概要を、以下のようにしめすこととした。

岸根忠右衛門の由来は不明とされ、その父は名があきらかでなく、武蔵国の「東方」で死去したとつたえられるのみであることから、わたしは初代とみないこととした。

『出身記』は、戸田氏が美濃国加納藩主のときに、岸根忠右衛門が召抱えられ、明暦二年六月九日に加納（美濃国〈のち岐阜県〉厚見郡加納）で死去したことを冒頭に書き、その養子が木下庄左衛門であったとある。これにもとづき、木下家の祖先の活動をたどることとした。『木下家出身記』

は、つぎように書きはじめられている（句読点は上條。以下おなじ）。

先祖於何国被　召抱哉、由来不詳。雖然（しかりといえども）忠右衛門父、於武州東方死去之趣云伝。忠右衛門無嗣以庄左衛門為養子。明暦二年丙申六月九日於濃州加納死。

のちの戸田家に、木下家から提出した『木下家出身書』は、七代木下廉右衛門秀寿が書きはじめたとおもわれる記録である。それには、戸田氏に召抱えられる直前の木下家が、岸根忠右衛門にはじまったところに焦点をあて、つぎのようにわかりやすくしるされている。

岸根忠右衛門
先祖何国ニ而御当家江被　召抱候与申儀、相知不申候。乍然（さりながら）、忠右衛門親者、武州東方ニ而相果候由申伝。且忠右衛門実子無之間、庄左衛門養子ニ仕置候処、明暦二丙申年六月九日病死仕候。

木下廉左衛門秀寿（七代）が書いた『出身書』の表紙と冒頭（松本城管理事務所所蔵）

初代岸根忠右衛門にはじまる岸根姓から木下姓に改めたのは、木下弥八郎秀実の五男木下庄左衛門秀則が忠右衛門の養子となってからであった。この木下秀則を二代目としてよいと、わたしは考える。『出身書』には、木下弥八郎秀実の「木下家」にかかわる記載はない。

二代の木下庄左衛門秀則（初苗字岸根　後改木下　改名忠右衛門　妻樋口久左衛門女）は、明暦二（一六五六）年八月九日、濃州加納藩主戸田光重の足軽に、七石五斗二人扶持で召抱えられ、その後に組目付となった。延宝六（一六七八）年十一月十五日、世倅祖大夫と入れ替えを仰せつけられ、三石五斗一人扶持にさがり、太鼓御門定番となった。元禄三（一六九〇）年十一月九日に加納で死去、享年七十七とある。

以下、三代から七代にあたる尚江の父秀勝までの木下家先祖の足軽就任、扶持、おもな履歴、死去などをまとめてしるしていきたい。三代～七代の呼称は、上條がつけたものである。

なお、戸田氏は、まず元和三（一六一七）年、上野国高崎から七万石で松本にはいり、寛永十（一六三三）年に播磨国明石にうつった。明石から美濃国加納、山城国（のち京都府）紀伊郡淀、志摩国（のち三重県）荅志郡鳥羽と転封し、享保十一（一七二六）年三月二十一日にふたたび松本に六万石で入封した。三代木下忠七秀政は、加納・淀・鳥羽を戸田氏のもとに転じて松本にはいったことになる。

三代　木下忠七秀政（初名祖大夫　改菊右衛門　又改忠七
母樋口久左衛門女　妻中村紋右衛門姉）

岸根庄左衛門秀則嫡子
濃州加納　藩主戸田光永（みつなが）
延宝六（一六七八）戊午年十一月十五日　竹中才兵衛正利組足軽　**五石二人扶持**
年月不詳　光規様屋敷普請方勤め褒美金二〇〇疋
元禄十二（一六九九）己卯年八月晦日　前年以来の江戸屋敷普請方の勤め、褒美金三〇〇疋くださる
同十五（一七〇二）壬午年八月廿九日　山田五郎左衛門方など組目付となる
享保十（一七二五）乙巳年正月十一日　本丸普請小奉行勤め金一〇〇疋くださる
同十三戊申年四月　日光社参お供
同十六辛亥年十月十一日　艶姫京都へ発駕につき小頭代官としてお供、今城様青銅五〇疋頂戴
同十七壬卯年正月十一日　前年冬の京都へのお供に褒詞
元文六（一七四一）辛酉年正月十五日　御殿御番を仰せつけられる
延享二（一七四五）乙丑年八月二日　倅（冨秀）と入れ替えで休みとなる
同年十二月二十六日　信州松本で死す。享年八十四

八十四歳となって、四代となる冨秀と勤めを入れ替えとなった。延享二年に八十四歳で没しているから、生年は寛文元（一六六一）年ころと推定できる。十七歳から八十四歳まで長寿を活かして働いたのであろう。しかも、美濃国加納、山城国淀、志摩国鳥羽と戸田氏について転居し、京都での仕事を経験、享保十一年三月に松本にはいった。木下家は、三代秀政の代にほぼ二〇年、はじめて松本で暮らしたことになる。戸田氏のもと、八十歳代に代替わりがあったことに注目しておきたい。

四代の木下常左衛門冨秀から、松本藩のみでの勤めとなる。生年は推定で享保七（一七二二）年とおもわれ、二十三歳で五石二人扶持の足軽に就き、八十歳まで勤めている。父忠七にちかい長寿で、五七年ほど働いたとおもわれる。

四代　木下常左衛門冨秀（秀政嫡子　初名半次郎　改定九郎　又改忠七　又改常左衛門
　妻倉田順右衛門女　母中村紋右衛門女）

木下忠七秀政の子
信州松本　藩主戸田光雄（みつを）
延享二（一七四五）乙丑年八月二日　増田万右衛門正茂組足軽　**五石二人扶持**
同三丙寅年四月七日　鉄炮百撃おこなう

延享四丁卯年六月十八日	江戸台所帳付年番となる
同五戊辰年六月十日	右年番免ぜられ、翌十一日褒詞
寛延二（一七四九）己巳年十月廿七日	預所御用となる
宝暦三（一七五三）癸酉年十月九日	御持筒となり、一石加増定給
同六丙子年五月廿五日	発駕の藩主光雄参府のお供をつとめる
同七丁丑年七月	藩主戸田光徳（みつやす）入部のお供をし、松本へ帰る
同八戊寅年十二月廿四日	光徳病気の旨江戸から連絡あり伊勢神宮へ代参、九年正月七日帰松、御祓差上げ
同十庚辰年四月廿一日	高野山に壷春院（光徳　宝暦九年正月八日卒　享年二十四）の遺髪を納めるお供に出立、五月十九日帰松
同十二壬午年正月十五日	御内役に就く
明和三（一七六六）丙戌年正月十五日	御内役を免ぜられる
同年六月	御留守詰で江戸へ赴く
同四丁亥年六月七日	前年以来、愛宕下御屋敷普請出役に褒美銀子二両、同月帰松
同五戊子年十二月十五日	倅清次（五代木下秀允となる）が勤功により三

同六己丑年四月廿一日	**石二人扶持**で「若殿様御附」に召出される
同七庚寅年正月十五日	徒士に取り立てられ郡所手代役となる
安永八（一七七九）己亥年正月十五日	**定給八石**となる 前年夏の池田組満水の節、たびたび出役出精により目録一〇〇疋下し置かれる
同年二月廿六日	藩が町役所を止め郡役所と一緒にしたため町方兼帯となる
同九年十一月廿五日	千国番所詰となり勤めよろしく酒代をうける
天明二（一七八二）壬寅年正月十五日	去夏大町組寄夫普請で出精、御意を得
同三癸卯年十一月廿五日	上武両州の徒党百姓佐久郡へ来た節、人数差出し御意をうける
同四甲辰正月十五日	年来の勤めよろしく**一石加増**
同五乙巳年二月朔日	御中小姓に取り立てられ郷目付役となる
寛政二（一七九〇）庚戌年正月十五日	戸田孫十郎知行所濃州中西郷村百姓家作出入りの内済に出精、御意をえる
同年九月廿八日	三溝村安養寺一件につき西御門跡使者広瀬右近と掛合い内済、西御門主より御目録三〇〇

疋くださる

寛政三辛亥年三月五日
同七乙卯年正月十五日
郷目付免ぜられ、筒持改支配となる
御小姓に取り立てられ六九摺米所上役となる
同十二（一八〇〇）庚申年正月十五日
老年のため摺米所を免ぜられ御広間御番となる
享和二（一八〇二）壬亥年正月十五日
八十歳になり御広間御番を免ぜられる
同三癸子年六月三日
「六九御摺米所勤務中勤務不行届」で五月十八日に「遠慮」となり、この日に免職
文化元（一八〇四）甲子年十月十三日
老年のうえ病気となり扶持給差上げを願い、同十六日御免　隠居　同月晦日松本で病死
享年八十二（宝栄寺墓誌は享和三年八月二十五日死す　享年八十二）
四代木下冨秀は、藩主戸田光雄、光徳、光和（みつまさ）（宝暦九〈一七五九〉年三月四日藩主を継ぐ）の藩主三代に仕えた。とくに光徳の病気祓いの伊勢神宮代参、遺髪を高野山に納めるお供をしていることが注目される。また、出入り（訴訟）の内済に働いている。寛政二年の美濃国戸田孫十郎知行所の百姓家作の出入りの内済、筑摩郡三溝村（いまの松本市波田町三溝）の安養寺と西本願寺との一

件の内済などが、経歴のなかで特筆されている。

(3) 農村支配の基本的行政にたずさわった五代・六代

五代木下織左衛門秀允は、安江家からの養子で、その妻も冨秀の養女で、両もらいであった。文化十三(一八一六)年に六十一歳で死去しているから、宝暦五(一七五五)年に生まれたと推定できる。明和五(一七六八)年十二月に養父在勤中、三石二人扶持で「若殿様御附」で召し出されている。十三歳ほどであった。三代・四代と異なり、農民支配の郡役所勤務がおおく、「畝引」「畔竿改め」(いずれも農地などの測量)、「取箇(年貢)組立」「新開」などにおおくたずさわっている。川除(かわよけ)(河川工事)・堰普請や山方吟味役元伐奉行としても藩から評価された。

五代　木下織左衛門秀允(冨秀養子　安江弥三兵衛陳央二男　初名清次
母倉田順右衛門女　妻冨秀養女　後妻石原和右衛門幸充女)
信州松本　藩主戸田光和(みつまさ)(藩主：宝暦九年三月四日～安永四年七月廿四日)
明和五(一七六八)戊子年十二月十五日　賄支配に召出され三石二人扶持　慶十郎(戸田光悌(みつよし))御部屋勤めとなる
安永三(一七七四)甲午年十一月十五日　慶十郎様江戸へ行く(十二月九日藩主)
同四乙未年二月十五日　殿様部屋住みの勤めで一石加増

安永四年六月十五日　吉江助右衛門組となる

同六丁酉年正月十五日　一昨年以来の摺米方の出精で褒美銀子二両くださる

同八己亥年正月十五日　前年秋の池田組寄普請に小奉行で出精、銀子二両くだされる

同年二月朔日　郡同心となる

同年同月廿五日　町役所と郡役所が一緒になり町方兼役となる

天明四（一七八四）甲辰年正月十五日　前年秋畝引方で出精、銀子二両くださる

同六丙午年正月十五日　畔竿改めに出精、銀子二両くださる

同七丁未年正月十五日　畝引方・取箇組立に格別出精、銀子三両くださる

同八戊申年正月十五日　前年夏に在方有穀改めに出精、褒詞をうける

同年二月三日　池田組林中村新開に出精、褒詞をうける

寛政元（一七八九）己酉年正月十五日　本覚院様（則道了規本覚院と号した藩主戸田光悌（みつよし）安永六年六月廿一日卒）以来出精につき切米**五斗増**　ときの藩主は戸田光行（光悌養子　天明六〈一七八六〉年八月十四日就任）

同二庚戌年正月十五日	前年夏の満水の節出精、褒詞をうく
同年四月廿日	領分征矢野村・野村ほか三か村組合、預所二子村の川除寄普請　目論見より辛労、普請中も出精につき銀子二両くださる
同五癸丑年正月十五日	立田村郷蔵地所替えに出精格別銀子三両、畝引方出精に褒詞、温堰寄夫普請出精褒詞
同六（一七九四）甲寅年十二月廿八日	願いにより**織右衛門と改名**
同七乙卯年正月十五日	年来の勲功で表支配徒士に取立てられ定給、当夏江戸出府お供
同八丙辰年三月朔日	郡方手代役となる
同九丁巳年正月十五日	小宮村寄夫川除普請に出精で「御意」をえる
同十三（一八〇一）辛酉年正月十五日	町方への御頼金仰せつけ出精のうえ飯田村・中曽根村・下堀金村地改めが抜群のため**一石加増**
享和二（一八〇二）壬戌年正月十五日	前年格別の高入に辛労抜群で**二石加増**
文化二（一八〇五）乙丑年正月十五日	高入があり検地帳残らず仕立て村方に渡す骨折りに御意をうける

文化三丙寅年正月十五日
年来の勤功で中小姓に取立て定給をくだされ、山方吟味役元伐奉行兼帯となる

同五戊辰年正月十五日
江戸御屋敷普請に諸木元伐出精につき肴代銀十朱くだされる

同六己巳年正月十五日
出精相勤め抜群につき**一石加増**、時節柄その後に実施

同七庚午年正月十五日
前年仰せ渡された一石加増くだされる

同九壬申年正月十五日
年来減木が多いところ格別の心付けで減木を少なくしたこと抜群で「御上下」をくだされる

文化十三（一八一六）丙子年六月廿八日
武具方吟味役に転役

同年十二月二十八日
信州松本で死す。享年六十一

つづく六代も殿村家からの養子で、五代とおなじくおもに郡役所の仕事をになった。天保五（一八三四）年に五十四歳で死去しているから、安永九（一七八〇）年生まれと推定される。郡方同心に召抱えられたのが文化二（一八〇五）年であるから、二十五歳と遅かったことになる。

六代　木下廉左衛門秀賢（秀允養子　殿村友右衛門政泰二男　初名富三郎

母石原和右衛門幸允女　妻秀允女）

信州松本　藩主戸田光壮（光年の初めの名）

文化二（一八〇五）乙丑年正月十五日　郡方同心に召抱えられ**四石二人扶持**

同四丁卯年七月五日　願って**廉左衛門と改名**

同五戊辰年六月十五日　前年の川々満水の水防に出精し「御辞」をうける

同六己巳年正月十五日　川々満水の水防出精につき酒代銀二朱くだされ、前年の村々からの寄夫願い出による普請方の理解行き届き銀子二両くだされる

同七庚申年正月十五日　堀米村地改めに出精格別で銀子三両をくだされる

同年十二月五日　千国番所勤めで運上銭のために働き酒代南鐐一片くだされる

同十二（一八一五）乙亥年正月廿八日　年来出精につき**五斗加増**　時節柄名目

同十四丁丑年正月十五日　北栗林村・長尾分地原改め、小倉村地改めほかで多分の益をもたらす抜群の働きに**五斗加増**　時節柄名目

文化十四年正月十五日　高出組堅石町村荒地起返し、島立組一五か村損免引き年限などにつき理解させ年限内起返しで益をもたらせたとし銀子　二両くだされる

同年十二月朔日　柏原村ほか九か村組合新堰普請永く辛労の勤めで銀子二両

同年同日　勤功で**世倅（逸蔵）郡同心**に召抱えられ**四石二人扶持**

同十五戊寅年正月十五日　前年成相町村・牧村地改め高入りもあり骨折り抜群で一〇〇疋くだされる　また新堰順水に心を用い、前年の旱魃にも順水して故障がなかったので酒代銀五朱くだされる

文政二（一八一九）己卯年正月十五日　踏入村ほか四か村地改め、倉田新切計り　代上々で格別の高入りもあり働き抜群で籾五俵くだされる

同年二月廿五日　手代勤定補欠となる

同年十一月十五日　年来の勤功により徒士に取り立て手代勤めとなる

文政三年庚辰正月十五日　文化十四年の五斗加増を実施

同年四月廿六日　**世倅逸蔵が松本で病死**

同五壬午年正月十五日　文政三年の格別の御高合せ抜群につき「御上下」くだされる

同六癸未年正月十五日　前年御高入りの働き抜群につき「御上下」くだされる

同七甲申年正月十五日　出精相勤め、そのうえ御領分両波田村と預所の地境の出入りを内済にいたした働き格別で二〇〇疋くださる

同八（一八二五）乙酉年六月九日　抜群の出精で相勤め、このたびの御治城一〇〇か年の祝いに籾子を相納めた形が宜しかったと「御上下」をくだされる

同九丙戌年九月朔日　昨冬「百姓騒動」のせつ出精相勤め「御意」をうける

同十丁亥年十一月十八日　「勤筋不法」で手代勤めを免じ宛行六石で賄所支配を仰せつけられたが、伺いをし同廿三日免ぜられる

文政十一戊子年三月廿五日	当夏殿様参府のお供詰となり当分定給となる
同年五月八日	人数減でお供詰を免ぜられる
同年八月十九日	当分詰松平豊前守に貸し出される
同年九月十一日	松本発足同十六日江戸着　廿一日松平豊前守より知行所代官役を仰せつけられる　勤務中給人格　年内手当五両　陣屋詰
同十二（一八二九）己丑年正月廿五日	松平豊前守から前年以来知行所掛を仰せつけられ、昨年特に不作であったが、出精相勤め取立て方行届き、また高増となり満足したと「御上下」と録三〇〇疋くだされる
同年六月十五日	松平豊前守から、この春以来知行所取調方に格別出精骨折り高増となったことに満足され「御羽織」と白銀一枚を頂戴
同年六月廿一日	内用で江戸出立、同廿五日松本帰着
同十三（一八三〇）庚寅年正月十五日	松平豊前守から、知行所に長く相詰め諸帳面取調べ行届き高増にもなり仕事が抜群であったと「御肩衣」と目録五〇〇疋頂戴

同年二月朔日　江戸出立同七日松本へ帰着
同年三月七日　松平豊前守から知行所取調方出精に相勤めたと「御上下」頂戴
同年五月九日　**世倅忠七郎が足軽**　吉江助右衛門組へ召抱えられ**四石二人扶持**
天保四（一八三三）癸己年正月十五日　前年冬以来金部屋補欠となり出精につき目録一〇〇疋くだされる
同五甲午年十一月十五日　信州松本で病死す。享年五十四

文政十一（一八二八）年から同十三年にかけて、松平豊前守知行所の代官役に「貸出」となり、知行所領の高をふやしたことを評価されたところに、木下秀賢の特色があった。

嫡子逸蔵が、文化十四（一八一七）年十二月に推定十八歳ほどで郡同心に召抱えられたのに、文政三庚辰（一八二〇）年四月二十六日に二十一歳で病死しており、一〇年後にその弟忠七郎（尚江の祖父）が足軽に召抱えられている。

⑷　若くして死去した祖父秀寿（七代）と父秀勝（八代）の江戸・大坂・京都・安芸への征長従軍

尚江の実祖父にあたる木下秀寿（幼名忠七郎）は、木下家七代にあたるが短命であった。

秀寿は、弘化三（一八四六）年には御番所掃除奉行をつとめ、嘉永元年五月一日には日光往来のお供を出精相勤めたと褒詞をうけるなどしている。嘉永五年二月には一月のお屋敷内出火に消防方として骨を折ったと、これまた褒詞をうけている。熱心に仕事を遂行していた。しかし、安政三（一八五六）年七月十六日、享年四十六で急逝してしまう。

四十六歳の没年から秀寿は文化七（一八一〇）年生まれと推定され、二十歳ほどで足軽に召抱えられ、郡所同心として二六年間ほど働き、倅忠七郎が召抱えられて四年半ほどで急逝した。

七代　木下廉左衛門秀寿（秀賢の子　初名忠七郎　母秀允女　妻河辺要右衛門妹）

信州松本　藩主戸田光年（みつつら）

文政十三（一八三〇）庚寅年五月九日　足軽　吉江助右衛門勝摸組　**四石二人扶持**

天保四（一八三三）癸巳正月十五日　郡所同心として出精、庄内村博打をした者を召捕り銀子三両うける

同六乙未年正月十五日　五か年皆勤で酒代三朱くだされ、郡所同心として出精抜群で銀子二両頂戴

同七丙申年正月十五日　穀留中御番押通した四六人へ金二両二分くだされる

弘化三（一八四六）丙午年六月十六日　番所を故障なく運営し褒詞いただく

嘉永元（一八四八）戊申年五月朔日　日光往来のお供出精相勤め褒詞いただく
嘉永五壬子年二月廿一日　一月廿四日先月廿四日の御屋敷内出火の消防方骨折に褒詞をうけ、この春以来番所掃除奉行出精につき銀六両くださる
安政三（一八五六）丙辰年七月十六日死す　享年四十六

七代秀寿の嫡子で八代にあたる木下秀勝が尚江の父である。廃藩置県で松本藩が解体し、松本県・筑摩県・長野県と支配の機構が急速に変わるなかで、身の処し方も大きく変わっていったとおもわれる。しかし、そのなかでの処遇はあきらかでない。

だが、つぎにみるように、木下廉左衛門秀勝（天保六〈一八三五〉年十二月二十日生まれ）は、松本藩最後の藩主戸田光則（みつひさ）のもと、嘉永三（一八五〇）年二月五日に足軽として松崎金左衛門尚志組へ四石二人扶持として召抱えられた。十四歳のときである。

また、のちにみるように、秀勝は幕末維新期の政治的激動のなか、幕府の「長州征伐」におもむいた松本藩主に従って江戸・大坂・京都から安芸にまで出向くなど、佐幕の立場で変革の波を大きくかぶっている。

八代　廉左衛門秀勝（秀寿嫡子　初名真太郎　母河辺要右衛門妹）

信州松本　藩主戸田光則
嘉永三（一八五〇）年庚戌二月五日　足軽　松崎金左衛門尚志組　**四石二人扶持**
詰中表御門番出精につき酒代銀五朱くだされ、
同五年壬子二月廿一日
殊に親廉左衛門への仕向け宜しいと相聞き、
仕事も抜群につき三貫文くださる
明治三（一八七〇）年十月九日
「御家事」仰せ付けられる。

父秀寿が駆け付けた嘉永五年一月二十四日のお屋敷内出火には、すでに足軽に召抱えられていた秀勝も駆け付けて骨折り、褒詞をうけている。この年には、秀勝は表御門番の仕事に出精し、「殊ニ親廉左衛門仕向けられ宜しきの筋相聞き、旁抜群ニ付」と、親との関係が宜しいなどと評価され、三貫文をうけている。同六年癸丑九月廿五日には、藩主の道中お供をし、少ない人数で暑いなか出精で金一〇〇疋と酒をいただいている。同七年甲寅正月十五日には、産所帳付差の勤務が格別であったと御詞をうけた。

秀勝の勤務は江戸表でも、しばしばおこなわれた。安政元（一八五四）年には、七月十八日「江戸裏御門番出入御世話茂有之候処、出精ニ付、銀五匁被下置」た。また、つぎのように江戸表へ出かけ、アメリカ船来航にも覚悟をもって対処した事実が、秀勝の働きのなかに書きとめられている。秀勝十八歳のときのことである。

○同年（安政元年）四月朔日於江戸表、亜墨利加船及異変　御出馬被遊候節者、快御供可仕覚悟ニ候処、異国船退帆候上者、軍神御送祭旁被御祝候ニ付、詰御頭内田元右衛門孝睦殿　御前江被召連候処、気然能出陣之及覚悟一段之事ニ思召候旨、御意之上御酒御肴被下之。

アメリカの黒船来航にともなう異変に松本藩主が出馬したさいのお供を、秀勝が覚悟をもっておこなったところ、黒船が去った。そこで、松本藩の面めんが「軍神御送祭」で祝いをし、詰めていたお頭の内田元右衛門孝睦の前で、秀勝がとくに強い出陣の覚悟をみとめられた。それが藩主にも届き、「御酒・御肴」をくだされたとある。

父秀寿が急逝した安政三丙辰年の翌四（一八五七）年には、つぎのように親へのつかえ方を評価された記述がみえる。秀勝が親とおなじ廉左衛門を襲名したのが、安政四年四月朔日、二十一歳のときであったこともわかる。

○安政四丁巳年正月十五日　家事取治行届、殊ニ親江事方宜、旁奇特ニ付、青銅壱貫文被下置。
○同年四月朔日　**廉左衛門**与**改**。
○同正月十五日　七ヶ年皆勤ニ付、銀弐両被下置。
○同年六月七日　殿様御供出精ニ付、於江戸表拾四人江金弐百疋被下置。

安政五（一八五八）年正月には、秀勝は江戸裏御門番を熱心につとめている。万延二（一八六一）年正月には、前年の「武芸出精奇特之旨、御者頭ゟ辞被　仰渡」とあり、武芸＝炮術にもみるべきものがあったもようである。元治元（一八六四）年になって、浦賀表警衛のさいの炮術が出精であったと、吉武助太夫組として金一両をうけている。

文久二（一八六二）年閏八月には、江戸表で勤めていた秀勝はイギリス公使館のあった東禅寺の警護にあたり、文久三年三月には、松本から江戸へ出て相州浦賀表警衛におもむき、同年十月までいて十一月はじめに松本へ帰っている。つぎのとおりである。

○同年（文久三年）三月十三日、異変ニ付、一ノ先ニ而出府被　仰付松本出立、同九日江戸表江着。
○同年相州浦賀表御警衛被為蒙　仰候ニ付、五月十日江戸出立、同十二日彼地江着。
○同年十月　蒙　御免十一月四日帰松本。

元治二（慶應元〈一八六五〉）年になると、江戸・浦賀への進発のみであった前年とはちがい、江戸・大坂・京都・芸州への進発に、秀勝も従軍した。元治二年五月二十四日の松本出立から慶応二（一八六六）年十一月十五日の松本帰着まで、ほぼ一年半の幕府による、いわゆる「長州征伐」への従軍であった。

○同年（元治二年＝慶應元年）四月十八日再　御進発御供被為蒙　仰候ニ付、五月廿四日江戸
表江出立。
○同閏五月六日御供ニ而江戸出立、六月廿八日大阪（ママ）表江着。
○同年十月十日御上京被遊候ニ付御供被　仰付、同十一日京都江着、同十九日御供ニ而同所出立、
同廿日大坂表江着。
○慶応二丙寅年六月廿八日御備替ニ而、芸州に討手被為蒙　仰候ニ付、七月廿六日御本陣御庭江
被召出、　上意之上於御本陣御酒被下置。
○同廿八日御供ニ而大坂出帆、八月五日播州室津ニ而船中軍目付松平舎人様附被　仰付、同廿日
芸州江着。同九月御陣払ニ付、船中右御同人様附被　仰付、同廿八日同所出帆、十月十四日
大坂表江着。
○十一月朔日御供ニ而大坂出立、同十五日帰松本。
○同三丁卯年三月三日御出陣御供ニ而、在坂永く艱難致、芸地御進之節、風波之難ヲも不厭、
気(き)然能(ぜんよく)遠路往返共骨折、風儀不取乱、気格ヲ立、其上軍目付様御用相勤、旁抜群ニ付、**五斗**
御増被下、御渡方之儀者、御時節柄故、追而可被下候。

慶応二年六月七日幕府軍艦が萩藩領の周防大島郡を砲撃したことからはじまった「第二次征長の役」への参戦に、松本藩も七月二十八日から駆り出された。松本藩兵の一人として、木下秀勝

も軍船で大坂・播州室津・芸州（広島藩主浅野茂長が萩藩攻撃のうえで重要な役割を担っていた）へとおもむいたのである。

徳川慶喜が征長の続行をひるがえし、九月二日には幕府・萩藩の休戦協定がむすばれて、幕府軍が撤退をはじめた。これにともない、松本藩も「御陣払」となったのであった（『近代日本総合年表』岩波書店　一九六八年）。

この第二次征長への従軍に秀勝たちが経験した「艱難」にむくいるため、慶應三年三月三日、松本藩は木下家の石高を五斗増しとした。

さらに、藩政改革に取り組んだ松本藩は、慶應四年三月に兵制の第一回改革をし、足軽組五小隊、持筒組一小隊などを編制している。秀勝は、同年正月には銃隊調練的撃ちをおこなっているが、七月七日には「御持小筒組」へ転勤になり、勤役中一石増となった。五斗増にくわえ一石増となったが、まだ名目にとどまった。さらに三か月後の同年十月朔日には「御家流書記役」となっており、あいつぐ改革の渦中で木下家は落ち着けない日びを送っていたとおもわれる。

幕府政治の終焉がきまり、譜代大名松本藩の廃藩は近づいていた。木下家の『出身記』の「廉左衛門秀勝」の項は、「明治二己巳年三月三日一昨年被　仰出候御加増御渡方被下」と加増がようやく実現したとある。その記事につぎ、明治二（一八六九）年十月九日に「御家事」、さらに「御家吏」を仰せつけられたとある。秀勝三十三歳のときで、この明治二年九月八日に尚江が生まれている。これ以後は、『出身書』の記述が途切れ、空白に転じている。

従来、秀勝は明治四年の廃藩置県で藩知事戸田光則がその職を解かれ、東京永住の身となって松本を去ったとき、従って東京へ出たが、間もなく戸田の好意を謝して帰郷したといわれてきた（前掲山極圭司『評伝木下尚江』）。明治二年に「御家事」から「御家吏」に任ぜられたことが、戸田光則の東京永住で東京に赴くことになったと、考えられる。尚江が乳飲み子の時期、父秀勝は松本にいなかったことになる。

松本藩の版籍奉還は、明治二年二月二十五日に信濃国諸藩の最初に戸田光則から上表され、六月十九日に許可されていた。松本藩の藩政改革は、第一回の明治元年十月～翌二年二月につづき、第二回が明治二年六月におこなわれ、版籍奉還後の明治三年十月の第三回藩政改革で、藩治職制の抜本的改変があった（松本市編集・発行『松本市史　第二巻歴史編Ⅲ　近代』平成七年）。

しかし、これらあいつぐ藩政改革のなかでの木下秀勝の処遇は、いまのところあきらかでない。また、尚江の父への回想のなかに、父が維新変革のなかで佐幕派松本藩の果たした戦いに従軍したことを聞いたふうがあらわれていない。

3　尚江の母くみの生家平岡家と従兄の百瀬興政

(1)　尚江の回想のなかの外祖父平岡脩蔵

尚江は、母方の祖父平岡脩蔵が松本藩の会計をつとめ、追放の処分で松本藩領外「三里の白河」

に住むこととなった。だが、手習師匠のほか「多技多芸の人」であったため「茶道・華道」にも造詣が深かったとする母からの聞書、みずからの脩蔵との親密な交渉を『病中吟』にしるしている（前掲『病中吟』五六〜五九頁）。

尚江は「母方の祖父」と題し、外祖父平岡脩蔵について母から聞いた「お伽話」をまず回想し、ついで尚江が直接親しくした外祖父の事ごとを、『病中吟』に書きのこしているのである。

まず、「お伽話」はつぎのようなものである。

母方の祖父は旧藩の会計を勤めたり。我は母のお伽話に藩の財政を学びたり。石高六万石に六万両の負債、節約の余地もなく増税の余裕もなし、只借金して目前をつくろふ。他の役所は年末休みになれど、会計は夜を日に次いで未だ結了せず。夕方不意に早籠にて木曽の深雪を飛ばし、祖父は屢々大阪へ赴きしとぞ。大名の借金を聞きし時、幼き我は不思議の思ありき、茨城、鴻池など大阪の金貸業者の名を母の口より学べリ。

この幼時に母から聞いた「お伽話」は、つぎのような外祖父の浪人生活の記述に転換する。

祖父追放の処分を受け、領外三里白河の里に浪宅を営みぬ。

祖父は手習師匠となり、祖母は縫物の師となりて、村の子女の世話をなせり。祖母は面長にて身の丈も高かりき。祖父は多技多芸の人にて茶道華道には造詣頗る深かりしといふ。難境に処して風雅を忘れず、常に旅の画家などを留めて花鳥風月を楽しめりとぞ。

○

我が母も両親に従ふて白河に住めり。婚約の我が父は暇ある毎に訪ひおとづれたりき。

（中略）

明治の維新に遭ひ祖父は浪宅をたゝみて故郷へ帰れり。

我に尚恵と名づけしは祖父なり。藩知事の一女に恵姫といへるがありけるが、父は「恵」の一字を諱みて「江」に改めぬ。臍の緒には尚恵と記してあり。

○

祖父は白髪を総髪にたばね短き切下げになし居れり。

祖父は顔円く肩広く背丈低き方なりき、調和円満の福相にて、会話に豊かなりき。

我が母は祖母には似ずして祖父に似たり。

祖父は胃を患ひ常に牡蠣の粉を服用せり。

祖父は年中茶店の袋を貼り、祖母は常に足袋を縫ひ居たりき。

祖父の室に入れば一種瀟洒の気に打たれき。

○

我れ中学一年の冬祖父病の枕につきぬ。

一日学校より帰り来れば母在らず、韋駄天の如くに馳せて病室に入れば、大きなる炬燵に祖父は愛用のラセ板の羽織を着し、祖母に抱かれて眼を閉ぢてあり。傍に母ありて「たつた今、落命」と告ぐ。我は声を立てゝ泣けり。

天に仰ぎ地に俯して声かぎり泣き叫べり。涙は熱湯の如くに湧き溢れぬ。

其の夜白河の里の教へ子たち、手に〳〵提灯振りて来り弔へり。行年七十有二。

尚江が中学一年（一八八一年）の冬に平岡脩蔵は逝去し、享年七十二。推定すると、脩蔵の生年は文化九（一八〇九）年ころとなる。この平岡寺子屋師匠が逝去した夜に、師匠の死去を聞きつけ、「白河の里の教へ子たち、手に〳〵提灯振りて来り弔へり」と、尚江は回想している。

この「白河」とは筑摩郡白川村（東筑摩郡豊丘村をへて、いまは松本市）のこと。旧長野県庁文書「教育沿革誌之部　乾　学務課　明治十八年」には、つぎの寺子屋が慶應二年の調査結果として、弘化二（一八四五）年に創置され、明治三年までつづいたとしるされている（長野県教育史刊行会編・発行『長野県教育史　第八巻　史料編二　明治五年以前』昭和四十八年。八三〇頁）。

支配所名　所在地名　教員　生徒数　創置年代　廃止年代　塾主氏名

諏訪靫負頭領地　白川村　男一　男五〇　女二〇　弘化二年　明治三年　平岡清三

塾主名は平岡清三とある。設立の弘化二年が正しいとすれば、のちにあきらかにする平岡脩蔵が松本藩から追放され白川村に移住した嘉永三（一八五〇）年より五年はやい。しかし、平岡脩蔵が身を寄せた百瀬家が寺子屋を営んだ歴史をもつこと、塾主の「ひらおかせいぞう」は「ひらおかしゅうぞう」と紛らわしい名の音なので、同一とみなすことができそうである。

白川村で寺子屋を営んだ百瀬善兵衛家には、文化八（一八一一）年二月に門弟中が立てた筆塚があり、瓊林院入口に現存している。文字の揮毫は御家流の能書家木沢楠道によった。

百瀬善兵衛は、弘化二（一八四五）年正月二十六日に白川村の名主に就いている有力農民であった（『弘化二乙巳年正月　御用諸事日記控』）。

筑摩郡白川村百瀬家の筆塚
（青木教司氏提供）

のちに精しく考察するが、平岡脩蔵が徳左衛門久知のとき、松本藩を追放され、旗本諏訪氏知行所管轄の筑摩郡白川村にうつり住んだとき、善兵衛家に住み世話になっている。善兵衛家の営んだ寺子屋の歴史はあきらかになっていないが、それを引きついで平岡脩蔵が教えたと考えられるのである。

すなわち、平岡清三を師匠とする寺子屋として一八八五（明治十八）年に調査・記録された寺子屋が、尚江の外祖父平岡脩蔵がかかわった寺子屋であったと、わたしは考えている。寺子屋所在地が、白川村の「諏訪靫負頭領地」であり、現在までの調査でこの村唯一つ記録されている寺子屋であることにも、注目しておきたい。

前掲日下部桂氏の調査では、尚江の母くみ（天保十〈一八三九〉年生まれ）の父平岡脩蔵は長野県士族で、北深志五番町七百七番屋敷に住んだ。氏のみた戸籍は一八七六（明治九）年のもので、脩蔵は隠居していて、くみの兄平岡久（権右衛門久明）が家督を相続していた。天保四（一八三三）年生まれと推定される平岡久は、旧松本藩士族箕浦家から妻を迎え一男二女があり、一九〇四（明治三十七）年十一月十日死去し、享年七十一。久の子標があとを継ぎ、松本市横田の林昌寺に墓がある（山田貞光「小説『墓場』の研究」『木下尚江と自由民権運動』所収、二〇二頁）。

脩蔵の妻しゅん（文化十四〈一八一七〉年十一月九日生まれ　松本の士族柳野俊左衛門長女）も、一八七六年の戸籍では、年齢五十九年二か月で生存中であったと、日下部氏があきらかにしている。

尚江の母くみの実父平岡脩蔵について、尚江から聞き取りをした早稲田大学教授柳田泉氏は、つぎのように書いている（前掲柳田泉『預言者木下尚江論』一六頁、一八、一九頁）。柳田氏は、「尚江晩年の『約十年間に近く彼の隔意のない知遇をうけ』」、『生ける木下尚江』からその魂のいぶきを感じ、それを吸収し、同時に客観的に確実にとらえることのできる特別の存在」と評価されている尚江研究者である（稲垣達郎「木下尚江研究案内」『明治文学全集　月報7　第四三巻附録　昭和四十年八月』）。

母は久美子、汲子というのが正しいと聞いたが、本姓は平岡氏、同じ松本藩士（同じ下級武士という）平岡徳右衛門（ママ）の娘である。父の平岡老人は、文筆の才もあり、経済の働きもあって、戸田家には相当役にたつ人物であったらしい。しかし、それだけに敵もあったか、維新前に戸田家からは扶持放れとなり、浪人となっていたという。この人は尚江の精神的成長に大きな影響を与えている。（中略）

彼にいろいろな物語をしてきかせるのは、主として祖母のお長と、母の実父平岡老人であった。平岡老人は、そのころ（注：尚江の小学生にはいる前）木下家に近いところに住まっていたので、尚江はよく遊びに出かけたものらしい。老人の物語は、いかにも武士が武士の子に話すらしく、古今東西の英雄豪傑の伝記とか逸話とかいうものであった。本来彼と同族である太閤秀吉の一生なども、まずこの老人の口から聞いたものであった。（中略）

なにぶん過渡期の時代であったから、子弟の教育を小学校の新教科だけにまかせておけず、大ていはそのほかに漢学と算盤の勉強をさせたものである。尚江も平塚老人の意見で、夕方から別に算盤塾に通わされた。漢学は、小学校もやや上級になったころ（十二三のころという）、自分から進んで漢学塾に行った（名があったかどうか、聞きもらした）。それは、小学校に出る前にやるので、朝早くから通ったものである。ここも中学まで数年つづいた。

尚江が幼少期から中学生になるまで、外祖父平岡脩蔵からえた教示や知見は、家族から離れた地に赴任して働くことのおおかった父秀勝より大きかったと、尚江自身が回想しているのである。

(2) 松本藩に召抱えられた平岡家のあらまし

平岡家が戸田氏に提出した『出身書』は、初代平岡権右衛門久貞が、元和三(一六一七)年三月七日に松本に入封していたときに戸田氏の足軽になったところから書きはじめられている。信濃国安曇郡小倉村(のち南安曇郡科布村・三郷村をへて安曇野市)にいた平岡佐内久元の惣領権右衛門久貞(妻市場幸平定吉女)が、寛永五(一六二八)年戊辰七月、松本藩主戸田康長に召しだされ、足軽となった。久貞が死去したのは、戸田氏が濃州加納藩主であった明暦二(一六五六)年丙申五月十八日で、享年七十三であった。

以降、尚江の外祖父にあたる七代徳左衛門久知(平岡脩蔵)までの平岡氏祖先は、つぎのようになっている。

二代　平岡権右衛門久則(久貞嫡子　妻大橋郡左衛門元久女)
　濃州加納藩主戸田光重(みつしげ)
　承応三(一六五四)年甲午五月十五日　足軽(十八歳)　宛行知れず
　貞享五(一六八八)年戊辰七月廿七日　濃州加納で死す　享年五十九
三代　平岡徳左衛門正忠(松野善右衛門正吉二男　久則養子　妻久則女)

濃州加納藩主戸田光永（みつなが）
天和二（一六八二）年壬戌八月十五日　足軽（二十四歳）　**五石二人扶持**
享保三（一七一八）年戊戌九月五日　組目付となる
同九（一七二四）年甲辰九月十五日　足軽小頭・定給となる
同十五（一七三〇）年庚戌四月十八日　信州松本で死す　享年七十四

四代　平岡間左衛門久勝（正忠嫡子　初名久蔵　改徳左衛門　又改間左衛門
妻佐藤弥次右衛門貞重女）

城州淀藩主戸田光熙（みつひろ）
正徳元（一七一一）年辛卯七月十八日　足軽（十七歳）　**五石二人扶持**
享保三（一七一八）年戊戌六月朔日　江戸表御人割勤めとなり一〇〇疋いただく
享保九（一七二四）年甲辰三月廿一日　江戸御蔵詰となり一〇〇疋いただく
享保十三（一七一九）年戊申六月十八日　足軽小頭となる　**三石一人扶持増**
延享四（一七四七）年丁卯四月　閉戸
同年五月廿一日　足軽小頭を免ぜられる
寛延三（一七五〇）年庚午十月廿一日　奥方吟味役となる
宝暦十一（一七六一）年辛巳十二月十二日　御殿番となる
宝暦十二（一七六二）年壬午五月十九日　信州松本で死す　享年六十九

五代　平岡徳左衛門久誠（久勝嫡子　初名嘉助　改惣太夫　又改徳左衛門
妻成瀬染右衛門診政女死　後妻八田順右衛門正真養女
実小澤萩太夫信雅妹）

信州松本藩主戸田光雄（みつお）

延享五（一七四七）年戊辰正月七日　足軽（十七歳）　**五石二人扶持**

宝暦六（一七五六）年丙子七月二日　藩主光雄の四女鈨姫上京の節に道中御宿割を勤め今城中将定奥卿より銀子二両賜る

宝暦十二（一七六二）年壬午五月五日　御買物方となる

同十三年癸未十月九日　光和様婚礼の義御用勤めとなる

同年十月十二日　江戸御留守居支配の小頭となる

明和九（一七七二）年壬辰三月十五日　小細工所添役となる

安永四（一七七四）年乙未正月十五日　藩主光悌（みつよし）に徒士に取り立てられ小細工奉行となる

安永七（一七七八）年戊戌六月十五日　剣術師範出精の旨の御意を蒙る

天明元（一七八一）年辛丑七月十五日　二本榎下屋敷御殿修復御用を勤め、自弁流棒術指南の御意を蒙る

天明五（一七八五）年乙巳正月廿八日　自弁流棒術師範と御中小姓となる（五十三歳）

寛政三（一七九一）年辛亥八月十六日　小細工所勤めを免ぜられ御厩勤めとなる
寛政六（一七九四）年甲寅二月朔日　江戸詰を免ぜられ御在所で勝手から御厩勤めとなる
同年二月二十一日　家内召連れ江戸から松本へ帰る　御持筒頭支配となる
寛政十二（一八〇〇）年庚申七月廿九日　信州松本で死す　享年六十八

六代　平岡徳左衛門久敬（久誠嫡子　妻関口重右衛門清武女）
信州松本藩主光行（みつゆき）

寛政六（一七九四）年甲寅二月朔日　足軽（十七歳）**四石二人扶持**　御賄所支配御在所勝手勤めとなる
同年二月廿一日　江戸から松本へ帰り御賄所御番となる
同八（一七九六）年丙辰十二月朔日　御台所帳付となる
同九年丁巳正月十五日　御用人部屋勤めとなる
同十二（一八〇〇）年庚申十一月廿五日　父久誠の死去で定給となる
文化二（一八〇五）年乙丑三月十日　御用蔵定役となる
文化四（一八〇七）年丁卯二月廿五日　軍用小頭となる
同五年戊辰正月十五日　御台所勤め以来の勤功により藩主光行より御

文化十三（一八一六）年丙子三月朔日　徒士に取り立てられる

文政元（一八一八）年戊寅正月十五日　御大工奉行となる

去年天守普請懸勤め、入用を格別減らし、仕事抜群に藩主光年より御中小姓に取り立てられ**一人扶持増**となる

文政三年庚寅正月十二日　願って左内と改名

文政五（一八二二）年壬午十二月廿一日　保高御宮修復の節出精につき御賄代南鐐一片くださる

同年十二月廿三日　願って徳左衛門と改名

文政八年乙酉正月十五日　御賄手代となる　定給直し

同年五月廿二日　松本発、同廿六日江戸に至り、江戸詰となる

天保五（一八三四）年甲午五月廿二日　江戸で死す　享年五十六

木下家の祖先が信濃国の外から松本に来住したのにたいし、平岡家の祖先は安曇郡小倉村の出自であった。また、平岡家は江戸勤めが、戸田氏が淀藩藩主のころの四代久勝、松本藩主光雄や光悌のころおおかった。

木下家・平岡氏が足軽として戸田藩主と主従関係を維持し、仕事を展開したようすからうかが

えることは、藩政が、足軽の基本的報酬を大きく増すことなく、働きに応じて「御意」「褒詞」や金銀の授与、さらには勤務場所の変更をおこなう、いわば能率給を加味して、転職によって働きをうながしたところに特徴をみることができる。

尚江は幼少のころ母からの「お伽話」で、祖父脩蔵のころの出来事として、「公卿の貧乏と狡猾とを我また母に学べり。藩主の姫君今城といへる公卿に嫁げり。祖父は会計として京都に従へり。姫君に宛てられたる住居、屋根は漏り畳破れて苔むせり。急に修繕して僅かに住み得るやうになれり」云々の話を聞き、その結論が「公卿と結婚する事は、大小名には破産の基なりといふ」ものであったとある（前掲『病中吟』五七頁）。

これは、祖父脩蔵のときでなく、五代徳左衛門久誠の経歴から、そのころの出来事の伝承であったと考えられる。

母の幼少期の尚江への「お伽話」は、平岡家の祖先にまつわる話であった。

(3) 平岡家六代徳左衛門久知（のちの脩蔵）の働き

平岡家および平岡脩蔵が、もと松本藩士で会計を担当していたが罷免され、寺子屋師匠になったとするのが、尚江の回想によってこれまでの通説とされてきた。

山極圭司氏は、平岡脩蔵が尚江の名付け親であったこと、脩蔵と名乗る前は徳左衛門久知といい、松本藩表勘定所書役をつとめ、活躍・昇進もしたが、嘉永三（一八五〇）年に騒動に連座し追放処分にあい、「領外三里の白河の地にひきこもる身となった」と書いている（前掲『評伝木下尚江』九頁、一三頁）。

藩主戸田氏のもと、松本藩は天保九（一八三八）年以降、表勘定所は城内から六九町に移転し、山林や紺屋・綿打・商札・薬種堀・質営業の許可などをあつかったという。この史実は、木下家の伝承にみえる藩会計そのものに脩蔵がたずさわったということとは異なる（信州大学教育学部歴史研究会編『信州史事典1　松本藩編』名著出版　昭和五十七年。四五頁）。脩蔵が「騒動に連座し追放処分にあった」という嘉永三年は、天保十年生まれの娘汲が十一歳のころで、「それが彼女の生涯の長い苦難のはじまりであった」と、山極氏はみている。なお、山極氏は平岡氏の寺子屋師匠について言及していないし、くみの兄が松本藩足軽として生活していた事実もしるしていない。

山極氏の記述をくつがえす根拠史料を、わたしは青木教司氏の教示で知ることができ、山極氏の記述が松本藩での脩蔵の働きの、ごく一部にとどまることがわかった。そこで、松本藩追放処分とそれ以後の平岡脩蔵のうごきを、まずあきらかにしておきたい。

平岡脩蔵が松本藩から追放されたのは、嘉永三（一八五〇）年十一月二十六日であった。脩蔵の長男平岡権右衛門久明（明治の改名で平岡久となる）の経歴から、それを知ることができる（『平岡権右衛門久明出身書』）。

嘉永三年二月　庚戌歳二月二十二日、於信州松本　光則様御代藤井甚助正敏組御足軽被召抱、

四石二人扶持被下。

同三年十一月廿六日、**親徳左衛門**（注：平岡脩蔵のこと）**不調法之訳有之**、御追放被　仰付候ニ付、

御扶持給**被召放**。

同七甲寅年二月廿九日、光永院様御年回忌御赦ニ付、足入御免被　仰出。

安政二己卯年十月廿九日、萬彭院様御年回忌ニ付、御赦被　仰出住居御免。

同年十二月廿一日、若殿様御誕生ニ付、御赦**被　仰出帰参**、木村弥兵衛組正斐殿組被　仰出。

長男権右衛門は足軽として松本藩に召抱えられていたが、父脩蔵が「不調法」で追放となったとき、扶持給召放ちの憂き目にあった。しかし、藩主戸田氏の年回忌二回、若殿誕生での「御赦」一回で、松本藩の足軽として帰参できている。

いっぽう、平岡脩蔵は浪人となり、筑摩郡白川村に住み、やがて旗本諏訪氏の百瀬知行所一千石（筑摩郡白川村・上瀬黒村・下瀬黒村・竹淵村・百瀬村）の百瀬陣屋に雇われ、維新変革のなかを足軽格で働くこととなる（後述）。

平岡氏先祖のあゆみをすでにみたが、六代平岡徳左衛門久敬の嫡子が、のちに脩蔵と改名する平岡徳左衛門久知（初名徳太郎　改健之助）であった。平岡氏七代にあたる。

平岡徳左衛門久知の『出身書』は、つぎのように書きはじめられている。父久敬が存命中で、久知の石高・扶持は、書き出しには書かれていない。

文政七（一八二四）甲申年十月九日　御作事所御帳付見習被　仰付。

久知が、松本藩主戸田光年（みつつら）から、勤功により「四石二人扶持被下　御賄所支配」に任ぜられたのは、文政十二（一八二九）戊丑年正月十五日とある。翌文政十三庚寅年十二月二十五日には翌春交代の江戸詰となった。天保二（一八三一）辛卯年三月十三日に江戸詰のため松本を出立、十九日に江戸着、翌壬辰年三月二十一日に江戸出立、二十六日に松本帰着までのあいだに、「江戸詰中出精抜群」と金一〇〇疋をくだされている（天保三年三月十八日）など、評価される働きをした。江戸詰は、ほかに天保七年正月二十五日から翌八年正月七日までの一年間にもあった。

さらに、天保十二（一八四一）辛丑年二月朔日「殿様御参府御供詰被　仰付、同年四月十六日御賄支配仲間目付被　仰付、同年七月三日　泰応院様御葬式御用懸被　仰付、同年九月十六日御供ニ而松本出立、同二十二日江戸至、同年十一月九日御葬式御用懸出精ニ付、蒙　御褒詞」といった重要な役割もになった。江戸詰中の天保十三壬寅年七月二十一日には「若殿様御用」もつとめ抜群であったと「南鐐三片」をうけ、翌二十二日江戸出立、二十六日に松本へ帰着した。

この天保十三年は、久知にとって節目の年となった。年来の勤功で藩主光庸から「御徒士」に取りたてられ、「御蔵手代」となり、十一月朔日に徳左衛門と改名したいと願ったところ、十二月朔日に襲名をみとめられている。

そのあいだの父久敬の死去した天保五（一八三四）甲午年の十月朔日には「定給五石」となっている。その後にも加増が二回あった。

まず、天保十一（一八四〇）庚子年三月九日に、年来出精相勤め、それも抜群につき五斗加増となる、ただし「時節柄」すぐには実施できなく、渡し方は追っておこなうとされた。さらに翌天保十二辛丑年正月十五日に、改革筋出精の働きで、殊に産物取締がよろしく、骨折り抜群について「五斗加増」とされた。これも、松本藩財政がむずかしい「時節柄」から、渡し方は追ってとされた。

天保十一年に加増とされた「五斗」は、天保十四卯年正月二十五日に渡し方が実現した。つづいて、久知には面目を施すつぎのような出来事がつづいた。

> 同年（天保十四年）八月十日　親徳左衛門着継蒙　御免置候御紋服幷拝領仕置候御上下着継奉願候処、九月廿一日　六ツ星御紋御上下着継蒙　御免。
>
> 同十五辰年正月十五日勤筋出精、先年被　仰出候御改革御観矩此節相立、殊御為金も有之、旁抜群ニ付**定給被下**、御金部屋勤被　仰付幷先年被　仰出候**加増御渡方被下**、同年二月廿日御賄下部屋兼務被　仰付、同年七月十八日御取　立　御礼申上披露　近藤孫太夫正基。

親久敬が着継した御紋服と久知が拝領した六ツ星御紋の上下を着継ぐことを許され、「御金部屋勤」となり、天保十二年に加増となった「五斗」も渡されている。「不行届」で追放される前年の嘉永二（一八四九）年と追放の嘉永三年についても、つぎのように「抜群」と評価される仕事ぶりであったことが『出身書』にみえる。

嘉永二酉歳（ママ）正月十五日勤筋出精御当借金之分及皆済、旁抜群ニ付、御上下被下。
同三戊年正月十五日勤筋出精御臨時多之処、骨折抜群ニ付、御上下幷二百匹被下。

しかし、『出身書』の記載はこれで終っている。この年十一月二十六日に徳左衛門久知は、「不調法之訳」があったと追放される。嘉永三庚戌年二月二十二日に藩主戸田光則のもと、藤井甚助政敏組足軽として召抱えられており、四石二人扶持であった嫡子権右衛門久明も召放しとなったのであった。

尚江が、外祖父についての母くみの「お伽話」に出てくる京都や大坂での勤務は、久知にはなかった。江戸詰はしばしばあり、松本藩の財政困難は「御金部屋」勤務などで、久知（のちの脩蔵）が承知していたことは、以上みてきた『出身書』からうかがえる。

(4) 尚江の伯父平岡権右衛門久明（のちの久）の維新期の働き

平岡徳左衛門久知（のちの脩蔵）の嫡子権右衛門久明（のちの久）は、親の「不調法」で、いったん松本藩から嘉永三（一八五〇）年十一月廿六日「御扶持給」を召し放たれたが、安政二（一八五五）年十二月廿一日に帰参がかなったことは、さきにみた。

帰参してからの平岡久明の松本藩での働きをみておきたい。

安政二年十二月に帰参した久明が属した組を纏めていた木村弥兵衛が安政四年五月十四日に死去したので、久明は同年七月二十一日関孫兵衛組にうつり、郡所の仕事に就いた。町所が町方支配をしたのにたいし、郡所は地方（じかた）支配を担当し、町所・郡所ともに六九町東端に役所があった。郡所には、宗門方・値段方・川除方（かわよけかた）・公事方・廻り方などの分課があり、久明は川除方の仕事をおもに担当している（前掲『信州史事典1　松本藩編』四四、四五頁）。「川除（かわよけ）」とは、堤防を強固にして、川水の流れを安定させる河川工事のことである。

まず安政六（一八五九）年正月十五日に、「郡所差中郷原町村組合普請等之節出精ニ付銀弐両被下」と、筑摩郡郷原（のちの広丘村郷原、いまは塩尻市）の町村組合普請での働きが評価されている。翌七年正月十五日には、「一昨年已来引続武芸出精」と、武芸がすぐれていたと銀一両をくだされたこともあったが、主として郡所の川除堰普請小奉行としての仕事がつづいた。そのなかで、和宮下向（孝明天皇の妹和宮親子内親王〈落飾して静寛院宮〉が将軍徳川家茂との婚儀のため江戸へ下向）の「御道固め」や和田峠樋橋戦争（水戸藩尊王攘夷派浪士が信濃国内を通過して一橋慶喜のいる京都をめざし、元治元〈一八六四〉年十一月二十日、松本・高島両藩連合軍を和田峠で敗走させた戦い）は、藩をあげて取り組んだ非常事態への対応であった。

万延二辛酉年正月十五日　「川除堰普請小奉行出精ニ付辞被下」、銀二両くださる
文久二壬戌年正月十五日　「烏川満水之節水防出精ニ付辞被下」、七か年皆勤につき銀子二両
　　　　　　　　　　　　くださる
同年二月十六日　　　　　「和宮様御下向之節御道中御道固被蒙　仰」、「御固メ向御行届之
　　　　　　　　　　　　趣被為蒙　御沙汰御出精之義何連茂（いずれも）骨折出精ニ付御詞被下」
同三癸亥年正月十五日　　「川除堰普請小奉行出精ニ付御詞被下」
同年十一月十五日　　　　「郡御同心被　仰付」
元治元甲子年十一月十五日　「当分陣場奉行都筑三大夫殿手附被　仰付」
同年十二月十六日　　　　「去月廿日　和田峠樋橋戦争御帰陣為御祝御酒被下」
元治二乙丑年三月十五日　「川除堰普請小奉行出精ニ付御辞」

平岡久明は、当分陣屋奉行に属し、水戸天狗党との和田峠の戦いに参加したのである。

またつぎのように、義弟木下秀勝とおなじく、幕府による「長州征伐」に慶應元年四月から従軍し、江戸・豆州三島・遠州浜松・大坂・芸州へと進んでいる。将軍徳川慶喜の征長取り止めにより、慶應二年九月はじめに芸州で陣払いとなり、船で大坂までもどり、大坂から同年十一月十五日に松本へ帰っている。この征長従軍により、平岡家は名目一石増となったが、実際には、

藩の財政難から実現された記録がない。

慶應元乙丑年四月～六月

「元治元甲子年八月　長防為　御征伐　御進発被遊候ニ付殿様御後備被為蒙　仰、依之慶應元乙丑年四月廿九日松本出立、五月五日江戸御屋敷矢之倉江着、同年壬五月六日　殿様御出陣ニ付東海道通り御供仕、六月五日御坂越為御祝豆州三島宿ニ而御酒被下。同十八日御川越為御祝遠州浜松宿ニ而御酒被下。六月廿八日大坂生玉御陣所江着候処、　殿様御道中御機嫌克御着陣御祝ニ付御酒御肴被下置。」（九月廿五日～十月廿九日大坂～松本～大坂）

同二丙寅年正月七日

大坂で越年、六月廿八日芸州討手に備替、七月廿九日大坂出帆の「殿様御供」、室津から先番をつとめ、八月十二日芸州渕崎村御陣所へ着。九月五日「暫時休兵」となり、九月廿八日御陣所出帆、諸御陣所跡小荷駄取締を担当、十月二日御用相済み同所出帆、同月十六日大坂着、十一月朔日陣払い、凱旋となり御供、道中軍夫取締を担当、十一月十五日松本着。

慶應三丁卯年三月三日

出陣中に小荷駄方として長く在坂、持場に詰め、芸州への往返の「風波之難儀をも気然宜、格別出精抜群ニ付、**壱石御増**被下」（増

石分の渡し方は時節柄追ってくだされる）

慶應四戊辰年正月十五日

「温堰（ぬるせぎ）堀廻し御高入も有之、其外廉々骨折ニ付銀拾三両被下」
「川除堰除普請小奉行出精ニ付御詞」
「御堀浚人足遣ひ方骨折出精ニ付銀弐両被下」

平岡権右衛門久明は、征長従軍から帰ったのちは、また郡所の川除方をおもに担当した。

平岡久明の松本藩での働きは、慶應四（一八六八）年の松本城の堀浚いでの骨折を評価された記事を最後に、記録が空白となっている。

(5)　母くみの甥百瀬興政が尚江の生涯を見届ける

前掲『明治文学全集45　木下尚江集』の尚江にかかわる年譜では、「母方の祖父平岡脩蔵は藩の政治事件に連坐して追放されることもあったというある種の政治的手腕と、豊かな教養の持主であり、その二女のくみは剛毅忍従の女性であった。甥（注：くみの弟興一の二男）に尚江より一歳年上の百瀬興政がいた」と纏められている（四〇九頁）。

このくだりは、尚江の外祖父の仕事ぶりを孫の百瀬興政、のちの松本市長などの業績とかさねて評価したふうが、わたしには感じられる。

百瀬興政は、尚江の母くみの弟平岡興一が、平岡脩蔵の妻（尚江の外祖母）しゅんの生家である

尚江の従兄百瀬興政

士族柳野俊左衛門家を嗣ぎ、興一の二男興政（明治元年九月十二日〈一八六八年十月二十七日〉生まれ）が、松本町甲九百十六番地内八番地の百瀬元章の養子に一八七三（明治六）年三月二十三日に四歳で入籍した。興政は尚江の母の弟の子であるので、尚江より一歳年長の従兄となる。一八八三年三月二十日に養父元章が隠退したので百瀬家を相続、その直後の三月二十八日、下伊那郡飯田町中村舎純の長女なかを（明治三年十月十一日〈一八七〇年十一月四日〉生まれ）を妻に入籍している。妻なかをは、一九一〇（明治四十三）年二月十九日に享年三十九で死去、翌一九一一年六月二十日に小県郡神川村大字国分九一一番地四方浩の叔母、父四方謙良・母とくの三女ゑい（一八七五〈明治八〉年生まれ）と婚姻し入籍する。

尚江は『病中吟』で、「百瀬興政君夫妻」と題し、一九三七（昭和十二）年に松本市第二代市長となったばかりの興政について、つぎのような人物像を描いた（前掲『病中吟』五二、五三頁）。

百瀬興政君は　我が従兄
養父の意に従つて　医者となる
八月子（やつきご）の小粒種
今は見あげる　魁男子

一見すれば　寡言朴訥
起つて口を開けば　電光の弁
医者を罷めて　政治に入る
今年七十の　新市長

いっぽう百瀬興政は、『病中吟』に「木下尚江と予」と題し、「昭和十二年十一月十八日、松本市にて」と書いた文を寄せている。

従兄弟数人ありし中に種々の関係にて少年時代より恰も兄弟の如き観あいしものは予と尚江との両人にて有りき。予の年歯は氏に兄たりし事一年なり。予の松本中学校に入るや氏亦一年後れて同校に入り、予の笈を負ひて東京に遊学するや氏も亦一二年後れて早稲田専門学校に学べり。

而して予の郷里に於て医業を開くや氏復た帰りて弁護士試験準備に努め、傍ら信濃日報に筆を執るに至り、次で弁護士を開業するや、日夕往来して政治を談じ社会を論じ加之家事をも相語るを常とせり。氏の筆陣は鋭利にして氏の言論は暢達せり。予は思想の上に寧ろ氏の感化を受けたるもの多かりき。（中略）

氏は由来直情径行の人間ながら老母在世中は極めて孝心深く、従つて自己の心情を出来る丈抑制したるやに見受けらる。斯くして社会運動の第一線より退きたる氏は自己独自の信仰に陶酔して悠々たりしもの、如く、予が俗物として実際的に社会の改善策を話する度毎に、氏は只莞爾として二三の評語を加ふるのみ。

一昨年秋上高地の紅葉を楽みに帰松したるを最後とし、口に唱へながら故郷を訪ふ機会なかりしは、蓋し氏が多少の心残りならんと推するのみ。更に氏の風采に接する能はざる今日となりては、一種の寂寥を感ずる自然の情切なるを覚ゆ。（下略）

尚江より一歳年上の百瀬興政は、尚江の幼少期から晩年までの生涯をとおして、尚江と交流し、互に許し合うところのあった従兄であった。

4　外祖父平岡脩蔵の旗本知行所勤務と維新変革体験

(1)　浪人平岡徳左衛門久知が旗本諏訪氏知行所に雇われる

平岡脩蔵は、維新変革期に、筑摩郡百瀬村など五か村千石をおさめる旗本諏訪氏知行所の百瀬陣屋に雇われ働いていた。

そのうごきが、青木教司氏の論考「一千石旗本領の終焉―信州筑摩郡諏訪萬吉郎百瀬知行所の場合」（『信濃』第七四巻第一号　二〇二二年一月）であきらかにされた。これは、平岡脩蔵の経歴にかかわる通説を大幅に修正する史実といってよいと、わたしは考えている。

すでにふれたように、平岡徳左衛門久知（改名後は脩蔵）は、嘉永三年十一月に松本藩から追放され、長男でべつに足軽として松本藩の仕事についていた平岡権右衛門久明の「御扶持給」もいったん召放ちとなった。久知の追放理由である「不調法」の具体的内容はあきらかでない。

追放され、高島藩から分知された旗本諏訪氏知行所百瀬陣屋の支配地筑摩郡白川村に住んだ浪人平岡徳左衛門は、松本に知人がおおくあったことや役人に必要な知見・能力から、百瀬陣屋に足軽格で雇われることとなり、活躍する（松本市松本城管理事務所研究室蔵の百瀬陣屋文書〈近藤家文書〉は、青木教司氏の教示によって見ることができた）。

百瀬知行所の門と屋敷　屋敷林は 2016 年４月ころ切り払われ いまはない（2011年12月13日青木教司氏撮影）

百瀬陣屋文書『安政四丁巳歳正月　御用諸事日記控』には、旗本諏訪氏の出た高島藩諏訪地域が、安政四（一八五七）年五月に大雨がつづき、「連日之天気合ニ而、甲州通り出水、橋々落、通行当分之内難相成（あいなりがたく）」なったことが特筆されている。そのときに、平岡徳左衛門が登場する。

旗本諏訪氏は、筑摩郡五か村の知行地と江戸知行地があり、諏訪氏が住む江戸屋敷と百瀬陣屋との相互連絡が欠かせなかった。五月十五日に江戸への連絡を実施しようとしたが出来ず、水害は復旧せず、二十日になっても飛脚を江戸に送れなかった。そこで、「松本幸便」の有無とその活用の詮議をおこなうこととした。五月二十一日、白川村の啓兵衛が松本に出向いて「江戸表江之幸便」をさぐっている。しかしみつからず、「此上者松本御家中出府之仁詮議」をすることとし、白川村在住の「浪人平岡徳左衛門手引ヲ以、詮議致候得者相分可申」と平岡を通して打開する方法をこころみることに決した。すると、五月二十二日には効果があらわれ、平岡徳左衛門から、つぎのように連絡があった（句読点は上條）。

五月廿二日　昼前南風　終日曇

一　白川村ニ罷在候徳左衛門ゟ明廿三日、松本飛脚発足之者両人有之。此者江相頼、江戸親類之方江慥ニ届、其上御屋敷へ差下候江者取計候段申遣し候。

平岡の手引きで、百瀬陣屋の江戸屋敷との連絡が可能となったのである。このことを契機に、平岡の役人としての才能が評価され、八月には百瀬陣屋の「下役」に「足入」として採用されることとなった。

百瀬陣屋と江戸屋敷との飛脚詮議で知られた平岡徳左衛門は、八月一日（薄曇　西風）に登用される。すなわち、翌二日に代官所が幕府領中之条役所（いまの埴科郡坂城町）と掛け合う「新兵衛一件」

の案件に対応しなくてはならなかったが、代官近藤多門が七月中から「腫物気ニ而罷在、出張難相成」事情があった。そこで「差向御雇ニ而白川村江罷在候松本浪人ニ者候得共、当時足入ニも相成、差支無之、当分ニ付平岡徳左衛門差添遣ス」こととなったのであった。平岡が、下瀬黒村名主忠左衛門と新兵衛一類惣代百瀬村式右衛門を引連れる「差添」役とされたのである。百瀬陣屋の研究にくわしい青木教司氏の教示によれば、新兵衛一件とは稲荷山宿出身の笠井新兵衛の退任にともなうものであったという。

安政四年八月五日には、「当一日中之条役所江下役ニ雇分平岡徳左衛門、下瀬黒村名主忠左衛門、其外同村新兵衛一類式右衛門組合米太郎共、無滞今日帰村いたし候旨届出候」とある。百瀬陣屋「足入」としての平岡徳左衛門の百瀬陣屋の初仕事が、幕府領中之条役所への八月一日から五日までの出張であった。

つづいて翌八月六日には、下瀬黒村新兵衛宅に無宿者を留め置いた一件について、ようやく暑さもやわらいだと勘定奉行石谷因幡守から下知を仰せ渡された百瀬陣屋が、提出する文書の写し二通をつくる必要がおき、平岡徳左衛門が担当し差出している。平岡の行政文書作成能力が活用されたのである。

松本城下の飯田町には、百瀬陣屋が金融面でかかわりの深かった商人佐原市右衛門がいた。九月二十八日に飯田町に出火があり、この佐原家の際（きわ）まで焼失した。その夜百瀬陣屋からは、平岡の上司であった足軽百瀬松右衛門が、瀬黒村・竹渕村の人足をつれて見舞いとして差越していた。

佐原がそれだけにとどめておられない存在であったために、十月一日に、平岡が佐原方へ菓子一折と一尺の川鮭を持参し、あらためて見舞いをしている。このとき、平岡徳左衛門ではなく、はじめて平岡脩蔵と名のっている。

平岡脩蔵が、百瀬陣屋に「足入」ではなく、正式の「下役代」として雇われたのは、佐原家に見舞いに行った直後の安政四年十月八日であった。年内に籾子一五俵の割合の報酬で、「御徒士席心得」を勤めることを、百瀬陣屋で申し渡されたのである。

平岡脩蔵は、十月七日、「白川村善兵衛家内入脩蔵義、明八日御用之義有之間、同道可罷出」と書面で通知をうけ、呼びだされた。「家内入」とは、旗本諏訪氏知行所では、『宗門御改并人別帳』の記載で家族の一員とすることで、家族の最後に「家内入　誰」と記載された。白川村にうつり住んださいに、平岡は名主善兵衛（百瀬姓、明治に入って白川姓）の家で世話になっていたのであった。安政四年八月五日の『御用日記　控』に、「白川村善兵衛実家母義、永々病気之処、養生不叶三日致死去候旨、当四日朝年寄市左衛門届出候」とあるように、善兵衛は百瀬陣屋で重視されていた農民であった。百瀬善兵衛は、文久二（一八六二）年二月十五日に名主となっている（『文久二壬戌歳正月　御用日記控』および青木教司氏の教示による）。

安政四年十月八日は快晴で、呼び出しに応じた脩蔵は、つぎの申渡しをうけている（前掲『安政四丁巳歳正月　御用諸事日記控』）。

平岡脩蔵

右者此節共三人ニ付、当分之内下役代御雇被　仰付候。
御頼物、年内籾子拾五俵之割ヲ以被下候。
席之儀者、御徒士席心得可相勤候。
右之趣御陣屋広間於而申渡ス。

この平岡脩蔵の下役代への採用は、十月十日、百瀬陣屋代官近藤多門から、つぎのように支配する五か村へ触れ知らせられている。

平岡脩蔵義、当分之内下役代御雇被　仰付、依之已来諸御用向心得申付。我等領村之方も召連候儀有之間、其旨相心得、寺社札幷小前末々迄触可知也。

十月十日　　近　多門

五ケ村　名主

年寄

『安政五戊丑年十二月　御物成帳』（近藤文書）によると、安政五年の五か村は高辻一一九五石八斗一升二合七夕二才であるが、流地・水損などがあって課税対象地は一〇九六石九升二合六才、諏訪氏知行所一千石といわれる石高であった。この年の百瀬陣屋の役職者は、近藤多門（高六〇石）が知行籾三六石、平岡脩蔵が二人扶持で六石五斗一升三合六夕と手当一石五斗、平林多一郎が一人扶持三石二斗五升六合八夕と手当一石五斗、小平清右衛門が一人扶持で平林とおなじ石高で、ほかに五斗三升の「御用蕎麦代籾定例　右同人江被下、稲荷社秋祭礼」とある。べつには、降簱杢右衛門家族へ二人扶持六石、吉田秀仙一人扶持三石がみえる。

百瀬陣屋の役人たちは、支配する五か村と密接な関係をもった。たとえば、代官近藤多門も、下級役人である平岡脩蔵、その下にいた下役代平林多一郎も、白川村にある諏訪郡上諏訪村臨済宗温泉寺末流の瓊林院（けいりんいん）が旗本諏訪氏の菩提寺のため参拝した。

安政五年七月六日の瓊林院の「御施餓鬼修行」に、つぎのように先例にまかせて、近藤・平岡・平林が旗本領主諏訪氏の代拝と自拝におとずれている（『安政五戊午歳正月　御用日記控』）。

七月六日　雨

近藤　多門
下役　平岡　脩蔵
平林多一郎

右者定例之通、白川村瓊林院おゐて御施餓鬼修行有之出張。
多門義者御代拝相勤、自拝いたし、無滞相済八ツ時引取。

任先例(せんれいにまかせ)、御布施壱貫文被下、同院へ下渡、請取書指出預り置。

白川村に浪人として移住した平岡脩蔵は、嘉永三（一八五〇）年に筑摩郡白川村の百瀬善兵衛家に「家内入」として住み、寺子屋師匠もするなど村民と交流し、八年後の安政四（一八五八）年には、松本藩勤務のときに得ていた人的交流網を活かし、役職に欠かせない知見・能力を百瀬陣屋から見出され、陣屋の下役代に雇われ、維新変革期の活動をするようになるのである。

(2) 維新変革期に旗本諏訪萬吉郎知行所で働いた平岡脩蔵

松本藩を追放され、筑摩郡白川村に住んだ平岡脩蔵は、一千石の旗本諏訪氏の最後の領主諏訪萬吉郎（慶応二〈一八六六〉年十二月十三日に十三歳で家督相続）のもとで、筑摩郡百瀬村（東筑摩郡豊丘村をへて、いまは松本市）におかれた百瀬陣屋の代官近藤多門の下役として、維新変革期に働いたのであった（前掲青木教司論文「一千石旗本領の終焉」）。

慶應四年から明治二年にかけては、幕府政治が終焉を迎え、朝廷方の倒幕運動から戊辰戦争へと展開し、旗本知行地も終りを迎えることとなる。

諏訪萬吉郎旗本領も、尾張藩取締所の支配下にはいり、朝廷がわへの恭順、維新政府の出先伊那県に知行地を没収される過程を急速にたどる。その政治的変動への対応に、百瀬陣屋は日び追われた。この時期の百瀬陣屋は、代官近藤多門（三人扶持）、代官見習近藤多仲（二人扶持）、下役平岡脩蔵（二人扶持）、同平林多一郎（一人扶持）、同降旗庄太郎（一人扶持）の陣容であった。そのなかで、平岡脩蔵がはたした役割をたどることができる。

慶應四年になった早々の一月二十八日、京都公家方が国ぐにへ派遣した「勅使」が美濃まで来たことが高島藩から百瀬陣屋に知らされた。二月にはいると、尾州藩が幕府追討の「朝命」をつたえるための使者を、中山道を通して信濃に派遣したこと、それに高島藩が朝廷方に「恭順」の意をしめしたことが、高島藩経由で百瀬陣屋につたえられている。

二月九日になると、尾張藩の使者佐久間嘉計雄・丹羽龍三郎が信濃国内にはいり、「朝命之旨有之ニ付、当地江相越申候。付而は御談可申儀候間、早速松本城下於旅館迄御出可被成候」という書面を高島藩に出し、これが百瀬陣屋に届いた。その書面の内容を確認するため、百瀬陣屋代官見習近藤多仲と下役代平岡脩蔵（御徒士席心得）は、松本城下東町の秋田屋に出向く。すると、すでに二人は出立していたので、書面の「御談」の内容を聞きただすため、平岡が保福寺峠から上田に向かった佐久間・丹羽を追うことになる。

平岡は、二月十日に保福寺宿問屋で佐久間に面談でき、尾州から出役した主旨を聞いている。佐久間は、尾州侯が京都の議定で倒幕の役をつとめる「朝命」をうけたので、信濃の諸藩・旗本知行所などに一覧してもらうために来たと、つぎの書面を差出す。

朝命之趣有之候ニ付、重役壱人尾州表可差出候。

正月

但、違服無之様可被心得候。

さらに佐久間は、これからの政治は朝廷中心におこなわれる、幕府への恩義があろうが、将軍が大政奉還しており、この正月から「朝敵」となった、朝廷に従わない藩は厳しく「御征伐」となるが、それは嘆かわしいので、諸藩を説得に出張を仰せつけられた、「貴方の旗本領はどのような意向か」と問われ、平岡はつぎのように、高島藩の意向もふまえ、朝廷へ恭順がきまっていると答えた。

主人萬吉郎知行所之千石は、諏訪因幡守様（注：高島藩）分知に御座候故、政治向万端本家ゟ差図有之、（中略）

既ニ高松殿御下向已前本家重役衆ヨリ申越有之、朝廷江御恭順之思召候間、其心得候様と之沙汰有之候ニ付、重役義其心得ニ而、下役迄此段達有之、一同相心得、別心無之旨相答候。

佐久間は、百瀬知行所の対応を承知したといい、重役の尾州表への集庁はしないでもよいと指示している。

倒幕運動の担い手として、高松殿一行一四八人の信濃への入国、官軍先方の相楽総三の赤報隊の信濃国入りにつぎ、東山道鎮撫総督岩倉具定が入国する旨の情報を高島藩経由でうけると、百瀬陣屋は高島藩（御本家様）の指示で、二月十一日以降、「朝政御復古」となり「御政事向」がすべて御所においてとりあつかわれること、御本家様が「朝政」に恭順したのでその方針で陣屋の政治もおこなうことを、支配下の村むらにつたえている。

しかし、高松殿が岩倉殿からの差図で贋官軍とされると高島藩に混乱が起こった。二月十五日からは、百瀬知行所内に高松殿の残党が乱入するかもしれないと、百瀬陣屋は五か村から鉄砲撃ち方の心得のあるものを募り、平岡たちも武装して二月十八日朝まで夜を徹して待機している。

二月十八日には、東山道鎮撫使に松本藩がとる対応を探りに、平岡が「松本御使者家」の今井家に出向き、以後も松本藩の動向の把握につとめた。松本藩は、二月二十二日には幕府領預所を尾張藩に引き渡している。尾張藩は、二月末には本山宿の金峯山長久寺（洗馬村曹洞宗長興寺支派明治四年七月に住職関宗が朝廷を奉戴、国恩を報ぜんと帰俗を願い、九月に採用され廃寺。関宗は奈良寛治と改名し帰農）に尾張藩取締役所を新設した。取締役所は、そののち塩尻宿本陣川上家にうつされる。さらに、三月八日には真言宗高野山西禅院末寺の永福寺本堂に取締役所をきめ、維新政府の指導のもとに政務をはじめた。

信濃国内の旧幕府領と旗本領を直轄支配する維新政府の出先に、伊那県を設置することとなると、慶應四年八月二日に伊那県知県事に任命された北小路俊昌が、伊那郡飯島町の旧幕府代官所を庁舎とした伊那県に十月三日に到着した。伊那県では、旗本知行所の県への合併をすすめる。

百瀬知行所の領主諏訪萬吉郎は、幼弱で東京屋敷におり、維新政府による旗本の朝臣化で奥羽鎮守府支配を申し渡され、慶應四年九月二十三日に信濃国百瀬知行所と関東知行所を安堵されていた。しかし、十月二十八日に伊那県から百瀬知行所に萬吉郎宛出頭状がとどき、代官近藤多門が東京出張中のため、高島藩郡奉行の指示で、手代の平岡脩蔵が飯島町の伊那県庁に十一月一日に出頭し、二日に伊那県に諏訪萬吉郎が出頭できない口上書を提出している（句読点は上條）。

主人諏訪萬吉郎等御役所江出頭可仕之（つかまつるべき）　御奉書頂戴仕候処、同人義幼少ニ而東京おゐて大総督府様江朝臣奉願上、八月十四日鎮守府御支配被　仰付、九月十四日本領安堵被　仰付、同日昌平橋外関門御警衛被　仰（付脱カ）相勤罷在候。此段御届奉申上候。以上

十一月二日　　諏訪萬吉郎家来　平岡脩蔵

平岡はその場で、伊那県権判事村松文三から、寛文十一（一六七一）年に諏訪伊勢守忠礼分知とされた百瀬知行所と関東知行所（相給）の人口・戸数・惣高・地方（じかた）広狭を取り調べ、伊那県会計官に提出するよう指示された。

平岡たちは、百瀬知行所支配下の上瀬黒・下瀬黒・竹淵・白川・百瀬五か村の取り調べを寛文十一年の地図を参考につくることを名主に命じている。関東知行所へは飛脚を東京に発したが、相給であるため提出しなくてよいこととなった。取り調べの結果は、高島藩郡奉行の点検をへて、

十一月九日に伊那県に提出された。

百瀬知行所の伊那県への合併は明治元年十二月三日に、飯島の伊那県庁に旗本や名代をあつめて明示された。平岡をふくめた百瀬陣屋の人びとが、百瀬知行所のすべての書類などの伊那県引渡しを完了したのは、明治二年三月二十八日であった。この百瀬知行所の伊那県への接収に、とりわけ尽力したのが平岡脩蔵であった。百瀬陣屋の『明治二己巳年正月　御用日記控』の十二月晦日には、つぎのように「格別之骨折」の賞品として白いねりぎぬの上下（肩衣とはかま）を一揃い、下げ渡されている（句読点は上條）。

平岡脩蔵義、当春已来伊那県へ長々出張ニ勤行、所高調仕来申送、其外諸調いたし、清帳之上当三月廿八日県へ無滞引渡相済。

右ニ就而者格別之骨折ニ付、先般増山鉄兵衛（注：旗本諏訪氏東京屋敷御用人）当境出役之節申談、遣御賞之縞高御上下（かみしも）壱具差下有之候間、今日右之段口達、右御上下相渡。

伊那県に知行所がうつったあとも、陣屋にかかわる仕事がつづいた。明治二年十一月の旧百瀬知行所五か村からの伊那県による税収納は、秋の不作が原因で平岡らが収納に立ちあったが、たとえば白川村の収納高六〇石一斗のうち一五石しか上納されなかった。五か村の収納高はいずれもすくなく、原因に「御立値段」の高いことがあった。十二月十三日、平岡は松本役所で、高島立値段が金一〇両に玄米一石＝二俵二斗成、松本立値段が金一〇両に籾一石七斗五升＝三俵五歩であることを確かめたが、伊那県支配下となった百瀬知行所の立値段は籾四俵となった。これは維新政府の意向をうけた伊那県塩尻局の立値段決定を反映したもので、塩尻局は十二月十五日に金一〇両＝籾四俵としたのである。百瀬陣屋はこれをうけ、十二月十六日に金一〇両＝籾四俵一歩とした。これに白川村農民は、四俵は高い、上瀬黒村は明治三年立値段金一〇両＝籾三俵五歩であると抵抗し、百瀬村小前惣代が伊那県塩尻局へ訴えるなどのうごきがあった。これを、伊那県はうけいれなかったので、民衆の抵抗はつづいた。

伊那県塩尻局は、百瀬陣屋五か村に「御餞別金」一〇〇両（大小の百姓に平等に軒割で渡す）と「貧民之者共貸渡金」一〇〇両（無利息、明治三年一月まで）を、租税の上納皆済後に下げ渡すとする条件を提案し、民衆のうごきをおさえようとした。しかし、知行所所属であった五か村民衆の一揆に向かう動向を察知した百瀬陣屋は、「御餞別金」を伊那県に上知した五か村の土地にともなうものと解釈を変え、上納皆済前の支給に踏み切った。

近藤代官は、百瀬陣屋解体にともない、現地で屋敷の払い下げをうけ、農民出身の足軽身分であった下役の手代たちは出身の村に帰農した。平岡脩蔵は足軽格で、松本藩で働いていた長男平岡久のもとで住むことになり、近くの木下家に嫁いでいた娘くみやその子尚江と深く交流することとなる。

脩蔵の長女くみは、脩蔵が旗本諏訪氏の百瀬陣屋に雇われた二年後にあたる安政六（一八五九）

年十一月十一日に木下秀勝と結婚・入籍している。その長女が生まれていたが、麻疹が流行した文久二（一八六二）年七月に三歳で夭折したという。

平岡脩蔵は、文久二年八月十八日、つぎのように百瀬陣屋から休みをとって松本へ出かけている（『文久二壬戌歳正月　御用日記控』句読点は上條）。

平岡脩蔵当才之孫女相果候ニ付、今日一日遠慮届幷松本江差越一泊いたし度、平林多一郎（注：脩蔵の下役）を（以脱カ）申出候。

死去した孫娘は「当才」とあり、生まれてすぐの死となっている。平岡久の娘が生まれてすぐ死去したと考えられる（未確認）。文久二年、脩蔵は七月に長女木下くみの三歳となった長女（尚江の姉）、八月に長男平岡久の生まれたばかりの子と、孫娘二人を失ったことになる。

『明治元戊辰年十二月　御物成帳　控』（近藤文書）によると、代官近藤多門は三人扶持、平岡脩蔵より下役の平林多一郎と降旗庄太郎は、それぞれ一人扶持であった。一人扶持とは、一日に籾九合二夕であった。

平岡脩蔵は、辰九月朔日から巳八月晦日まで三五四日分の二人扶持、籾六石五斗一升三合六夕の支給をうけていた。安政五年とおなじである。二人扶持は、百瀬陣屋代官見習近藤多仲（二人扶持）とおなじ高であったが、近藤多仲は辰十月十日より一人扶持二石九斗七合二夕（一日について籾九合二夕（三一六日分）の増となった。ほかに、平岡脩蔵は手当籾二石五斗をうけている。手当は安政五年には一石五斗であったから、一石増であった。一人扶持の平林多一郎・降旗庄太郎はおなじ一年の受け取り高が三石二斗五升六合八夕であり、平林は手当二石、降旗は年内七〇日分一日二升積りの一石四斗をうけとった。

平岡脩蔵は、維新変革期の旗本知行地の朝臣化、伊那県への併合のめまぐるしいうごきのなかで、高島藩はもとより松本藩の倒幕への対応を見極め、旗本諏訪氏知行所管轄五か村の民衆の動向に寄り添う働きをした一人であった。

二　木下尚江の開智学校修学

1　尚江在学中の開智学校校舎新築

尚江は、木下家の父母・祖母・妹の五人の家族構成のもとで、文明開化期の開智学校に入学した。一八七六（明治九）年三月二十日のことで、部分的に新築なった校舎の教場で学びはじめた（『木下尚江全集　第一九巻　書簡・草稿・補遺』教文館　二〇〇三年の「木下尚江　年譜」の一八七六〈明治九〉年に「三月二〇日、新築の開智学校に入学」〈七三〇頁〉とある）。

尚江の学びはじめた開智学校校舎をややくわしく考察すると、一八七五（明治八）年十一月十五日に南深志町本町の女鳥羽川沿いに、東西に長い教場が落成して整頓され、本校と河南・河北両支校の男生徒二五組、七三六人がはいり授業を開始した。尚江はこの新築校舎で入学当初から学ぶことができた。ただし、開智学校新校舎本館の上棟式と全校舎の落成式は、尚江の入学後であった。開智学校最初の校舎は、廃仏毀釈で廃寺とした全久院跡の寺院建築物を営繕してあてていた。

尚江の入学後一か月をへない一八七六年四月十八日に、前年四月二十一日に新築工事をはじめていた開智学校新築本館の上棟式があった。街中の老若男女、近郷近在の娘・子どもが、上棟式の開智学校へ見物に出かけ、人力車も馬も通行がむずかしいほどの雑踏となったと、『信飛新聞』第一三六号（明治九年四月二十一日）はつたえた。四月二十二日には、開智学校新校舎本館二階の講堂で新築開校式がおこなわれた（「開智学校新築開筵式幷祝詞　開智学校　明治九年」重要文化財開智学校資料集刊行会編『史料開智学校　第四巻　設立と維持1』電算出版企画　平成七年。三〇〜三七頁）。『信飛新聞』第一三七号（明治九年四月二十五日　火曜日）は、新築開校式の模様をつぎのように報じた（句読点は上條、ルビは取捨した）。

○去る廿二日、南深志町開智学校開校式の景様(ありさま)は、先づ雲に聳ゆる十丈八尺の日章(ひのはた)は暁の風に翻り、三層(かい)二層の牕(まど)戸には二百十五本の旗章(こばた)を掲げ、総門や内門の扉に装飾する洋風の花卉ハ錦を織成して女鳥羽川の流れに映じ、錚々たる高閣(たかにかい)の時辰刻(とけいどき)を報するに随ひ、南北深志四十八町及び清水・幅上・中條を合せて、生徒が男女で千三百十八人、男女教師が五十一人登校なせば、該校役員・新築掛りの人々は皆礼服を着用して、小者に命(いいつ)け指揮をなし、他より入来ノ区戸長や学区取締又諸校教師の引連来りし生徒迄を接待して時刻移れば、本県長・次官・学務掛諸官員の賁臨(おいで)を請する。

諸教員ハ受持生徒を引纏め、校門内の両側に男女の伍列を判然と区別てラッパの報に随ひ立礼たゞしき容貌は、どんな都会の人形屋でも飾り及ばぬ風情なり。正副戸長・幹事・世話役・新築掛りの人々は、皆門外に立列ぶ。亦玄関にハ区戸長・学区取締伺候して、県官教場に臨み玉ひ、開校の式順序を追て執行ひ、午後四時頃に至りて県官校ヲ退き玉ふも、又賁臨の時の如し。
都て本日校内の来客饗応したるが六、七千人、其外参観に来りし人は凡そ一万二千人、遠近男女の此挙を聞き、市中を東西徘徊しハ、中々数へ尽されませぬ喧闐サ。
○右の次第だから、松本市中ハ廿二日、三日の両日は戸々に旗章を翻し高灯篭ヲ軒に植て祭典のやうでござりました。之が為に、北深志町宝永寺の観音さまの開帳もお仕合せ、十一番丁でハ即日から演劇が始り、又廿四日より廿六日まで南北深志町の老弱男女に開智学校の縦覧をゆるされました。後明廿七日ゟ同廿九日迄ハ管下一般縦覧が出来ます。皆さん、松本へお出掛なさい。

開智学校の開校式の日は、木下家の菩提寺である宝栄寺の観音様開帳とかさなった。木下家の人びとは、開智学校と宝栄寺の双方にでかけて忙しかったのではないかと想像される。

開智学校の新築にどのくらい資金がかかったかについて、およそのようすのわかる史料に「開智学校収支予算　明治五年～二十六年」がある。それによれば、「明治八年分（一月～十二月）」の収入総額七八三六円二三銭四厘のうち前年繰越金一五一六円九一銭二厘四毛のほかに、六三一九円三二銭二厘（収入の八〇・六パーセント）が、「学資金、授業料、元資金利子、寄附金利子、校舎新築寄

正面からみた開智学校校舎

附金など」の小計としてしめされ、支出に新築営繕費が二二六六円四一銭六厘（支出総額の三二・六パーセント）計上されている。会計年度は、一月から十二月であった。つぐ「明治九年」は、新校舎建設のため、収入総額が一万二八二六円四六銭六厘と、前年の一・六倍の予算規模になっている。なかに校舎新築寄附金五四七六円八五銭三厘、附属建屋幷廃寺建物売却金一三〇七円六一銭九厘がみえ、この小計は六七八四円四七銭二厘となる。支出総額一万二六二三円四六銭六里のなかに、新築営繕費七八〇二円一四銭四厘があり、収入の二項目の小計額より一〇一七円六七銭二厘おおい。決算でないが、予算の二年分の新校舎関係費は一万四五八六円六一銭六厘となる。

初期の開智学校研究に熱心に取り組んだ辻村輝雄氏は、開智学校新築についても考察し、工費が、大工棟梁立石清重によって、はじめ一万一八六四円二九銭二厘三毛と見積もられ、編纂・発行信濃御巡幸録刊行会『信濃御巡幸録』（信濃毎日新聞株式会社　昭和八年）にかかった築造費が書いてあり、見積りよりやや安い一万一一二四円一厘であったと指摘した（辻村輝雄「開智学校校舎の新築―尚江在学前後の開智学校㈣」『木下尚江研究　一九六二・三　第4号』）。

一八七六年四月二十一日の新築開校式で、開智学校教員代表大田幹（おおたこわし）（「大田」は「太田」と表記されることがおおいが、本人自筆の履歴書は「大田」である。それに統一した）は、つぎのような祝詞と期待をのべ、そのなかで工事費を一万余円と語っている（前掲「開智学校新築開筵式幷祝詞　開智学校　明治九年」『史料開智学校　第四巻』句読点は上條）。

> 均ク之（これ）、有機ノ霊之ヲ教ヘ、之ヲ導ケバ、則賢トナシ智トナシ、其績ヲ一世ニ顕（あらわ）ス可シ。均ク之、無機ノ鉱之ヲ鎔（とか）シ、之ヲ磨セバ、則金トナシ玉トナシ、以テ其価ヲ千、百倍ニスベシ。夫レ、人ノ身ヲ立テ業ヲ修メ、大ニ為ス有ントスル者ハ、必財本無カルベカラズ。而シテ学問ナル者ハ身ヲ立テ業ヲ修ルノ財本ナリ。故ニ学校隆盛ニシテ、而シテ**衆庶之独立冀（ねが）フ可ク、民撰議院起ス可ク、国家之富強期ス可ク、天地之化育賛（たす）クベキ者**、皆学ニ基カザルナシ。然レバ則学問ハ又国家ノ精神也。
>
> 我県、夙ニ此ニ見アリ。一タビ学制ノ頒布スルヤ、師範学校ヲ起シ教員ヲ陶冶シ、管内学校ヲ設クル已ニ六百余、爰ニ第二大学区第十七番中学区筑摩県第一小学開智学校、明治八年四月ヲ以テ土木ノ功ヲ起シ、九年四月ニ至リ功竣ル。工ヲ積ム事二万百十四人、**其経費一万余円、皆人民協同ノ致ス所**ニシテ、人以テ労トナサズ。又侈（おご）レリトセズ。

其建築洋風ニ擬シ、諸寮・講堂・賓客之席・遊歩之園・寄宿之舎・蔵書之庫・百爾器備リ、結構宜(よろしき)ヲ得、教場規ニ適ヒ、正課ノ生徒一千五百人ヲ容ル可ク、寄宿ノ生徒百余人ヲ学バシムベシ。

老松ノ緑ハ粉壁ト相映ジ、流水ノ声ハ咿唔(いご)（注：書を読む声）ト互ニ応ズ。層楼ハ山ト高キヲ争ヒ、国旗ハ星ト多キヲ競フ。実ニ我国小学ノ大ニシテ又美ナル者也。

本月本日開校ノ式ヲ行フ。県官恭シク臨ミ、長官頗ル喜色アリ。有志ノ徒ヲ召シ、章典褒詞アリ。吾曹幸ニ教化勃興ノ日ニ遭ヒ、訓導ノ重任ヲ辱フシ、此校ニ従事シ、此盛挙ニ与(あずか)ル事ヲ得、栄余リアリト謂フ可シ。

爾後益々奮励、率先シ県官・斯民ヲ愛育スル盛旨ヲ体シ、鎔冶琢磨、生徒ヲシテ金玉トナシ、**他日退テハ富商豪農トナリ、進デハ大中学ノ教師トナリ、撰レテ朝庭ノ顕官トナリ、欧米ヲシテ独文華ヲ専ニセシメザル者**、果シテ今日在校ノ生徒ニ出ルモ、亦知ル可ラズ。祝シ且期ス。

主席訓導ともいうべき大田幹は、開智学校の新築費は一万余円といい、開智学校が「我国小学ノ大ニシテ又美ナルモノ」となったと喜びをあらわした。

大田は、開智学校の教育目標に、①「衆庶之独立」を願い、②「民撰議院」を起こし、それが③「国家之富強」をもたらし、究極的には④「天地之化育」をたすけるものとなることをあげ、その実現に期待している。自由民権論を三上忠貞ほか開智学校教員たちが主張していたことは、小学校教育の目標に、教員代表の大田幹が「民撰議院」を起こすことを掲げていたことと通底していたのである。生徒たちの将来像は、富商・豪農、大学・中学の教師、さらには「朝庭ノ顕官」となり、欧米に匹敵する「文華」の形成者になればとのべている。

このような雰囲気のなかで新築された開智学校への木下尚江の在学は、首座訓導から「民撰議院」を起こす担い手になるよう期待された時期の一八七六(明治九)年三月二十日から、後述するように、一八八〇年の集会条例で教員の民権結社への参加が禁ぜられるなど、自由民権論への政府の対応が厳しくなったのちの一八八一(明治十四)年十二月までとみられる。

大田幹(天保七〈一八三六〉年六月生まれ)は、信濃国飯田城下の伊那郡常盤町在籍士族で、本人自筆の履歴書では、飯田藩廃止まで飯田藩学校助教をつとめ、明治五年五月に筑摩県から飯田小学教授方兼書学教授方を申しつけられて以降、一八七三(明治六)年十月まで東京府師範学校で訓導の助手(月給一〇円)をつとめながら教授法の講習をうけ、同年十月二十三日から筑摩県師範講習所学事掛(月給一三円)に就いた。翌七四年三月十七日には同師範講習所教員として月給一五円、同年九月十三日には月給二〇円となった。一八七五(明治八)年二月十三日に師範学校と開智学校の兼勤となり、二月二十四日二等訓導となった。同年三月三十日月給二五円であり、兼勤のため半額は師範学校からでることとなった。開智学校新築式での大田の挨拶は、この職にあったときであった。

一八七七年七月八日開智学校のなかに中学校が開設すると、大田は中学校専勤となった。同年八月十八日には、開智学校在職中の同校新築への寄付で、つぎのように表彰された。

其方義　兼々学事ニ勉励シ加之今般開智学校新築ノ廉ヘ金十円差出候段奇特ノ義ニ付木盃壱個

為其賞下賜リ候事　筑摩県

筑摩県が廃止され統合長野県となると、一八七七年四月穂高学校在勤の二等訓導となり、同年五月に松本中学校兼開智学校幹事から、つぎのように賞与を得ている。

開智学校及ヒ中学校勤務中特ニ黽勉教育ニ従事シ生徒ヲシテ大ニ進歩ノ景況ヲ顕シ加フルニ客歳ハ中学起立ノ際ニ一身百方尽力担当シ職務ヲ相尽シ特別ナル廉ヲ以テ本県ヘ伺ヒ相済候間金二十五円賞与申候

大田幹は、一八七七（明治十）年四月から一八八二（明治十五）年八月まで、六年四か月のあいだ穂高学校につとめ、八月十六日下伊那中学二等助教諭となって飯田に転勤していった（『明治十九年　学務係　師範学校　全生徒　師範学校卒業　官立諸学校』旧長野県庁文書）。

この間、一八七九年から八〇年にかけて、国会開設を目的とする自由民権結社奨匡社の創立と運動の展開があったが、大田は創立委員を務め、『奨匡雑誌　第一号』（一八八〇年六月一日）に、奨匡社発会式に公務のためすべてに出席できなかったが、集会条例がだされたなかでも政府への国会開設建議をおこなうべきだと「四月十二日　将帰校し（まさにきこうし）寄同志諸賢書（どうししょけんによせる）」でよびかけるなど、積極的に国会開設請願運動を支持した（有賀義人・千原勝美編『長野県自由民権運動資料集』信州大学教育学部松本分校奨匡社研究会　昭和三十八年。四三～四五頁）。

2　尚江在学中の開智学校校舎の変遷

尚江在学中の開智学校校舎のおもな変化は、『松本市開智国民学校沿革概要　昭和十八年五月六日』（活版　以下『沿革概要』と略す）には、つぎのようにある（重要文化財開智学校資料集刊行会編『史料開智学校　第二十一巻　学校の沿革・年表』電算出版企画　平成十年。二〇頁、三〇頁）。

明治九年六月十九日　筑摩県庁焼失せるをもって即日開智学校を区画し県庁を移転す。

明治九年七月　筑摩県に於ては、第二大学区第十七番中学区第一番小学区筑摩郡南深志町開智学校内に変則中学校を設く。是本県中学校の濫觴とす。

明治九年八月二十一日　筑摩県廃せられ長野県の管轄となり、県下は六大学区に入りて新潟に属し、中学第十八番中学区となる。

明治十年二月　女学校（注：明治六年七月二十五日、本町生安寺を仮校舎に設置）を開智学校に移転し学則を改正す。
柳町藩学跡に師範学校新築成るに依って当中学は師範学校内に移る。
此れ長野県松本中学校の起源なり。

明治十年七月

開智学校の校舎は、各種学校の発足をになうためと筑摩県庁火災とで、複雑な使われ方をしたことが浮かびあがる。筑摩県庁の仮庁舎、中学校の併設、女学校の合併が二年間にあった。

筑摩県庁舎の焼失を、尚江はみていた。「其れは或る寒き冬の夜半のことで、予は寝衣(ねまき)のまゝ、に屋根に上ぼりて身を切る風に戦慄しながら、古城の松越しに立ち上る凄き火焔を遠見したことを覚えて居る、『県庁を奪ふ為に北部の間諜が火を放けたのだ』と云ふのが其頃一般の取沙汰であつた」と『懺悔』で回想している（前掲『木下尚江全集　第四巻』九三頁）。筑摩県庁の火災は、一八七六年六月十九日午前三時三十分過ぎに県庁の勧解裁判所と控室のあいだあたりから出火し、金庫と表門をのこすのみで午前六時に鎮火するまでつづいた。県庁舎への放火説については、容疑者が上田の士族のなかにいたと、具体的に浮かび、筑摩県と長野県の警察関係者が合同で調査したが、結局無罪となった（上條宏之『『富岡日記』の誕生　富岡製糸場と松代工女たち』龍鳳書房二〇二二年。一二五～一三〇頁）。尚江は、この火災を冬の夜半としているが、六月中旬の出来事で、早朝に戦慄を覚えながら見た記憶が、冬の寒さとむすびついたのであろうか。

また、師範学校校舎の新築は、尚江の記憶のなかでは、つぎのように松本藩上級士族の没落とかかわる、時代変革の大きな過渡期の現象ととらえられている（前掲『神・人間・自由』三一二頁）。藩学の地に師範学校校舎が新築されたことについての言及はない。

上級士族街の変り行く姿は、子供の目をさへ驚かした。旧城の濠側に家老の大きな屋敷が三軒並んで居て、僕等は毎日この前を学校へ往復したものだが、第一家老の屋敷は全く毀たれて、白ペンキ塗の師範学校が建ち、次の屋敷では、家を半分切つて売ってしまひ、次の北の端の屋敷では、奥まった部屋を僅かに残して殆ど全く取り毀ち、門もなく塀もなき草茫々たる中に、病人でもあると見え、絹夜具の袖が、昼も障子の陰に漏れた。

なお、旧家老がすべて没落したわけではなかった。一八八〇年に旧家老近藤三左衛門の娘近藤すずは、勉強に熱心で、開智学校で「学力も優等にして且行儀も正しく、いつの大試験にも第一位を占め、決して席頭を他人に譲らず、六月の大試験に八一失もなかりし由」と報ぜられている（『月桂新誌　第七八号』明治十三年七月十一日）。

尚江が女鳥羽川の南畔にあった開智学校からすすむ中学校は、松本城の二の丸濠東側に新築された長野県師範学校松本支校内にあったことになる。

開智学校から長野県師範学校松本支校に会計・書類・器械などすべての移行を終えたのは、一八七七年七月十二日であったことが、つぎの史料からわかる（「〈開校、落成沿革資料　付ニューオー

リンズ万国工博　明六―明十〉」前掲『史料開智学校　第二十一巻』三、四頁）。

一　開智学校内変則中学設置有之処、師範松本支校新築落成ニ付、十年七月十日師範学校へ引移候事

十年七月十二日　会計・書類・器械ニ至ル迄引渡済

尚江が開智学校に入学して、翌一八七六年に下等小学第六級を学びはじめたさなか、中学校は長野師範学校松本支校校舎に引きうつったのである。

3　尚江のうけた開智学校教育と生徒たち

ところで、従来の開智学校研究で、見落とされているといってよいものに、教育課程をふくむ「学校暦」がある。見落とされてきた一因には、開智学校で全学共通の明確な学校暦がさだめられていなかったことがあったと考えられる。

筑摩県第一番小学区（南深志町・北深志町・庄内村・埋橋村）の「開智学校」（所在松本本町）は、一八七三（明治六）年五月六日に「筑摩県学」の名称を改めて開校された（有賀義人・千原勝美著『開智学校沿革史』開智学校沿革史刊行会　一九六五年）。七三年十一月の「官立学校設立伺」には、男生

徒の学んだ第一番小学開智学校・第二番小学河南支校・第三番小学河北支校の生徒が一〇一一人、第四番小学松本女学校の生徒が六〇一人と記載された。教則・校則はともに、筑摩県内の小学校に同一のものがしめされていた。尋常小学は、小学教則（一八七三年九月八日公布）で、下等小学が六歳から九歳、八級制で各級六か月ずつ、上等小学が十歳から十三歳、やはり八級制で各級六か月ずつであった。ただし、いずれの級を終えるにも、級ごとの試験に合格する必要があった。教育課程は、教則で各級ごとに科目と時数がしめされたが、生徒は個別に入学したので入学月日が違い、入学後は生徒によって学習の速度がちがうために、共通の入学式はなく、学期も共通する原則がしめされただけで、生徒の実態にあわせた指導がおこなわれた。

校則は、第一条で入学について定めていた。美濃紙六ツ切の短冊に入学願「私儀今般入学奉願候　尤御規則等堅可相守候也」と書き、毎月五と十の日の第十時までに願い出し、入学をみとめられた。入学した生徒は、第六条で「検査ノ上、相当ノ級ニ加フベキ事」とされ、個々の生徒の学力により級がきめられ、学校の対応がちがう場合がおおかった。学校暦は、第四条で休暇日を「紀元節・天長節」と一、六の日、一月一日〜三日、十二月二十九日〜三十一日としめした以外にはなかった。就学では、「受業料」の納入について、校則第二十条で毎月二十日〜二十五日に納め、納めない者は罰金として「受業料ノ半数」をまして納めさせるといった、きびしい条件を課した。学校を開設・運営する「元資金」と「受業料」は、身分・資産状況に応じて上中下の三等に分けられ、「元資金」は学区内の各戸から、「受業料」は生徒の家から徴収された。学校の会計年度は一月から十二月であった。当時の開智学校の学期について言及した研究を、管見のかぎりみていないが、わたしは、初期の開智学校では、会計年度と学校暦の年度（アカデミック・イヤー）が基本的におなじで、一月〜十二月であったとみている。

尚江は、一八七六（明治九）年の春、三月二十日に開智学校に入学した。「僕の頃には上等下等の二つに分け、その下等が八級に分れ、年に二度の進級があった。入学後半年、始め貰った免状には『下等小学第八級卒業候事』と書いてあった」と回想している（前掲『神・人間・自由』三一七頁）。尚江は、三月二十日の入学から年末までに下等八級を終えた。下等八級で学んだ内容は、つぎのようである（同前二九五、二九六頁）。

先づ「アイウエオ」を習ひ「糸犬錨」だの「桃栗梨柿」だの一と通り単語が済むと、連語と云ふものへ進む。「神は天地の主宰にして人は万物の霊なり」これが連語の第一句であった。第二句が「天道を以て身を修め仁義を以て人に交はる」たしかかうであつたと思ふ。

黒板の掛図の大きな文字を、教師が細い鞭で指しながら教へる。やがてそれを各自石盤へ石筆で書き取る。僕は、この「萬物の靈」の靈の字が、ヒヨロ長くダヾ広く崩れるやうに大きくなつて、持て余ましたことを覚えて居る。

連語が終ると小学読本だ。

「大凡地球上の人種は五つに分れたり。亜細亜人種、欧羅巴人種、亜非利加人種、亜米利加人種、馬来人種これなり。日本人は亜細亜人種の中なり。」これが読本巻の一第一章だ。

神の存在、地球上の人種五つのなかの日本人の位置を教えられたのであった。このときの受持ちの教員が誰であったのかは、あきらかでない。

つづく、尚江の開智学校二年目の第七級・第六級のときのようすがわかる史料に、「生徒昇級人名簿　開智学校　明治十年従一月」がある（重要文化財旧開智学校史料集刊行会編『史料開智学校第十巻　組織と運営4』電算出版企画　平成九年。二七〇頁、二七九頁。この原資料は国宝旧開智学校学芸員遠藤正教氏に見せてもらえた）。それによれば尚江は、下等七級を一八七七（明治十）年六月二十九日に卒業した。一八七六年三月に入学したから、下等八級と下等七級を終えるのに一年三か月かかったことになる。通常の六か月で一級を卒業するきまりより、三か月遅れている。尚江が幼時病弱であったことが、関係するとおもわれる。

下等七級の受持教員は菅谷真で、おなじ学級の生徒は二五人であった。菅谷真は、開智学校教員録にみえないので、臨時教員であった可能性が高い。

六月廿九日　下等七級卒業　　菅谷　真受持

村山豊三郎　鈴木　重茂　増田　方　矢嶋　鶴夫　**木下　尚江**

西沢栄太郎　高橋　正治　望月銀太郎　降旗峯太郎　小林藤一郎

神谷亀太郎　野末　政吉　外山留六郎　原　伊生　関　季嗣
植林兼太郎　吉沢米太郎　植松竹三郎　百瀬房太郎　岡野忠次郎
大久保金太郎　吉村徳太郎　河原久太郎　畔田　鈴辰　三溝　菅之
〆弐拾五人

木下尚江が、つぎの下等六級を卒業したのは、六か月後の一八七七年十二月二十日。受持は中村好、おなじ学級に二六人の生徒がいた。各級ごとに担任が変わり、尚江の受持教員は、一八七七年の前半一月〜六月＝下等七級が菅谷真、後半七月〜十二月＝下等六級は中村好（一八七五〈明治八〉年八月就職　一八八四〈明治十七〉年八月十七日転退職）となったのである。下等七級卒業の記録は、つぎのようなものである。

十二月廿日　下等六級卒業　中村　好受持
高橋　正治　外山留六郎　村山豊三郎　増田　方　岩嵜　隺雄
原　伊生　鈴木　重政　岡野忠次郎　丸山由太郎　**木下　尚江**
河原久次郎　川地　尭彦　関　末嗣（ママ）　松林金太郎　野末　政吉
吉沢米太郎　望月銀太郎　降旗峯太郎　吉村徳太郎　三溝　菅之
植松竹次郎　千野金太郎　野々山琢磨　原　紋次郎　百瀬房太郎

彡木　髙吉　〆廿六人

六月に一緒に下等七級を卒業した二五人中、矢嶌鶴夫・西沢栄太郎・小林藤一郎・神谷亀太郎・植松兼太郎・大久保金太郎・畔田鈴辰の七人が下等六級を一緒には終えていない。いっぽう、岩嵜雀雄・丸山由太郎・川地尭彦・松林金太郎・千野金太郎・野々山琢磨・原紋次郎・多木髙吉の八人がくわわっている。下等六級と同七等を一緒に卒業できたのは、尚江をふくめ一八人であった。下等六級の卒業試験は十二月十四日にもあって、尚江たちの学級生徒とちがう三〇人が受験して二六人が合格、四人が落第していた。その落第者のなかに丸山由太郎・千野金太郎・川地尭彦・野々山琢磨がいて、六日後の尚江たちと一緒の試験でこの四人も合格したのであった。この四人は、下等六級の学級はちがい、試験のときだけ一緒になったものとみられる。

なお、尚江より一歳年上の従兄百瀬興政は、開智学校に学び、一八七七（明治十）年に無欠席学事勉励で褒賞を授与され（開智学校史料「皆勤生褒賞名簿　明治一〇年」）、一八七七年三月二十日の下等五級試験に、同年十一月五日の下等第四級卒業試験に、それぞれ順調に合格している（前掲「生徒昇級人名簿　開智学校　明治十年従一月」）。一八七九年六月には、長野県学務課代理青木禎一郎（筑摩郡金井村　初期自由民権家）が巡回試験を諏訪郡・東筑摩郡・西筑摩郡でおこなうが、そのとき、東筑摩郡開智学校の試験で、二等賞四人、三等賞二四人の生徒が賞品をうけた。この三等賞のなかに百瀬興政がいた（『月桂新誌』第二三号　明治十二年六月二十二日）。百瀬興政は、しばしば表彰されているが、尚江は表彰者の報道にあらわれていない。

尚江が、開智学校で一八七八（明治十一）年三月、生徒に種痘をおこなった史料に、『明治十一年三月　種痘人名調書　第六号　開智学校』がある。まず、一八七八年二月に、開智学校副執事の丸山柔吉・武井直市（ママ）、執事水野政徳が、長野県権令楢崎寛直あてに「種痘願人員」種痘二度目の生徒二六〇人の族籍（士族、平民）、住む町（北何番丁、南何番丁など）、続柄（誰何男、戸主など）、同年二月の年齢を列記した文書をつくり、「右人名種痘仕度旨申出候間、当校ニ於テ御施行被下候様、此段奉願候也」と願う文言をつけ、学区取締の奥印をえて提出しているが、なかに木下尚江がいない。べつに、三月十五日、第十五教場の生徒から三度目の種痘をおこなっている記録の冊子がある。そのなかで、第廿教場は生徒七人について、つぎのように記載している。

三度目　△村山豊三郎○　三度目　△鈴木　重政○　木下　尚江　野々山琢磨
三度目　△三溝　萱之○　三度目　△植松竹三郎○　三度目　△外山外五六○

外山外五六は、外山留六郎の誤記であろう。このなかで、木下尚江と野々山琢磨については、「三度目」はもとより、△○もしるされていない。種痘をうけなかったのであろう。理由の記載はないが、当日の種痘の対象者からはずされたのである。第廿一教場に、木下尚江とおなじ、氏名のみ記載の生徒がいるが「不参」としるしてある。尚江にはその記載がないので、種痘の場に尚江が赴いたが、病弱＝体調不良のためにうけなかったのではないか、とわたしは解釈している。

4　小学校は時代の活きた模型—学資金・授業料にあらわれた貧富

尚江は、「小学校と云ふ處は、時代の活きた模型だ」とみた。士族と平民との差別にくわえ、「貧富階級と云ふ新時代の新身分法」が、小学校の教室にもちこまれ、「複雑な混乱状況に陥れた」。混乱の要因が財産標準で、学区内民衆を上中下の三等に分類した。「それに依て学校の月謝額が矢張り上中下に分けて」あったと回想している（前掲『神・人間・自由』三〇三頁）。

北深志町の一番丁から五番丁の家いえが、一年間に開智学校に出す資金を約束した「開智学校資金連名調印簿　従北深志町壱番丁至同五番丁　明治十一年」という史料が開智学校にある（重要文化財旧開智学校史料集刊行会編『史料開智学校　第五巻　設立と維持2　財政』三四頁〜五〇頁）。それは、一八七八年七月、区会決議で第十八番中学区第一番小学開智学校資金一か年に、北深志町一番丁から五番丁の各戸で出す金額を連署し、長野県令楢崎寛直宛に、北深志町戸長西郷元久、副戸長六人、執事水野政徳、副執事丸山柔吉・武井直一、勘査人惣代吉野兼厚・三上忠貞が連名・押印して奥書きをし、提出したものである。

北深志町一番丁から五番丁の町民八二八戸が、一八七八年一年間にだす約束をした学資金は合計四〇五円四二銭六厘であった。尚江の回想したようには、町民の財産標準を上中下に明確に分

表1　1878(明治11)年北深志町1番丁～5番丁開智学校資金

学校資金(以上)	戸数	比率(%)	具体例			
5円	1					
4円	1					
3円	2					
2円	4		大岩　昌臧			
1円	47		菅谷　司馬	西郷　元久	柴田　利直	
小　計	55	6.6				
90銭	9		野々山義勇			
80銭	15					
70銭	18		水野　政徳			
60銭	59		三上　忠貞	松原　衢	清水　義寿	吉野　兼厚
50銭	71		丸山　登	関口　友忠	山田　益盛	
小　計	172	20.8				
40銭	114		木下　秀勝	百瀬　元章	小里　頼永	
30銭	334		平岡　久	小川　昌成	山内実太郎	
20銭	19					
10銭	133					
5銭	1					
小　計	601	72.6				
合　計	828	100				

「開智学校資金連名調印簿　従北深志町一番丁至同五番丁　明治十一年」
『史料開智学校　第五巻　設立と維持2　財政』より作成

けたとはいえないが、実質的に三つにわけていたといったよい。それを表示すると、平均学資金が一戸四八銭九厘二毛六となるので、五〇銭以上と五〇銭未満にまず二つにわけ、五〇銭以上を中、一円以上を上として表1にしめした。

一円以上の「上」が五五戸で六・六パーセント、一円未満五〇銭以上の「中」が一七二戸で二〇・八パーセントをしめている。五〇銭未満の「下」のうち三〇銭以上が四四八戸、三〇銭未満が一五三戸あって、五〇銭未満が二分される傾向がみえるが、「下」に一括すると六〇一戸で全体の七二・六パーセントとなる。「上」が五五戸、「中」が一七二戸、「下」が六〇一戸と三分できるが、つぎのように、興政が養子にはいった百瀬家、木下尚江の木下家は「下」の上、尚江の母の実家平岡家は「下」の中といってよい。いずれも「下」に相当した。

百瀬元章　四五銭七厘　　木下秀勝　四二銭九厘　　平岡　久　三二銭六厘

初代松本市長となる小里頼永（松本北深志町三七二番地小里頼命・かねの長男に安政二〈一八五五〉年五月朔日に生まれる）も教員で四八銭五厘、開智学校で尚江の受持教員をしたという荒川泌の父荒川貞正が四九銭八厘、浅井洌の弟小川昌成が三八銭二厘などとなっている。木下秀勝は長野県巡査としての収入で、「下」の上の学資金を約束できたのである。

学資金五〇円以上一円未満の「中」には、区長近藤速水六九銭八厘、三上忠貞六三銭五厘、長野県師範学校松本支校教員松原衢六二銭二厘、関口友愛の父関口友忠五〇銭四厘などがみえる。一円以上の学資金を約束した「上」のなかには、北深志町戸長西郷元久の一円二九銭二厘、漢学者柴田利直の一円一三銭五厘、浅井洌の兄大岩昌臧の二円三銭七厘、松本町初代町長（一八八九〈明治二十二〉年六月就任）となり、尚江の妹いわの夫となる菅谷徹が二男の父菅谷司馬の一円四銭二厘などがあった。

ついで、『明治十一年　授業料取立名簿　従一月至十二月　開智学校』（以下、『取立名簿』と略す）で尚江の動向がわかる。尚江が属した第二十教場には、「授業料」による下等・中等の生徒が混在していて、尚江は下等であった。

　この『取立名簿』にみる会計年度一月〜十二月は、同時に級の学期にあたっていたと、わたしは解釈している。第二十教場には、また入学月日が異なる生徒、進度のちがう生徒が混在し、さらには授業料を納められないで退学する生徒もでて、毎月の生徒数にたえず変動があった。そのうち、一八七八（明治十一）年一月からの生徒は、原資料のままにしめせば、つぎの二六人であった。納入には、月ごとに○が付されているが、一月から十二月に納入された場合、「一月〜十二月」としるした。また、「下」は「授業料　下等　月三銭」、「中」は「授業料　中等　月六銭三厘」であった。

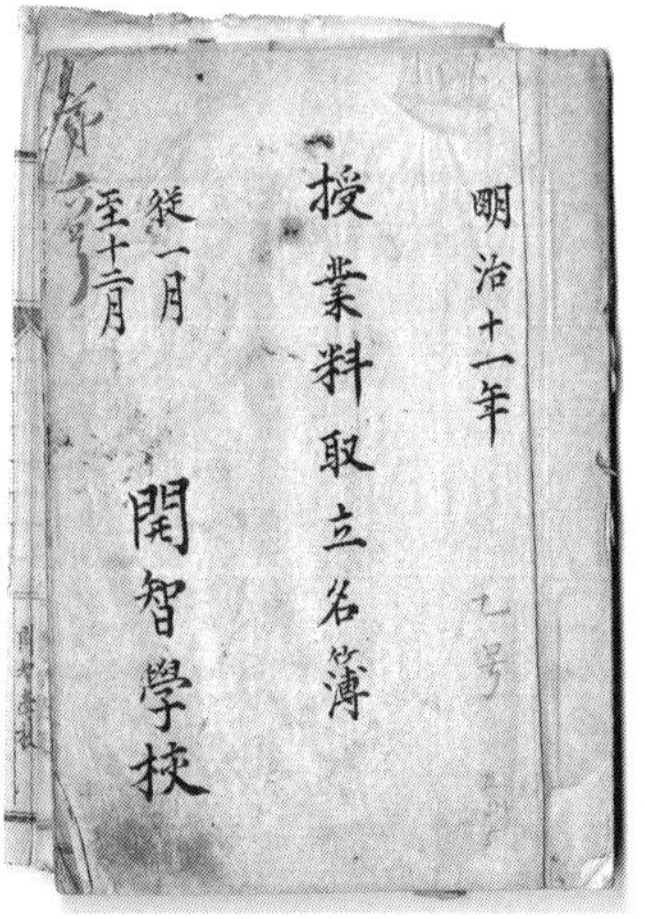

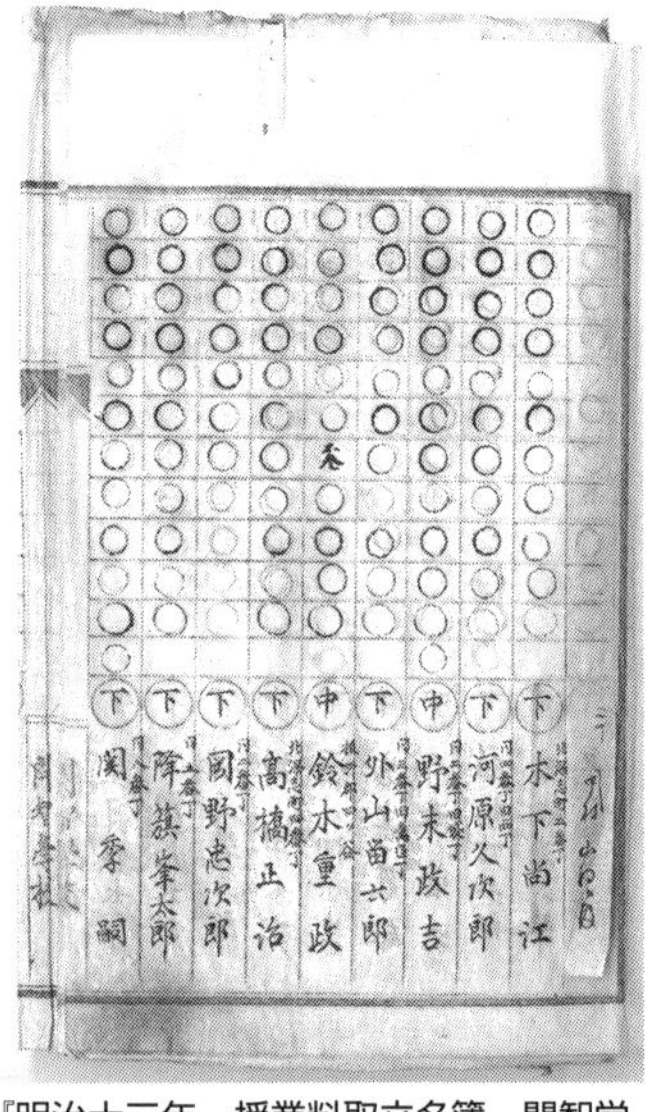

『明治十三年　授業料取立名簿　開智学校』にみる尚江（上『授業料取立名簿表紙』　下　尚江が記載された頁）
（国宝旧開智学校所蔵）

第二拾教場

一月〜十一月	下	北深志町五番丁	木下　尚江
一月〜十一月	下	同四番丁旧西丁	河原久次郎
一月〜十二月	中	同二番丁旧袋丁	野木　政吉
一月〜十一月	下	同三番丁旧鷹匠丁	外山留六郎
一月〜六月　八月〜十一月（注：七月不参）	中	埴科郡四ツ谷	鈴木　重政
一月〜十一月	下	北深志町四番丁	髙橋　正治
一月〜十一月	下	同二番丁	岡野忠次郎
一月〜十二月	下	同五番丁	降簱峯太郎
一月〜十二月	下	同八番丁	関　季嗣
一月〜十一月	下	北深志町七番丁	望月銀太郎
一月〜十一月	下	南深志町六番丁	百瀬房太郎
一月〜十一月	下	同二番丁	村山豊三郎
一月〜十一月（注：四月分七厘不足）	中	北深志町二番丁旧片端丁	増田　方
一月〜十二月	下	南深志町三番丁	原　伊生

一月～十一月	中	北深志町四番丁旧徒丁	岩嵜　隺雄
一月～十一月	下	筑摩村埋橋耕地	三溝　菅之
一月～十二月	下	南深志町四番丁	植松竹三郎
二月～七月　九月～十一月（注：一月・八月不参）	下	北深志町八番丁	吉村徳太郎
二月（注：一月不参）	中	南深志町六番丁	松林兼太郎
一月～七月（注：八月不参）	中	北深志町九番丁	原　紋次郎
一月～四月	下	同三番丁旧田丁	尋木　高吉
一月～十一月	下	同一番丁旧土居尻丁	野々山琢磨
一月～十一月	下	同八番丁	丸山由太郎
一月～四月	下	南深志町六番丁	千野金太郎
一月～十一月	下	北深志町三番丁旧北馬場	川地　尭彦
一月～七月（注：八月不参）	下	南深志町四番丁	吉沢米太郎

この二六人は、さきにみた前年十二月二十日に下等六級を卒業した生徒たちである。

この尚江が属していた二十教場は、受持教員が中村好（山田と改姓）であった。この『取立簿』で、授業料中等が六人、下等が二〇人であったことがわかる。一八七八（明治十一）年の授業料別の月別生徒数の変動は、つぎのようになっている。

一　月	中等六人・三七銭八厘	下等一八人・五四銭	計二四人・〆九三銭八厘
二　月	中等七人・四四銭一厘	下等一八人・五四銭	計二五人・〆九八銭一厘
三　月	中等六人・三七銭八厘	下等一九人・五七銭	計二五人・〆九四銭八厘
四　月	中等六人・三七銭八厘	下等一八人・五四銭	計二四人・〆九一銭八厘
五　月	中等八人・五〇銭四厘	下等一六人・四八銭	計二四人・〆九八銭四厘
六　月	中等六人・三七銭八厘	下等一七人・五一銭	計二三人・〆八八銭八厘
七　月	中等六人・三七銭八厘	下等一七人・五一銭	計二三人・〆八八銭八厘
八　月	中等五人・三一銭八厘	下等一五人・四五銭	計二〇人・〆七六銭八厘
九　月	中等五人・三一銭五厘	下等一六人・四八銭	計二一人・〆七九銭五厘
十　月	中等七人・四四銭一厘	下等二三人・六九銭	計三〇人・〆一円一三銭一厘
十一月	中等七人・四四銭一厘	下等三〇人・九〇銭	計三七人・〆一円三四銭一厘
十二月	中等五人・三一銭五厘	下等二五人・七五銭	計三〇人・〆一円六銭五厘

なお、〆の部分につぎのような付記がある。授業料の納入に過不足や下等を中等に間違えて納

入するなどがあったことがわかる。

一月　〆九拾壱銭八厘ノ所内壱厘不足　鈴木重政・吉沢米太郎五毛ヅツ不足ニ付

二月　〆九十八銭壱厘　右へ一厘五毛過　九十八銭二厘五毛有之

四月　〆九十一銭八厘　内壱厘五毛不足　内一厘増田方不足　五毛鈴木重政同

五月　〆九十八銭四厘　内三銭三厘　植松竹三郎中等納分返ス

六月　〆八十八銭八厘　合〆九十五銭一厘　内三銭三厘植松分引　引テ九十五銭五厘

七月　〆八十八銭八厘　外岩間孫三郎追出三銭　〆九十一銭八厘

　　注：北六番丁岩間孫三郎は、七月のみ下等授業料納入

十月　〆壱円拾三銭一厘　内五毛ヅツ　増田方　鈴木重政不足

十二月　〆壱円六銭五厘　追出原伊生下等三銭入ル　加テ一円九銭五厘

埴科郡から来ていた鈴木重政が三回納入不足をしているのは、松本に来て生活しながらの登校で注意に行き届かないところがあったからであろう。植松竹三郎が、下等なのに中等の授業料を納めて返金されているのは、授業料を生徒がわが判断して納めていたことをしめしている。

第二十教場は、一月に氏名のある生徒が二六人で、北深志町五番丁の木下尚江を筆頭に、住所のある町村が書かれている。尚江をふくめ北深志町は一七人、南深志町は七人、筑摩村埋橋耕地

と埴科郡四ツ谷(坂木村四ツ屋カ)が各一人である。初期開智学校の生徒の身分は、全体をみると「平民」より「士族」の子の就学がおおかったと指摘されているが(辻村輝雄「開智学校における士族と平民」『木下尚江研究 一九六一・一一 第三号』)、尚江の属した教場でも士族出身の子弟がおおかった。『取立名簿』の尚江の属した第二十教場の場合、下等授業料の二〇人にたいし、中等授業料を納めた生徒は六人と半分以下で、北深志町が二番丁旧袋丁、二番丁旧片端丁、四番丁旧徒丁、九番丁の四人、南深志町が六番丁の一人に、埴科郡四ツ谷の一人である。北深志町はたぶん士族四人、南深志町は平民一人とみられる。

十月以降の授業料納入者がおおいのは、他の級の卒業試験に合格しなかったことから移動してきて、級試験への準備をした生徒がくわわったためであった。

なお、尚江はじめ一六人は、授業料を十一月まで支払い、十二月には支払っていない。十二月に支払っている生徒は、一月から氏名のあるうち五人のみであった。十一月までの学習により下等科四級を卒業できたためと考えられる。

5 開智学校をめぐる内紛と生徒たち

太政官は、一八七九(明治十二)年九月二十九日に「学制」を廃し、「教育令」(自由教育令といわれた)を公布した。小学校は、修業年限が四か年以上八か年までとされ、長野県は県教育会議(後述)

をひらき、教則を八か年の第一教則、六か年の第二教則、四か年の簡易小学科の三種とするなど、尚江の開智学校在学中には小学校教育制度に教育財政もふくめた大きな変更があり、それが学校の内紛にまで波及した。尚江には、この開智学校の内紛にふれた回想をのこしていない。しかし、尚江の学習に影響があったとわたしは考えている。

これまで開智学校の内紛は、前掲有賀義人・千原勝美共著『開智学校沿革史』で「五　開智学校の衰退」として取り上げられた。しかし、教育制度の変更とのかかわりの言及が明確でないので、再考しておきたい。

開智学校では、一八八〇年六月の明治天皇巡幸ののち、同年八月から、前年に要因が積み重ねられていた学校設立の母体である町村をまきこんだ紛紜（ふんうん）がおこった。

前掲『史料開智学校　第二十一巻』は、年表で、開智学校の内紛をたどっている。一八七九（明治十二）年から、開智学校の就学率が低下し南・北深志町の学校経費負担の不公平などの不満から、南深志町の学資金怠納がとくにふえ、開智学校運営経費収支のアンバランスが大きくなる。翌八〇年には、開智学校学資金の怠納がさらに増加し、学校経費の収入減少のため、職員給料は前年の四〇％減、書籍・器械の購入費は〇となる。

こうした事態のおこった背景には、教育制度変更への対応の不十分さがあった。開智学校の学区であった北深志町・南深志町・筑摩村の三町村の教育財政システム変更への対応が遅れたのである。一八七八（明治十一）年七月、教育独自の資金を得る「学校元資金」の方式に代わり、三町村それぞれの納入金額が学区会議で算出・審議されることとなった。ついで、一八七九年九月二十九日に太政大臣三條實美名で、「学制」を廃し教育令（第一次）が公布され、学区制の廃止、小学校修業期間を四年以上とし、毎年四か月以上授業することとなった。さらに一八八〇年四月八日には、区町村会法の制定により、小学校費は公費として町村会議にかけられることになる。

こうした制度的変更に当面した開智学校は、学校資金を確保する方法の設立が、三町村の学校運営にたずさわる役職の人びとによって放置された。それればかりか、学資金の不正会計が役職メンバーによっておこなわれていた。

この時期の開智学校の役職は、つぎのような幹事・学務委員（副執事）で、選挙でえらばれたメンバーであった（「世話役・幹事・事務掛等職員録　明治五～二十二」前掲『史料開智学校　第十巻』一五頁）。

長野県士族　水野政徳
明治七年五月十七日　開智学校幹事心得取締兼務被命
明治十年一月十九日　開智学校幹事被命
明治十三年四月　被免
長野県平民　武井直一
明治十年一月十九日　開智学校副執事被命
明治十三年四月　第一番学区学務委員被命

明治十四年八月三十一日　　特令学務委員被廃
長野県平民　丸山柔吉
明治十年一月十九日　　開智学校副執事被命
明治十三年四月　　第一番学区学務委員被命
明治十四年八月三十一日　　特令学務委員被廃
長野県士族　都筑　正眼
明治十三年四月　　第一番学区学務委員被命
明治十四年八月　　学務委員被廃
仝年四月十三日ヨリ学区内三町村ヨリ一名ヅツ開智学校定詰世話掛リ　南深志町ヨリ撰出セラル
明治十五年四月限リ　定詰世話掛ヲ廃セラル

なお、武井・丸山が学務委員となってからも「副執事」を兼任していたことは、つぎの史料からわかる。根本静（高遠士族　弘化四〈一八四七〉年五月十二日生まれ　旧名周四郎・周也）は、一八七九（明治十二）年十二月から翌八〇年十月十四日まで二等訓導として就任し、開智学校の明治天皇巡幸時の対応にあたるとともに、開智学校紛争を解決するために、当時の同校執事・副執事とともに取り組んだ首座教員であった（前掲『史料開智学校　第十巻』）。

明治十三年一月　開智学校首座教師　根本　静
同校執事　水野政徳
同副執事　武井直一
同副執事　丸山柔吉

根本静の履歴によると、明治五年七月二十七日に筑摩県から第十四小校（林学校　筑摩郡林村のち里山辺村林）権訓導を申しつけられている。一八七四年十一月十日に五等訓導となっており安曇郡北大妻村の懐徳学校につとめたが、翌七五年二月二十八日に五等訓導と懐徳学校の勤めをやめている。こののち東京に出て東京師範学校小学師範科に学び、一八七七年三月十一日に卒業、翌日東京師範学校三等訓導（月給二〇円）を文部大輔から嘱され、同年八月三十一日同校助訓（月給二五円）となった。翌七八年十一月七日には東京師範学校助訓を依願解職（文部省）している。長野県内に帰ったとおもわれるが、履歴書に一年間の空白があり、一八七九（明治十二）年十二月に開智学校二等訓導（長野県）となった（『明治十七年　履歴　転免死亡者之部』旧長野県庁文書）。根本は、開智学校立てなおしのため、一八八〇年二月ころから教則改正委員を教員から選び、同年七月にようやく読会をひらくことにこぎつけたが、うまくいかなかったもようである（『月桂新誌』第七八号　明治十三年七月十一日）。

開智学校三町村は、元資金制度と学区との廃止により、戸長を責任者とする町村戸長役場が町村会にかけて教育予算を他費目とともに審議・議決するシステムに変わったとき、それへの移行が遅れた。その遅れが町村民の学資金怠納をもたらし、とりわけ南深志町民による開智学校からの分離運動を生みだした。幹事水野政徳、学務委員武井直一・丸山柔吉の体制では、その紛争に対応しきれず、一八八〇年四月に新学務委員に都筑正眼が公選されている。

その間、一八八〇年三月には、開智学校再建のための協議委員を北深志町・南深志町・筑摩村から選出し、四月八日には三町村協議委員が、学校負債額三七三八円一三銭三厘四毛を三町村で負担し、なおのこる負債額は学校付属地の一部を売って支払うなどを評決してもいた。

しかし、そののちも三学務委員の意見不一致などから、開智学校内紛は一八八一年四月の武井・丸山・都筑の三学務委員罷免までつづいた。開智学校が、明治天皇巡幸への対応で忙しかった時期と並行して、紛争はおこり、つづいていたのである。

教育雑誌『月桂新誌』(一八七九〈明治十二〉年一月六日創刊)は、明治天皇巡幸ののち、とくに紛紜が表面化した一八八〇(明治十三)年八月、南深志町住民の支持もあって設立された「私立小学松本学校」のうごきと開智学校がわの対応を、開智学校を存続させる立場から追っている。「開智学校の紛紜」で南深志町民の支持もあって設立された私立小学校松本学校は、開智学校をやめた西郷元治など五人の教員が、明治四年まで松本藩学崇教館助教をつとめ、安曇郡上鳥羽村(のち南安曇郡高家村)の鳥羽学校(一八六小学区、一八三小学区)の助教をつとめた漢学者柴田利直(文政五〈一八二二〉年五月二十五日生まれ　一八八〇年十二月二十九日死す）を頭格に据えて、南深志町一番丁大柳町に設立された。

この私立学校のうごきは、『月桂新誌』でしばしば報ぜられた。同誌（第八〇号　明治十三年七月廿一日）には、同校に一五〇人の生徒が学び、教育体制を整えつつあると、つぎのように報ぜられている（句読点は上條）。

私立小学校松本学校は、柴田利直・西郷元治・山田益盛・山口茂孝・冨田長秀・小川昌成の諸先生が一致結合の上に設立されたる学校なれば、設立の日も浅きに百五十名の生徒が入校する程にて、教則は官吏の干渉を受けねば土地人情に適当し、日に盛大となりしに、此度算術に河原忠氏、理化学並に英学に渡辺魁氏、体操・撃剣に友成貞固氏が主任となり、益規模を拡張し、中学の科をも教ふる仕組にて、此度西郷元治氏が私事にて出京の節、其れ〳〵規則をも取調べらるゝ筈なりと云ふが、独力を以て斯く迄に盛大なるは、全く数氏の尽力にて、子弟が昇進の著しきに依る者ならむ。

南深志町は開智学校の分離を主張するいっぽう、戸長が学務委員と開智学校校費一円以上出金者の姓名を書き出し、東筑摩郡役所に延滞説諭をしてもらう願書を提出した。郡役所は「これまで人民協議を遂げて処分すべきものを等閑にふしておき、始末がつかなくなって説諭を願っても役所で対応ができないので、人民協議を遂げ、それでも強情をいう者には詮議をするから」という主旨で、願書を却下した（『月桂新誌』第八五号　明治十三年八月十六日）。

その間、私立松本学校に旧松本藩主戸田光則から三〇〇円の寄付があるなど支援がみられ（『同前』第八三号　明治十三年八月六日）、入校生徒がふえ校舎が手狭になり、北深志町二番丁旧新町中村忍邸に一校を分地する案まででた（『同前』第八九号　明治十三年九月六日）。南深志町は、開智学校分離懸合掛担当の惣理人に宮坂伊七郎・小木曽代次郎をきめ、二人は学務委員武井・都筑を招き徹夜で話し合い、南深志町民の依頼で開智学校の会計・出納の不正の有無をただすため帳簿検査局をひらいている。また、宮坂・小木曽は北深志町戸長役場に掛け合ったが、北深志町戸長役場は町会議員を招いて検討した結果、開智学校は南北深志町・筑摩村の共有物だから合同会議をひらき協議を尽すべきだと南深志町に回答している（『同前』第九〇号　明治十三年九月十一日）。こうしたなか、負債が一〇〇〇円となった開智学校は、教員一〇人の解職を学務委員に申しだすなどあり（『同前』第八六号　明治十三年八月廿一日）、首座教員根本が「同校の教員と不和の巷説」が早くから『月桂新誌』につたえられていたが、「学務委員と解職（注：根本静自身）の示談行届き、既に其筋へ認可状返納を届出られし」と報ぜられている（『同前』第九五号　明治十三年十月六日）。

前掲の根本静履歴書には、「明治十三年十月十四日　依願二等訓導開智学校在勤差免サル（長野県指令）」とあり、翌一八八一年七月「長野県師範学校教員嘱任候事　但月給金二拾円支給候事　長野県」と「当分小学試験掛兼務申付候事　長野県」の辞令ふたつがでている。教員たちの努力だけでは、開智学校立てなおしが困難な構造的問題があったのである。

私立松本学校では、西郷元治が校則を検討し、教育は風土の状況に合うものとし、学齢に満ちたものには変則専門学科をおくなどの案を具体化した（『同前』第九一号　明治十三年九月十六日）。しかし、西郷は大岩昌臧（浅井洌・小川昌成の実兄）が一八八〇年十月一日、北深志町一番丁七番地の吟天社から、社主高美甚左衛門・印刷長大岩で創刊した『清籟新誌』の編輯長となってしまう。『月桂新誌』第九六号（明治十三年十月十一日）は、社説に相当する「開智学校の紛紜」（在松本　清原良香〈三上忠貞〉）で、経過をしるし、つぎのように解決の方向を提起している（句読点は上條）。

> 此の紛紜を裁断して人民の所望を満足せんにハ、速に連合町会を開設し、資金延滞の処分、分離別立の利害等、之を人民の公評に採るより他策なし。若夫れ議士の員数を論ずれば、南深志町の員数は過半に充たざるを以て、議事多数法に於ては失敗を受く。我れ之欲せずとなし、法律に於て公認せざる自分免許の総代人を以て得色ある如き、是れ政理に闇き者にして、倶に公共の如何を論ずる能はざる也。
>
> 編者云く。本論ハ開智学校の紛紜に関し意見を下したる者にして、其関係する所一小学校に止る如しと雖も、世間開智学校に類する学校なきに非ず。故に余輩は視て無用の弁となさず。之を本日の社説に掲ぐ。

この時期、大きな教育制度の替わり目で、小学校の衰退状況が各所に顕れていたことが、この提起となったのである。

そののちも開智学校の立てなおしは進まず、『月桂新誌』第一〇九号（明治十三年十二月十六日）に、社説に相当する「再び開智学校の紛紜を論ず」（清原良香郵送）が掲載された。

これは、紛紜が起きた「因由」はいくつもあるが、解決するためには基本課題を二つあるとしている。(1)は会計上の問題解決、(2)は開智学校を分離するか否かの問題解決とし、(1)をまず、つぎのように指摘した（句読点は上條）。

余輩の一大原因と認定する者は、会計上の如何を整理し、之を区内人民に報告し、校吏の出納に不審なきや否やを明瞭にするに在るなり。余輩は之を聞く、学校に諸帳簿あり、年々の出納を精査して更に疑惑なしと、是れ皮想の見なり。入額と出額を加減し一覧表の面は不審なき如しと雖も、未だ以て充分なりと信ず能はず。之を仕払帳の各項に就き一々之を勘査し、又買物帳の各項に就き一々之を精査し、彼是相照して、以て厘毛の錯誤・曖昧なきに於て、始て信を置く可きなり。（中略）

故に該校の紛紜を解除するには、会計精査局を開き、南北深志町・筑摩村より戸数に応じて精査委員を撰挙し、之に精査の全権を委ね、其調成の報告を以て、之を各町村に頒布すべし。果たして然らば、人民の着目・注意する所定る可きなり。

ついで、(2)をつぎのように論じた（句読点は上條）。

学校を分離し学校を保存し又ハ廃合し、学校の資金を増減するなどは、固より国法あり。人民の私意を以て容易く之を可否すべからず。若し可否すると雖も、其評決ハ無用の徒労たるに過ぎず。愚昧の人民あり、我国法に於て公共に関する事は町村会の評決に於て施行すべく、其数町村に亘る者は町村連合会の評決に依て施行すべき者なるに関せず、縦に私意我見を以て、町村会の権を侵すあれば、是れ民権を軽蔑したる大罪人となし、小子に令して鼓を鳴し之を改めんと欲す。

聞く、開智学校の紛紜に関し、何人の発議なりや、南北深志町より協議委員を撰て、之が評決に依らんと謀り、既に数度の会議を開しと。余輩は其会議の無効にして、数日の尽力は徒労に属するを哀まんと欲す。

こののち、南深志町民による私立松本学校のうごきもふくめ、開智学校内紛を集約したといってよい記述が、「開智学校紛紜の始末」と題し、『月桂新誌』第一三六号（明治十四年五月六日）から第一三九号（明治十四年五月二十一日）に、三上忠貞によって書かれ連載される。

その連載は、『月桂新誌』の編集・発行のスタッフが社主市川量造・仮編輯長三上忠貞・印刷長窪田重平のときで、三上は開智学校で重要な役割を担う教員をつとめた経験に立って「紛紜」に注目し、開智学校を存続させる立場から、経過をまとめている。

ややながい引用となるが、長野県教育の衰退期とされていた風潮のなかの開智学校でおこった事件であり、紛争のつづいた期間が、木下尚江が開智学校に学んでいた最後の年ともかさなることから、全文を復元し、重要事項を確認して考察をくわえておきたい。

まず、紛紜の起きたおもな要因は、つぎのように整理されている（『月桂新誌』第一三六号　句読点は上條）。

開智学校ハ、南北深志町・筑摩村の三町村にて共立せる小学校にして、資金四千余円、教員五十名、生徒の就学千二百余にして、比類なき小学校でありましたが、時勢の風潮に誘はれて、追々衰微を兆したる処に、当時の学務委員水野政徳（注：水野は幹事）・武井直市（直一カ）・丸山柔吉等は人望のなきのみならず、将来の禍福を予め計画するの才智なきに因り、困難の目前に生ずるを知りつゝも、一日送りに日を送りければ、明治十二年の始めに至ては、資金の延滞は非常に至り財源頓に尽き、之を奈何するなきに至れり。是れ開智学校紛紜の第一源因なり。

まず、「開智学校紛紜の第一源因」を、町村公選の学務委員の「人望のなさ」「才智なき」によるとみている。その結果生じた財政弱体化の具体的内容は、つぎのとおりであった。

○抑も斯く資金の延滞して財源の尽くるハ、故ある事なり。元来該校の資金は、十年度に於て区会を開き、人民の代議人を以て之が方法を定め、年々改正の意見なりしが、其後更に区会を開かず、去りとて戸長の専決を以て之を徴収するは、謇諤（けんがく）の人民が許さぬ所より、先つ旧年の例を逐ふて之を仮り集めになしたるが、道理を弁まへ権利を重ずる者は、代議人が年度の改正に着手するまで先づ出金見合せを届出る者ありしかば、出さぬで済なら自己れも出さぬとて、忽ち延滞になりにける。

是れ、戸長が代議人に謀る可き学校資金を其の意見のまゝに等閑したると、学務委員が学校の維持に大切なる資金の方法を、戸長に謀らざるに依る者にして、其の責は三町村の戸長及学務委員に在りと謂ふて可なり。

ついで、南北深志町・筑摩村の戸長・学務委員の対応のなさが生じさせた財政難から、開智学校紛紜の「第二源因」教員削減＝解職をもたらしたと記述している。それが生徒・保護者の開智学校離れを起こしたと、三上はつぎのように論じている（『月桂新誌』同前）。

○三町村の戸長及学務委員は、浅猿にも資金に延滞せるは民力に堪へぬ柄と、乙な小理屈を考へ、是より、学校の用度節減するこそ上策なりとて減額に着手し、先つ教員を減じて其費用を省かんとし、十五名を解職す。是れ開智学校紛紜の第二源因なり。
そも十五名の教員には、其任に堪えぬ者もあれど、亦た明治五年筑摩県学校を設けし頃、筑摩県令永山氏の特撰に依て教員に従事し、年を閲する七年余、其の功老（労力）の少なからざるに、一朝にして故なく職を解き、而して残った教員に従事せる者は、皆な水野・武井の推薦又ハ請托に依て該校に入りし者なれハ、依怙の沙汰なきも其迹より見れば、我儘勝手たる景況にして、其の内幕に入て探索すれば、言ふに云はれぬ奇怪・不思議あれば也。去るが故に、度量の寛大なる、学識の富裕なる先生達も、腹の底には不平を包み、挹々（いういう）不予の色（注：喜こばない色）ありき。

内紛解決を考えた開智学校が、根本静を首座教員に迎えたが、根本の対策が教員間に混乱をまねいて失敗し、さらに教員の転出となったこと、私立松本学校設立に発展したことを、つぎのように指摘している（『同前』第一三七号）。

学識も徳望もありて人民及び子弟の望を得たる十五人が一時に解職となりしかば、之を信認するの子女は、忽ち倦厭の心を生じ、上級のものは高科を教ふる私学に入るあり、校を辞し村校の授業生に従ふあり。而して十五人の人々、各地の村校に従ふ者多し。
是より学校の衰退頓に著しく、資金の延滞ます〳〵甚し。中にも十五人の諸氏に心服する者は、学校の取計向き不公平極るとて、近隣を唆導（さどう）し、特更に学資の延滞を醸さしむ。嗚呼、信仰の勢力亦た大なる哉。

閑話休題、学校にては、凡庸の徒のみにて、首座に立ち衆教員・授業生を総轄する者なきより、某氏の周旋を以て根本静氏を雇ひける。抑も根本静氏ハ、東京師範学校を卒業し其後は同校の附属小学校の教員に招かれ、教育に就きては頗る履歴ありしが、南安曇郡倭村・梓村の大妻学校・梓学校に兼勤したる頃、何等の故にや人望を失し余儀なく同校を辞したる程なれば、既に地方の評番(評判カ)を受け、心自ら侮慢のある所へ、開智学校に入り、校長を以て任じ頗る旧貫を破り故儇(こけん)を紊(みだ)し、種々新法を施すより、該校の帙席を錯乱し、自然と衆教員と合はず。十三年の一月に至ると小里頼匡殿は職を辞し、南麻績学校の聘に応じ、又間もなく、西郷元治・山田益盛・冨田長秀・小川昌成・山口茂孝の五氏も職を解き、私立松本学校を開きけり。偖ても十五人の先生と云ひ、小里・西郷・山田・冨田・山口・小川と云ひ、皆な開智学校屈指の人々なるに、今は学校を退きたれば、檜舞台に千両役者が引込だと同様、学校の寂寥となるは勿論の事なり。

況(ま)して西郷氏以下四人が、旗幟を樹て、漢学の大家柴田利直先生を元帥に立て、私立松本学校を設立せしかば、開智学校の生徒にして上級のものは、大半私立学校に転校したれば、開智学校は恰も大工の弟子が荒こなしを為る様なもので、清かんなの棟梁が扱ふ所は、私立学校・中学校に在り。是れ学務委員の武井・丸山が猿智恵にて猥りに改革を企てた源因なり。

此頃より、資金の延滞はます〳〵甚しく、去れど給金で衣食する日傭取の教員等より諸払までに差支へければ、借りられる丈は借りて借金は山を為せり。

一八八〇（明治十三）年八月に開設された私立小学校松本学校にうつった教員は、『松本市松本尋常高等小学校職員名簿　自明治五年至昭和六年四月」（前掲『史料開智学校　第二十一巻』一九一〜二二九頁）により、開智学校での勤務を和年号でしめせば、つぎのようになっている。

西郷元治　明治八年八月〜十二年十二月
山田益盛　明治九年十一月〜十二年十二月
　　　　　明治十四年四月〜同年八月十三日
山口茂孝　明治八年十月十三日〜十三年二月六日
　　　　　明治十六年四月二十七日〜二十六年六月十八日
冨田長秀　明治九年六月二日〜十三年二月六日
　　　　　明治十九年二月九日〜二十一年四月二日
小川昌成　明治六年十月十四日〜十二年十二月
　　　　　明治十四年四月〜同年年八月十三日
小里頼匡　明治五年五月一日〜十二年十二月　東筑摩郡波多村波多学校に転出

山田と小川は、紛紜解決期の一八八一年四月から開智学校にもどり、八月に開智学校を去ったことになっている。山口・冨田は、三年ないし六年後にふたたび開智学校につとめている。開智学校の教員体制を立てなおしがうまくいかなかったばかりでなく、財政難の解消もうまくいかなかったようすとその理由は、つぎのように指摘された（『月桂新誌』第一三八号）。

　財政に困難、之が原を成し、随って教育の不振を醸し、校を閉ぢ衆を散ずる、将に近に在らんとす。此際に南深志町には、委員を挙げて、先づ会計上の錯雑する訳を質問し、次で分離を謀らんとす。蓋し財政の困難は、北深志町に延滞し、筑摩村之に次ぎ、其額莫大に至る。南深志町のみ甘しく之を出すなきとし、強ひて延滞せしむ。其意学務委員を憤発せしめ、併せて北深志町をして尽力せしめんとす。委員の処置或は強要に出て、人心を憤激し殆ど云ふ可からざるに至らんとす。学務委員武井直一・丸山柔吉及び新任の都筑正眼内相睦からず。武井・都筑と意見を返（反カ）対にし、丸山中立す。而して武井は久く該校に奉職し当時在勤の教員は、大概ね其の撫字に出つるを以て、常に武井に党援す。
　而して都筑は其性急たるを以て、表を郡庁に上り、命を待たずして決然と校を出て、更に之が事務に関せず。丸山亦た病を告げ家に閉づ。独り武井拮据すと雖も、肝腎の資金に至ては、絶て之が道なきに依り、策を按じ北深志町の戸長に謀り、町会議員を招きて仮の方法を設けしむ。

結局、開智学校の紛紜は、私立松本学校の維持困難がみえてくるいっぽう、郡役所・長野県庁が乗り出したことによって解決する方向をたどった。三上はつぎのようにまとめている（『同前』第一三九号）。

○開智学校の紛紜　是より先き、開智学校の教員は約を立て、凡そ資金を延滞して、一時給料の遣払に差支ゆと雖も、官庁人あり烏有に附すべからず、忍耐して之を支へ、以て時機の至を待つべしと。是に於て、各無給にて事に従ふ。南深志町の閉校策も、此忍耐の為め容易に行はれざるに就き、窃に休業の日に乗じ開智学校に入り、席を分ち生徒を南北合一せず、南深志町は其の子弟を以て席を組み、更に教員を聘す。其の聘に応ぜし人々は、山田益盛・富田長秀・小川昌成にて、孰れも武井等と善からず。曾て該校を辞し別に樹立して松本学校を設けし者なり。

是に於てや、諸氏の志操なきと私立の維持に困難し、且つ利禄に恋々して不義の富貴を希ふを笑ふ。翌日に至り南深志町の挙動、甚だ粗暴に亘るを怒り、学務委員より始末書を郡役所に出し処分を乞ふ。郡長は驚き郡吏古川恭平氏を臨校せしめての不法を譴責し、悉く之を旧に復し、更に南北深志町の戸長に命じて至当の方法を設け、該校を維持せしむ。然も議相協はず苒荏（ぜんぜん）す。

偶（たまたま）鳥山少書記官巡視あり。就て問はる精くその景況を陳ぶ。その後、学務課物集女義久、殊に派出し該校の紛紜を処分し、各其の依る所に随て之を正して、以前の如くせんこと謀らしむ。

一八八一（明治十四）年九月、開智学校の再建がなって私立松本小学校は廃止となった。

松本小学校に勤めていた小川昌成の場合をみると、同年八月三十一日まで開智学校にも在籍していたがやめた。小川は、一八八〇年には北深志町会議員であった。南北深志町・筑摩村連合会議員もつとめており、翌八二年一月十七日に北深志町会議員の改選に当選している。教員としては、一八八二年十月二十八日に東筑摩郡塩尻町村新智学校五等訓導に就任している（小川健三編著『昌成先生行状記　小川昌成の生涯』自家版　一九八六年）。

連載された「開智学校の紛紜」を書いた三上忠貞は、二回の開智学校在職があった。第一回目が明治五（一八七二）年五月一日から一八七五（明治八）年八月まで、第二回が一八七五年十二月から一八七九（明治十二）年七月であり、そのあいだの開智学校での教育活動や校外での自由民権運動などはのちにくわしくみる。さきにみた「再び開智学校の紛紜を論ず」では、開智学校が「信濃屈指の小学校」として隆盛をしめしたのは、「明治八九年の交に当りてや、大田幹先生校長（ママ）となり、三上・梶原・徳山・小里の諸君之を補翼し、又今の師範学校幹事三原與平君校務を督理し」ていたときであったと評価している。

二回目の開智学校勤務ののち、三上は一八七九年七月に豊丘学校へ転勤している（『月桂新誌』第二八号　明治十二年七月二十八日）。また、教育雑誌『月桂新誌』に深くかかわり、一八八〇年五月二十六日の第六九号から、社主兼編輯の市川量造が長野県会議員などの仕事で忙しいため、三上が「仮編輯」にあたった。もっとも、この仮編輯長三上忠貞は、最終号の一八八一（明治十四）年六月十六日発行の『月桂新誌』第一四四号までつづく、継続した編輯長となった。それだけでなく、『録数報』と『月桂新誌』第一四五号（明治十四年九月十六日）が改題したのちも、社主市川量造・仮編輯長三上忠貞・印刷長窪田重平のスタッフは変わらなかった。『録数報』は、一八八一年十一月一日発行の『月桂新誌』以来の通し号数第一五四号で終っている。

三上に「仮編輯」あるいは「仮編輯長」の呼称がついたのは、松沢求策が「編輯長」を一八八〇年三月一日（第五二号）までつとめ、ついで奨匡社総代となり東京にでて国会開設請願運動をおこなうため編輯から離れたことから来ていた。

『月桂新誌』第一一四号（明治十四年一月十六日）は、太政大臣三條實美により一八八〇年十二月二十八日布告の改正教育令を、前号に引きつづきかかげ、開智学校の紛紜はまだくすぶっているが、「県令も軽々とは分離などはお聞届に成升まい。別て改正教育令には府県知事権令の指示に従ひ、独立或ハ連合して小学校を設置する成規なれば、旧来の慣習を逐ひ南北深志町・筑摩村連合して開智学校は設置せよと楢崎令公のお指令があったら仕方あるまい」と自主的解決はむずかしいことを解説している。

一八八一年公表の「明治十三年学事年報調べ」では、開智学校の学齢児童一八二六人、就学児童一一六三人、教員五二人、内授業生四四人などと報告している。尚江が、開智学校生徒として学んだ最後の年には、力のある教員が開智学校を離れたあとであったとみてよいであろう。

一八八一年三月二十四日、開智学校では、八年学期の生徒男三人・女一人が全科試験をうけ、賞与として『国史略』一部を長野県から受けている（『月桂新誌』第一二八号　明治十四年三月二十六日）。

五月四日には、文部省が小学校教則綱領を制定して、初等科三年・中等科三年・高等科二年とし、初等科三年を義務教育とすること、また修身を重視し、歴史は日本歴史のみとする方針をあきらかにした。長野県は一八八二（明治十五）年六月一日にこれを実施することとなる。この間の一八八一年十二月には、木下尚江は開智学校の修学を終えて、公立松本中学校に「転校」している。

一八八二年十二月二十二日、長野県は県内小学校・校数を定め、開智学校は東筑摩郡第一番小学区開智学校となる。翌八三年二月十五日、教育令改正により東筑摩郡第一番学区は開智学校の設立伺書を長野県に提出、二十三日に認可された。

一八八三（明治十六）年三月十二日、長野県師範学校一等助教諭小林常男（一八八三年三月十二日～八四年二月二日在職）が開智学校長兼一等訓導に就任、このとき初めて校長職がおかれ、自主的学校運営が厳しさをましていった。

三　小学生木下尚江が学んだもの

1　尚江が学んだ科学教育・社会問題と神

木下尚江が、開智学校で一八七六（明治九）年三月二十日に入学し、八一（明治十四）年十二月（実質は最終の「授業料」納入の十一月までの可能性がある）まで学んだと、みてきた史実を総合して、わたしは考えるにいたっている。

開智学校在学の五年八、九か月間に尚江が学んだ内容の特色について、山極圭司氏は、「天文物理を絵入りで説いた第四読本によって」さずけられた科学教育をあげた（前掲山極圭司『評伝木下尚江』一七頁）。尚江も、「明治初年の僕等幼年児童は、この小学読本の『科学教育』で、先祖伝来何千年の迷夢から醒めた」といい、家で丁寧におこなわれ

尚江の書「学の道は常に自性に於いて観る」掛軸

た仏事で飾られた涅槃図について祖母の説明などで抱いた疑惑不安が、読本巻の四をひらくと同時にことごとく一掃されてしまったという。「日は毎朝近い東の峯から出て、西の雪の山へ沈むものと思つて居た。然るに日は動くのではなく、却て自分等の住まつて居る地球と云ふもの、方が、休むことなく廻つて居るのだと云ふ」ことを知ったことを強調している（前掲『神・人間・自由』三一七〜三二〇頁）。

下等小学二年の第四読本で、天文と物理　日蝕・月蝕を学んだときの驚きを、尚江は遺稿『病中吟』で回想した短歌「我れ初めて　地球うごくと　知りし時　いそぎ帰りて　祖母に告げにき」などの連作五首に詠んだ。逝去する年十月九日に、鮮明に蘇った尚江の記憶であった（前掲『病中吟』二〇〜二一頁）。

わたしも、欧米の教科書での科学教育が、尚江に合理的物の見方を教えたことの重要性は強調しても過ぎることはないと考える。

『懺悔』のなかで、生命の誕生について、尚江はつぎのようにのべている。これは、「人生何物ぞ」との見出しで、進化論とかかわる叙述となっている（前掲教文館版全集『懺悔・飢渇』二六〜二七頁）。

今こそ一世の智者英雄として人も敬ひ自らも誇る人々でも、其の僅か何十年かの以前を顧みれば、母の膝に生み落とされたる目も明かず足も立たぬ一個の赤児では無かつたか、此時人の子と猿の子との間に果して何程の相違があつたのであろう、更に遡つて其れより僅々十個月の以前始めて母の胎内に宿つた当初の我と云ふものを考えて見よ、（中略）あゝ、此の一個細胞微分子から孑孑を経過し猿猴を経過して我等人間にまで進化した年月は幾百万歳の記憶を含蓄する所の我である、母胎に於ける僅々十個月の驚くべき進化は、其の昔し始めて人類に化成した我等の祖先が幾百万歳の歴史の、極めて美妙なる縮図ではないか、

尚江は、「猿も人間も同一の祖先から進化したもの」と生物の進化から生物としての人類をとらえ、「母の胎内に宿った当初の我」が、「一個微細の細胞分子に過ぎなかった」ものから、母胎におけるわずか十か月の驚くべき進化をへて生まれることに、「我等の祖先が幾百万歳の歴史の、極めて微妙なる縮図」をみた。この尚江の「人生何物ぞ」から、わたしにかれの科学的精神の見事な発露を感じとる。

尚江が、科学的思考の基礎を開智学校で学んだが、のちにキリスト教信徒になるにあたって、この記述にみられる進化論との「調和」は、大きな課題となった。前掲教文館版全集『懺悔・飢渇』の「第十三章　基督教」に、かつて『新約全書』の「第一頁の『処女聖霊に感じて孕む』の一句に失笑して投げ棄てた」尚江が、失意のなかで『新約聖書』をあらためて読み込むことによって、「予は神学と云ふものを理解する力を有たなかったが、自然界を通じて其の奥に神の存在を確信し」（九七～九八頁）、使徒パウロに強く引かれた。これが、尚江の科学的精神とキリスト教との接点での「調和」であったとおもう。

尚江が、開智学校で学んだ特色について、神崎清氏は、尚江から提供された『自筆の経歴』から、開智学校で尚江は社会問題への覚醒をあげた。すなわち、「爰に始めて社会と云ふものに対する憎悪と軽蔑との反感に動かされた」という文章につづく、「問題はやがて士族と平民との対応か、富族と貧族との区分けに移つり掛けた」とする箇所に注目し、つぎのような尚江の文を引用した（神崎清「木下尚江」『国語と国文学　第九巻第四号　昭和七年四月特別号　明治文豪論』四三六～四六一頁一九三二年）。

面白きは士族の間にも階級があり、町人の間にも階級がある。富める士族の子弟と富める町人の子弟とは、妥協同盟して、貧しき士族貧しき町人を侮蔑することだ。士族の子弟達が家の系図を持ち出して、我は源氏だとか、我は藤原だとか誇るのに対し、町人の子弟も亦た同じく系図を持ち出して相競ふ。

この系図争いに、「常に沈黙を守つて居た」尚江が、自宅の古箪笥のなかから捜し出した系図らしきものの巻頭に「大阪浪人木下某の名が認めてあつた」のをみて、祖先に「木下藤吉郎秀吉を描」き、「最早や門閥の権威を認めなくなった」とあるところから、神崎氏は「平民主義の思想的萌芽」が尚江少年の胸に宿ったとみた。

尚江は、福沢諭吉に早くから影響をうけていた。一八八九（明治三十二）年、「福沢翁の『新女大学』を評す」（『毎日新聞』一八八九・一二・二六）で、尚江は福沢諭吉から、母の膝に抱かれて、「世界は広し万国は……」と『世界国尽』を口授されてから二〇年以上、文字をとおして「教訓」を受けてきたとのべている。『世界国尽』は暗誦し、やがて『福翁百話』『新女大学』にいたるまで、福沢の言論がときに「奇激の疑似」があるものの「積年の陋習・弊風と闘ふが為の当然の態度」とみて、おおく教えられてきたといっている（『木下尚江全集　第一二巻　論説・感想集1』教文館一九九六年〈以下、教文館版全集『論説・感想集1』と略す〉。三〇二、三〇三頁）。

『学問のすゝめ』の冒頭、「天は人の上に人を造らず、人の下に人を造らず」、この一句を見たときの感動は、「言語に尽せぬ素晴らしいものであつた」とも回想している（前掲『神・人間・自由』三二七頁）。尚江に、世界へ眼をひろげ、人間平等を悟らせたのであった。

神崎氏はさらに、西南戦争のさいに西郷党の熱心な声援者となり、それが一転して「明治維新の信者」となり、「社会的進歩の方向へ歩み出す」こととなったと指摘した。

尚江が、明治維新をどのように評価したのか。東京専門学校を卒業し、郷里松本に帰って『信濃日報』の記者となり、長野県庁の所在地をめぐる移庁・分県運動にかかわったさい、松本市の将来像をどう構想するかをめぐる尚江の考察のなかに、まず地域の近代化にともなう産業の変化を、維新変革と関連づけて考察するに至っていたことをみることができる。

「松本の将来を如何にせん」（『信濃毎日新聞』一八九一〈明治二十四〉年四月二十四日、前掲教文館版全集『論説・感想集1』五〇〜五四頁）では、近世松本が信濃国における商業市場として枢要の位地をしめ「栄華」をしめした原由をつぎのように解釈している。

第一、松本藩六万石（其実十余万石）の領内より四集し来へる財貨をば松本城下に消費分配せり

第二、政治上位地の権力を以て経済上の分配をも支配し市場に一種の特権を付与しありたり

第三、昔時は至る所天険を以て支遮し交通極めて不便なりければ之れを松本の地に輻輳して次に近傍の都邑に分配すること便利なりき

この三つをさらに約言して、つぎのようにのべている。

一、松本の地政治上の特権ありし事

二、地方割拠的にして往来不便なる事

藩権力の特権に依拠した商業市場の近世城下町松本が、維新変革によって「特権的の商業は既に行はれざるを如何せん」といい、改良進歩した養蚕事業が「松本を以て製糸の土たらしむる」方向をたどっていることから「今後の松本は殖産製造の事業に依て栄ゆべし」と、近代産業がわが国対外貿易の中心商品生糸の製造からはじまった工業化にあることをのべている。

それはまた、イギリスが「製造主義に依て立つ」ところにみられるように、それは「国富の進歩」

にもとづく「明治以後に於ける日本人口の増加」をもたらすこと、したがって、増加する人口を「植民論・移住策」などにもとめるのではなく、「本邦焦眉の急と言へば、余は其の生産の途を開く一事にある」との尚江の主張となった(「須く内地に於てすべし」前掲教文館版全集『論説・感想集1』六七〜七〇頁)。

また、尚江が開智学校で学んだものについて、神崎氏は、『墓場』でのべている『読本』の授業で連語の劈頭にあった「神」とは何かに疑問をもち、教員の「神社仏閣へ参詣することは馬鹿の迷信だと云ふことを一方で説きながら、書物を見ると神様のことを教えて居る」、この「天地を主宰する神」とは何かに疑問をいだいたことに着目した。氏は、これが「二十年代の失意の尚江の胸に蘇つて熱烈なクリスト教の信者となつてゐる」原点と指摘したが、わたしは、この神への着目は西欧的普遍性への理解に発展し、日本の天皇信仰への批判とむすびついたことを重視すべきだと考えている。それは、開智学校で一八八〇(明治十三)年六月に経験した明治天皇巡幸のさいの違和感ともつながるものであった。

2　尚江と明治天皇巡幸

(1)　**尚江が巡幸で懐いた違和感**

明治天皇巡幸のさいの尚江の回想は、『懺悔』の「第四章　御巡幸」(前掲教文館版全集『懺悔　飢渇』五六、五七頁)に、「御巡幸待受けの準備」の展覧の書画を生徒にかかせたとき、尚江が「一個の老爺が蕎麦を食い過ぎて大きな腹を押し出して呻つて居る図を書いて出した」ところ、監査役の教員が面白い趣向だが展覧の絵としては「下品」であるから「布袋和尚に直して書いて見るが可い」と注意して尚江を候補にしたという。尚江が絵を工夫して画きはじめようとしたところ、老画工が尚江のうしろから「予の手を握って、合作の大きな籃の中へ一と房の葡萄を書いた、そして其の側へ『作葡萄者木下尚江十年何ヶ月』と明記させた」。これを尚江は「愚かな詐欺」と回想し、「巡幸に先ちて、予は実に言ふべからざる一種不快の念に打たれた」と回想している。

教文館版全集『懺悔』の解説を書いた山田貞光氏は、『松本市開智国民学校沿革概要』（一九四三年五月三日　前掲『史料開智学校　第二十一巻』一二頁）の「皇室御関係記事」の「明治十三年六月廿五日」の「明治天皇行幸あらせらるゝ」のなかの、「講堂に陳列しある物産・書画・古器物等叡慮あらせられ、開智学校生徒合作二幅亦展覧の栄を賜りたり」の箇所から、絵画展覧の事実は確認できたが、現在は国宝旧開智学校が所蔵している合作書画二幅のなかに尚江の絵はないと指摘している（解説四四三頁）。

明治天皇の開智学校巡幸については、一八八〇年五月に、開智学校の学務委員、北深志町・南深志町・筑摩村（庄内・埋橋）の三町村の戸長や学務委員が、開智学校への「御巡輦」を、長野県令を通して「懇願」して実現した、つぎの「奉願」がのこされている（前掲『史料開智学校　第二十一巻』四頁　句読点は上條）。

奉願
今般山梨三重ノ諸県へ
御巡幸御道筋ノ中、当松本町御泊御室被仰出候。就而ハ、誠ニ恐懼至極ニ候得共、同町行在所へ
ノ御道筋公立東筑摩郡第一番小学開智学校へ御巡輦賜ラン事ヲ懇願ノ到リニ堪ヘズ。此段宜御
報奏被下置度奉願候。以上

東筑摩郡公立第一番小学校

明治十三年五月十四日　開智学校学務委員

三町村戸長

長野県令楢崎寛直殿

開智学校への「巡輦」は、前年に開智学校教員であった三上忠貞が、巡幸随行委員となって『松本新聞』の「行幸の記」の報道を担当した。

『松本新聞』第七〇三号（明治十三年六月二十六日）に載った「御行幸の記　第二報」は、三上が諏訪に出向いて、山梨県から諏訪にはいった行幸の状況をくわしく報じた。そのあとにつけくわえられた松本での巡幸のようすは、ときの『松本新聞』編集長清水義寿によったとおもわれる、つぎのような記述となっている（句読点は上條）。

安藤広重の浮世絵「明治十三年六月御巡幸松本御通図」

○聖上に八、一昨日（注：六月二十四日）当地行在所神道中教院（注：正しくは神道分局で筑安諏伊四郡の人民寄付金で建設）へ着御の時は、神官楽を奏し、儀衛最も厳重なり。昨日（注：六月二十五日）も亦朝より雨天なれども、厭はせ給はず、午前の第八時行在所より馬車に召れ、松本裁判所へ臨御、同所にて所長加藤君（注：加藤祖一）が僚属を率ひて門内に奉迎し、所長御先導にて便殿（注：天皇の休息場に設けたところ）に着御、次に正庁へ臨御、次に所長より祝詞及民刑事勧解一覧表等を上る。次に民刑事執務の現状御通覧、畢て便殿に復御、次に裁判事情被聞召、次に所長御先導にて還御し給ふ。奉送の式奉迎に同じ。

皈途、師範松本支校へ御立よりあらせ給ふ時、同校の門内には少書記官中山信安君が学務課属官・同校詰・御用掛・事務掛等を率ゐ、同校訓導は各受持生徒を率ゐて、門側に奉迎し、令楢崎君御先導にて便殿に着御、次に令は祝詞及治績表を奉り、同時に同校々則・教則、師範・中学両校教員及生徒の祝詞幷に職員・生徒氏名簿及総計表を奉呈し、次に令御先導講堂へ臨御、師範優等生三十一名、中学優等生七名の肄業を　天覧に供し畢て便殿に復御、次に令御先導各教場御巡覧にて還御し給ふ。奉送の式は奉迎に同じ。御皈途、開智学校内に陳列せる物産・古書画・古器物等を御覧あらせらる。其内にても、渡辺・柴田子が発明の数反一時に織る事を得機器、多胡・手塚・尼子氏が新製の機器にハ暫く御覧あらせ給ひ、野蚕の養育法には精く御尋問あらせ給ふ。殖産興業に御心を尽させらる聖慮の程こそ難有けれ。
尚ほ恩賜の金額、物品幷人名、御買上になりし品物、印刷局員が写取し古器の如きは、余白に乏きを以て、明日の紙上に譲る。

「尚ほ」以下の予告は、『松本新聞』に載っていない。また三上忠貞は病気のため報道担当を退き、松本から木曽路鳥居峠までの報道は、おなじ民権派教員森本省一郎がおこなっている。
なお、『明治天皇紀　第五』には、松本裁判所・長野県師範学校松本支校・開智学校への六月二十五日巡幸のようすが、つぎのようにある（吉川弘文館　昭和四十六年。九八、九九頁）。

午前八時三十分松本裁判所に幸し、正庁に臨御あらせらる、所長祝辞を奏し、民事・刑事・勧解各一覧表を上る、畢りて各課の執務及び訟廷審理の状を御巡覧、便殿に所長を召して訟獄の情況を奏聞せしめたまふ、次に長野県師範学校松本支校に幸す、県令楢崎寛直上る所の同校の教則・校則・教員生徒の祝辞等を受けたまひて講堂に臨御し、師範優等生二十一人・中学優等生七人の或は小学教育論・万国史略を講じ、或は算術を為すを天覧、尋いで各教場を巡覧したまふ、次に物産及び古書画・古器物等を陳列せり、県令を前導として巡覧したまふ、郡民創製の機織器三四種あり、又古器物中に、小野神社の神代鉾、穂高神社の鏃・剣、山本勘助の冑及び七宝焼大花瓶一対、古文書中に、源頼朝・梶原景時・僧弁慶の書簡等あり、又開智学校生徒合作の書画二軸亦天覧に入る、十一時行在所に還幸あらせらる、

是より先、太政大臣三條實美・参議山田顕義等を、開智学校より直に市内望月嘉一郎の山繭織工場に遣はして、之れを視察せしめたまひ、金十円を嘉一郎に賜ふ、又神道事務局の行在所に充てらるゝや供張甚だ至れるを以て、特に賜物を厚くせしめ、午後二時松本を発したまふ、宿雨未だ歇まざれども庶民の聖駕を拝するもの蟻集す、

開智学校生徒と関係するものは「生徒合作の書画二軸」の天覧のみであった。根本静など教員による直接の迎送は、なかったもようである。

開智学校の生徒たちは、筑摩村に出て巡幸を待ち迎えたと『信濃御巡幸録』にある。尚江の『懺悔』の「第四章　御巡幸」には、雨のなか母が新調した晴れ着をきせられ、やはり新しく用意してくれた傘をもって――尚江は目立つことがきらいでさんざん抵抗したが――学校の庭にいったん

集った。そして上級生から列をつくって校旗を先頭に雨のなかを出川の原まで進んで、路傍の縄張りにはいり巡幸を待った。

街道筋は雨でぬかった泥のなか、両側に人の壁が築かれていた。さいわいに雨のやんだなか、「鳳輦」はなかなか来なかった。そのなかで、尚江は警固のために召集された父が、「旅装軽るやかに剣を握って泥濘の中を来給ふのを見た、年に一回ならでは帰つて来給はぬ父の勇健な姿を、思はぬ所で見受けたので、其の嬉しさは如何ばかりであつたろう」と回想している（前掲教文館版全集『懺悔・飢渇』五九頁）。

久しぶりに父の「勇健な姿」に心を躍らせたのとは、むしろ対照的な、「鹵簿（ろぼ）」が通り過ぎたときの印象を、つぎのように尚江は驚きとして回想している（『同前』五九、六〇頁）。

> 待ちに待ち疲れた時、鹵簿粛々として近づいた、きらめく釼を突き揃へた騎兵の花やかさ、御馬車を挽いたる六頭の亜拉比亜馬の雄々しさ、御馬車の窓の中をと思ふ時教師が『敬礼』と厳命を下だしたので、早速謹で頭を下げた、頭を上げた時御馬車は既に遠く行き過ぎて居たのである、抑も今日蟻の如くに此の街道に集つた老若男女は、只だ親しく天皇の御顔を見たいとの一念であつた、然かし、思ふに誰も彼も其の親しく見ることを得たのは騎兵と亜拉比亜馬とであつたであろう、
> 行列が行き過ぎ終つて通行の自由が許されると、両側から多くの男や女が我勝ちに駆け出して

突き合ひ押し合ひ着物を汚して争い始めた、彼等の一生懸命に争ふのは、馬に蹴飛ばされ車に踏み散らされたる泥塗れの砂利であつた、彼等の間には『天子様の御通行になつた砂利を持つて居れば、家内安全五穀豊穣だ』との信仰が一般に流布されて居たのであつた、

この民間の天皇信仰をみた尚江は、巡幸が遅れた理由に「奇態なこと」を感じた。つぎのような出来事が評判となったからであった（『同前』五九、六〇頁）。

［御通行の時が後れた理由］其れは出川駅の御小憩（おこやすみ）（御小休）で案外御手間が取れたのだと云ふことであつた、出川駅で供した御慰の計画は其頃非常な評判であつた、御休憩所の庭上なる池から鯉を釣つて天覧に供へたとのことであつたが、竿さへ投げれば直に大きな魚が引つ掛つて来るので、龍顔誠に麗はしく見受け奉つたとのことである、如何にして其のように能く釣れたものかと不審であつたが、其れは十日も前から餌を与へずに、充分腹を減らして置いたのだと云ふことであつた、聴くもの皆な手を拍つて其の妙案を讃めちぎつた、予は只だ奇体なことをするものだと黙つて聴いて居たのである、

筑摩郡信楽村の中田家は、戸主中田貢（弘化三〈一八四六〉年一月生まれ）が、一八七九年二月の

最初の長野県会議員に三十三歳で当選した名望家であった。中田家が御小休所にきまると、開智学校は巡幸を奉迎するため、開智学校巡幸の前日に持地を借用し、奉迎にそなえていた（前掲『史料開智学校　第二十一巻』）。

一　信楽村中田貢持地ヲ借用、生徒・教員・学務委員・学校セ話一同奉迎。
　六月廿四日

池の鯉の逸話は、世評とはやや違って、つぎのような実態であったとある（前掲『信濃御巡幸録』三六七頁）。

　六月二十四日、信楽村中田貢方御小休の時庭前の泉水にて御釣の御遊をもしもやと釣竿二本備へ置きたるに、三條公には庭に出でられ、其一本を取りて釣り試みらるゝに、暫くして二尺有余の鯉針にかゝりければ、三條公は思はず声を揚げて引き上げんとせられけれども水に躍りて中々に上らず。頻りに跳ね廻すに、公は彼に飛び此に移り挑み合ふ程を、陛下にはにこやかに御覧ぜられ給ひ、侍従の方々も縁先に立ち並びてもて囃したりと。

釣りを楽しんだのは、三條實美太政大臣であったのである。

(2) 父木下秀勝と巡査としての経歴

ところで、尚江は巡幸のさなかに、巡幸警備にあたる父木下秀勝の「勇健な姿」に胸を躍らされた。この明治期にはいってからの父秀勝の巡査としての具体的生活は、よくわかっていない。

松本藩における木下廉左衛門秀勝の働きは、すでにみたように、きわめて具体的にわかってきた。しかし、それを尚江や家族に積極的に語ることはなかったとおもわれる。佐幕派松本藩の下級藩士として尽力したものの倒幕派に敗れ、藩の解体以後の生活が、こころざしと異なったものであったことから、沈黙の日びのおおい生活に甘んじていたのではなかったか、と想像される。

前掲山極圭司『評伝　木下尚江』は、祖母長子にくらべ父秀勝は「無言であり、あえて言えば、かげがうすい」と感じられるが、『病中吟』で「神のごとき人」と評していることから、「秀勝の存在とその判断とは、人間尚江の形成に、決定的な役割を果たしたようで」あったとみている。その具体的な動向については、つぎのようにある（一一一、一一二頁）。

木下秀勝（松本市歴史の里所蔵）

> 秀勝は、明治四年の廃藩置県で藩知事戸田光則がその職を解かれ、東京永住の身となって松本を去った時、従って東京へ出た、間もなく戸田の好意を謝して帰郷

したという。戸田に信頼されていたということであり、それにもかかわらず、自力で生活をきずいて行くべく決断したということであろう。そして明治九年頃地方警吏（巡査）になり、『懺悔』によれば、「年に一回ならでは帰つて来給はぬ」父となった。松本警察署詰めとして帰ったこともあったが、大半はよそでくらしたのである。

木下秀勝が「神のごとき人」と尚江が評したのは『病中吟』で、「父上第五十一回忌」と題して、つぎのように詠ったなかにある（前掲『病中吟』五〇頁）。

一人子を　そだてるために　何もかも　忘れし父は　神のごとき人
何事か　成すべきものと　子の顔を　見つつや父は　生きたまひけむ
何一つ　なし得でただに　老ひ朽ちぬ　父の御まえに　あぐる顔なし

尚江の父への想いを、『懺悔』で語っているのは、「第十章　父の死」と「第十一章　一大空洞」である。「第十章」は、東京専門学校一年在学中の十月中旬、母方の伯父（平岡久）からの書状が届き、勤め先から父が帰宅したから「都合して帰ってこい」とあったものの、同封の母の仮名書きの紙一片には「直に帰ってくるように」とあったことから、父がみずから筆をとることができず「容易ならぬこと」と察知した尚江が、急遽松本に帰るところから書きはじめられている。

尚江は、汽車を横川で降り、碓氷峠を馬車で越え、小諸駅で乗り換え、さらに馬車の運転者にたいし強硬に上田まで行くことを促し、夜間十一時近きころに着いた上田で一泊する。上田の宿で、尚江は「去年始めて東京へ出づる時、父は其子の前途を祝して十二里の雪の山路を此処まで見送り給ふたのである。其翌早旦、予は馬車を雇ふて此宿を立ち出でたが、其時父は車に近く顔さし寄せて『身を大切に勉強せよ』と一語の訓戒を賜ふた」ことを想い出す。尚江はこの回想で、父の深い愛情を味わっている。

木下秀勝の巡査の経歴については、現在までのところ、山田貞光氏の調査がくわしい。教文館版全集『懺悔・飢渇』の解説で、尚江の父の巡査の経歴について、第十一章「大空洞」の事実を、山田氏はつぎのように解釈している（四四四、四四五頁）。

ここでは、「予は八歳の春から十九歳の冬に至るまで十二年の間常に父と離れ〴〵に生活して来た」とあるほか、第四章「御巡幸」には「年に一回ならでは帰つて来給はぬ我父」といっている。縁者の伝えるところによると、「警官として北信地方（長野県北部）にいたが詳しいことは解らない」という。尚江の「十二年の間常に父と離れ〴〵に生活して来た」という実感に嘘はないだろうが、尚江の中学時代（一八八一年九月から一八八六年二月）の一時期は一緒にいたことは間違いない。それというのは、一九七六（昭和五二）年八月初旬、木下尚江の生家を解体した際、押し入れの壁紙の下貼りのなかから尚江の中学時代の習字・作文・数学などの答案が出てきた（一八八二年ごろから一八八五年ごろと推定）が、そのとき一緒に出てきた父秀勝の同時代の報告文書類（控文書か）を見たところ、松本警察署勤務時代とその後の大町警察署池田分署長時代の物があったから、自宅から通勤していた時期は間違いなくあった。

尚江八歳の春は、一八七六（明治九）年三月二十日の開智学校入学時にあたる。この時期は、筑摩県時代である。山田氏は、まず長野県巡査に就任したとみているが、尚江の入学時に無職であったとはおもえなく、当時は筑摩県巡査に就いていたと、わたしは考えている。したがって、尚江の開智学校入学時に、秀勝が北信の警察署に勤めていたということはありえない。

筑摩県は、一八七六年四月一日実施の警察出張所・屯所の再編成で、信濃国内は松本・大町・上諏訪・松島・飯田・福島、飛驒国は高山・湯島の八警察署に三六屯所をおき、警部八人、巡査二三〇人、小使四四人がいたという（長野県警察本部警務部警務課編『長野県警察史　概説編』長野県警察本部　昭和三十三年。一三一頁）。

統合長野県では、一八七六年八月二十一日の筑摩県廃止でその警察事務が長野県第四課に引きつがれ、九月に第四課長に警部が就くこととなった。同年九月九日の長野県警察組織一覧をみると、警察出張所九、巡査北大区屯所二八、巡査南大区屯所二八からなった。この組織が、一八七七年二月十五日に内務省達乙五号で変えられた。警察出張所が警察署、屯所が分署となり、地名を冠称することとなり、つぎのようになった（『同前』一三三〜一三五頁）。

岩村田警察署　分署六：追分・田口・高野町・野澤・小諸・望月
上田警察署　分署四：縣・腰越・保野・下戸倉
長野警察書　分署八：松代・稲荷山・田野口・青木島・栁原・中條・徳間・牟礼
中野警察署　分署六：井上・小布施・科野・豊郷・飯山・照里
松本警察署　分署八：東川手・刈谷原・麻績・南穂高・塩尻・安曇・里山辺・中箕輪
大町警察署　分署四：廣津・美麻・北城・北小谷
上諏訪警察署　分署四：下諏訪・北山・落合・西高遠
飯田警察署　分署五：千代・遠山・根羽・冨草・赤穂
福島警察署　分署二：木祖・吾妻

木下秀勝が北信の警察署・分署に赴任していたとすれば、長野警察署・中野警察署か、二つの警察署管内の分署となる。一八七八（明治十一）年七月の郡区町村編制法により長野県に一六郡が行政組織としておかれると、同年八月飯山警察署がおかれ中野警察署は分署となっている。したがって、北信は長野警察署・飯山警察署の管内となる。

なお、分署は増置と廃止がしばしばあり、一八八一（明治十四）年七月四日の警察分署の増設で、八警察署・四五分署となって、大町警察署に池田分署がおかれた。山田貞光氏の考証のように、木下秀勝が池田分署長を務めたとすれば、一八八一年七月四日以降となる。

一八七八（明治十一）年九月改めの警察行政のトップには、二等属兼二等警部の稲垣重為が就き、警部は四等・六等各一人、七等二人（うち一人が横田数馬）、八等三人、九等四人、十等一七人がいて氏名がわかる。また、一八八二（明治十五）年十二月三十一日現在の長野県警察官等級別は、つぎのようになっている（『公文編冊　明治十五年ヨリ十八年ニ至ル等級書』旧長野県庁文書）。巡査は五一四人であった。

等級	士族	平民	人員	月給	支給人員	平均月給
警部長	〇人	一人	一人	六〇円	一人	六〇円
警部	四	〇	四	一三〇	四	三二・五
警部補	三四	一三	四七	六四〇	四七	一三・六
巡査	三二六	一八八	五一四	四七一八	五一四	九・二
使部傭	七	六九	七六	三七九	七六	五・〇

つぐ一八八三年十二月三十一日現在の長野県警察官等級別は、つぎのようである（同前）。巡査は五一〇人であった。

等級	士族	平民	人員	月給	支給人員	平均月給
警部長	〇人	一人	一人	七〇円	一人	七〇円
警部	六	〇	六	一八五	六	三〇・八
警部補	二九	一四	四三	六二七	四三	一四・六
巡査	三一〇	二〇〇	五一〇	四〇九一	五一〇	八・〇
御用掛准判任	一	〇	一	一〇	一	一〇
同准等外	一七	六	二三	一七九	二三	七・八
使部傭	一三	六七	八〇	三八八	八〇	四・九

警察官は、一般に士族出身者がおおく、巡査も一八八二年は六三・四パーセント、八三年は六〇・八パーセントが士族であった。平均月給は、松方デフレ政策のもとの不景気で、九・二円から八円へと減っていた。巡査の数はたどることができるものの、巡査たちの氏名を載せた職員録を、わたしは見ることが出来なく、木下秀勝がどの部署にいたのかわからないでいる（『長野県職員録　明治十一年九月改』）。

一八八〇年六月の明治天皇松本巡幸にあたって、内務卿松方正義は同年四月二十九日、長野県への通達で、巡幸の順路警護をすべて長野県の警部・巡査がおこなうこと、巡幸に供奉する警視局警視官が長野県の警部・巡査を直接指揮することがあることをあきらかにした。

東京から供奉するなかには、警視局の中警視石井邦猷はじめ警視七人、警衛長二人のほか、三条太政大臣付警部一人・巡査一二人、伊藤博文参議付警部一人・巡査六人、寺島宗則参議付警部試補一人・巡査六人、山田顕義参議付警部試補一人・巡査六人が、東京から同行した。たとえば、松本に巡幸一行が宿泊した六月二十四日夜、三條大臣は南深志町一番丁（本町）第十四国立銀行に宿泊し、警備には東京から同行した川瀬秀多権少警部と巡査一二人があたっている。山田参議はおなじ南深志町一番丁大池源重方に宿泊し、その警護には安藤正翼警部試補と巡査六人が就いている（前掲『信濃御巡幸録』）。

したがって、木下秀勝など長野県警部・巡査は、明治天皇巡幸では順路警護にあたったのみであった。このときの巡幸に、長野県警部・巡査がどのくらい動員されたかわかる史料を、わたしはみていない。

3　尚江が最初に出会った自由民権家

木下尚江は、『懺悔』における回想「第五章　民権家」で、小学生から中学生にかけての時期、近くの寺に祖母と聴きにいった政談演説とその弁士に強い感銘をうけ、「自由」や「民権」に目覚めたとし、つぎのように書いている。

予の家から四丁ばかり距れたる宝栄寺と云ふ真宗の寺の本堂でも、数々政談演説会が開かれたので、予も折々傍聴に行つた、当時の予は勿論弁士の議論を理解する所の耳を持つて居たのでは無い、只だ見物に行つたのだ、只だ遊びに行つたのだ、其頃は集会法など云ふ束縛が無かつたので、婦人でも小供でも自由に見物に行くことが出来た、予の祖母なぞも『坊様の眠むたい説教よりは元気が良くて面白い』とて、開会毎に出掛けられた、来衆の多数は子供であつた、彼等は開会時刻前から早々押しかけて角力を取る、鬼遊びは行(や)る、塵や埃を煙のように蹴立て丶大騒ぎに騒ぐのであつた、

偖て会場の様子はと云へば、阿弥陀の仏前なる平生住職が説教の高座に一脚の卓子(てーぶる)を据へ、其上に水差と洋盃(こつぷ)と洋燈(らんぷ)とが並べてある、広い伽藍の中、燈火(あかり)と云へば只だ此の卓子の洋燈一つなので、欄間に彫りたる天女の剥げたる顔に映る金光も、誠に寂びしく寒く見えた、演壇の下なる横手を六枚折の屏風で囲つて、其処が弁士の控席だ、弁士の追々の繰り込んで来てか、屏風の裡(なか)から笑顔なぞが洩れて来る、真暗な聴衆席から催促の拍手が起る、入り代り立ち代り登壇する弁士の中には、学校の教師の顔もあつた、

予は或時一個の非常なる雄弁家を見た、其れは頗る長演説であつたが、趣意は『今日の圧制政治を覆へして自由の世界に出づる為めには、我々は皆な一身を棄てねばならぬ』と云ふのであつた、予は自分の住んで居る此国が如何なる悪い有様であるのかを未だ毫も知なかつた、

この若い民権家と表現した人物が、関口友愛であったと、べつに尚江は書いている(「『沼間守

一』と桜鳴社」一九三八年四月一日『日本評論』第一三巻第五号『木下尚江著作集 第十五巻』明治文献一九七三年。一四八頁）。

或夜、私は始めて一人の大雄弁を見ました。士族の子で矢張り若かい小学校の教員でした。関口友愛と云ふ人でした。当時の二大問題「条約改正」「国会開設」の必要を説いたものです。小作りな瘠せた、極めて風采の揚がらぬ人でしたが声も低く、聞き取り難いやうな所がありましたが、其の沈痛な、ねばり強い弁舌──随分な長い時間であったやうに思ひますが、聴衆は「ノー」とも「ヒヤ」とも言はず、満場只だ稀代の雄弁に打たれて居ました。

この回想は、尚江の小学生・中学生のころの松本地域自由民権運動の高まりをしめしている。小学校の教員が、知識人として演説会に自由に登壇できたこと、それを地域社会の老若男女が違和感なく、坊さんの説教とおなじように受け容れていたことに、変革期の時代風潮がうかがえる。

なお、この関口友愛と尚江が回想していることについて、山田貞光氏は記憶違いであるとみている（前掲山田貞光『木下尚江と自由民権運動』六四～七三頁）。この問題は、のちにくわしく考察するが、木下尚江は関口友愛を直接知っていたとおもわれるので直ちには否定しがたいものの、結論的には、山田氏の宝栄寺の政談演説会に関口は登壇しなかったとする見解にわたしも近い。

四　木下尚江の公立中学校への「転校」と中学校生活

1　尚江が入学した公立中学校

開智学校での尚江が、一八八一（明治十四）年の一月から十二月にかけて下等科五級・四級の二つの級を修了し、開智学校を終えたとみるわたしの理解から、尚江がいつ松本中学校へ入学したかという問題にも、この基本的学修のプロセスがかかわっていたとみている。

山田貞光氏は、「彼が公立松本中学校に進学したのが明治十四（一八八一）年秋（九月か十月）であった」とした（山田貞光「木下尚江」『深志人物誌』松本深志高等学校同窓会　一九八七年。二〇頁）。「公立松本中学校」とは、一八七七（明治十）年八月から「第十八番中学校」とした校名が、一八八〇（明治十三）年一月に、「長野県公立中学校規則」にもとづき「公立中学校」と改称された中等教育機関であった。「公立」とは、東筑摩郡・南安曇郡・北安曇郡の三郡による組合立のことである。

公立中学校規則（一八八一〈明治十四〉年一月十八日改正制定）には、学校暦による学年が明記されていた。開智学校との違いである。公立中学校の学年は、一月十一日にはじまり十二月二十四日に終る一年間。学年は二期制で、「前一期」は一月十一日〜六月二十日、「後一期」は六月二十一日〜十二月二十四日で、毎学期の終りに定期試験をおこない、及第した者に「学級卒業ノ証書」をあたえた。例外に、「生徒学業進否ノ如何ニ因リ臨時試験シテ学級ヲ昇降セシムルコト」があり、全科卒業には大試験をおこない、及第者に「全科卒業ノ証書」をあたえた。また、「年中休業定日」が、日曜日・土曜日、孝明天皇祭・紀元節・春季皇霊祭・神武天皇祭・神嘗祭・天長節・秋季皇霊祭・新嘗祭、夏季八月一日―同二十五日と冬季十二月二十五日―一月十日、卒業生のみが受験した定期試験後の三日間となっていた。べつに、臨時休業はその都度掲示するとしている（「長野県公立中学校規則」第三章試験及卒業証書　第四章学年学期及休業）。なお、学科課程は八級制で、毎級は諸種の休業日を算入した六か月の修業とした（「同前」第五章教則）。

公立松本中学校は、一八八二年十二月に北安曇郡が脱退し、翌年南安曇郡も脱退したので組立が終り、八三年十二月に「東筑摩中学校」となった。尚江は、この東筑摩中学校が一八八四（明治十七）年八月三十日廃止される以前、八二（明治十五）年四月に一一人の一人として八級を修了、同年十二月に八級より一人すくない一〇人のなかの一人として七級を終えた（『長野県松本中学校・長野県松本深志高等学校九十年史』〈以下、『九十年史』と略す〉　松本深志高等学校同窓会九十年史刊行委員会　一九六九年。五〇頁）。

尚江が八級を修了したのが八二年四月であったから、山田氏は、一月〜四月の四か月では、八級を修了するのには短いと考え、尚江の公立中学校入学を八一年九月か十月と考えたと推測される。

尚江より一年年長の百瀬興政―尚江の母方の弟平岡興一の二男興政（明治元年九月十二日生まれ）が、松本町甲九百十六番地内八番地の百瀬元章の養子に一八七三（明治六）年三月二十三日に入籍した。興政は尚江の母の弟の子であり、尚江より一歳年長であるので従兄―は、公立中学で一八八一（明治十四）年十月に八級を修了、翌年四月に七級を修了しており、八級修了から六か月後に七級を修了している（前掲『九十年史』四九頁）。

わたしの手元に、『明治十三年六月　松本中学校総計表　長野県』と『明治十三年六月　松本中学校役員・教員・生徒姓名簿　長野県』がある。正式には一八八〇年一月から「長野県公立中学校」であったが、公文書で『松本中学校』の校名が使われている。

『松本中学校総計表』はつぎのような内容で、発足時の公立中学校のようすがまとめられている。訓導六人、生徒四六人のちいさな中学校であった。

松本中学校総計表

一　役員
　師範支校附属雇ニテ兼務　一人
一　教員
　訓導　六人
一　生徒

四級生　　　　　　　　　　七人
七級生　　　　　　　　　十一人
八級生　　　　　　　　　廿八人

一　建設
明治九年七月尋常小学校開智学校内へ開設
同十年七月十日師範学校松本支校内へ移転ス

一　築造費
師範松本支校内ニ開設スルヲ以テ別ニ築造費ナシ

一　経費　金千四百四拾四円
但十二年度予算額

一　経費ノ出途及維持方法
右ハ当県東筑摩郡及南北安曇両郡（中学区内）一般人民有志者ノ元資金ト各生徒受業料トノ二種ヲ以テ経費ニ充ツ
維持方法ノ如キモ該三郡一般ノ負担スルモノトス
但受業料ハ生徒一名ニ付六銭弐厘五毛トス

生徒は四級生と七、八級生からなり、五、六級生がいなかった。

役員・教員・生徒姓名簿による役員は附属雇木村成壽、教員は訓導の水井周芳・齊藤順・今城世璞・松原衢・川井常孝・梶原政公の六人であった。生徒は、最高学級が第四級で、つぎの七人であった。士族四人、平民三人である。

長野県士族柴田才一郎　同士族河崎祐次郎　同平民中村末四郎　同平民野村隼一郎
同　平民山村　由喜　同士族犬塚時次郎　同士族山口　豊正

この七人は、一八八一年十一月にそろって卒業している。松本中学校（公立中学校）第一回卒業生である。

つぐ第七級が、つぎの一一人である。平民四人、士族七人の内訳である。

長野県平民林栄一郎　同平民武井喜代太郎　同士族近藤　齋　同士族西田　治六
同士族　川口音三郎　同士族　加藤　知道　同士族大出　潤治　同士族澤柳　友治
同平民矢ケ崎庄三郎　同士族　大田帋次郎　同平民赤羽　雄一

このうち、一八八三年六月の松本中学校第二回卒業生は、林栄一郎・武井喜代太郎・加藤知道の三人だけである。他の八人は卒業生名簿にみられない。

もっとも下級の第八級二八人のなかには、百瀬興政がいた。士族二一人、平民七人のなかの一人である。

長野県士族中村　亀門	同　平民山崎右門太	同　士族小林秀次郎	同　平民日岐佐和次
同　平民中川　鶴松	同　士族鳥羽　常政	同　士族堀江　為次	同　士族都筑　寅雄
同　士族真鍋静三郎	同　士族坂本　貞雄	同　士族柳野　興博	同　平民金井大太郎
同　平民原　五郎三	同　平民金井　若次	同　平民岡崎覺太郎	同　士族松原　善人
同　士族野々山義武	同　士族西田坪次郎	同　士族吉田欽次郎	同　士族澤木　繁雄
同　士族高橋達太郎	同　士族**百瀬　興政**	同　士族池田　正	同　士族林　鉀蔵
同　士族津島　壱城	同　士族武井慶一郎	同　士族堀　平三	同　士族堀内桂三郎

この学級の生徒は、つぎに考察する長野県中学校松本支校の卒業生となるはずであったが、その第一回の一八八五（明治十八）年七月卒業生には林鉀蔵しかいない。百瀬興政も中途で退学し、全課程を卒業しなかった。津島壱城が、一八八六年二月の長野県中学校松本支校第二回卒業の木下尚江など五人のなかにいる。

公立中学校において、尚江たちが一月から四月までの学習で八級を修了するのには、正規のカリキュラムでは、むずかしいのではないかと考えられる。前年十一月はじめに入学していれば、百瀬

1883年7月の松本公立中学校の全校生徒と全職員　尚江は、前列左から5人目のすぐうしろに白く顔がみえる（松本市歴史の里所蔵）

興政とおなじに六か月で八級を修了したことになる。

しかし、尚江たちの七級の試験が十二月におこなわれている。八級試験の翌月から七か月目にあたった。このことは、七級以上の生徒の学級卒業試験の試験月との関係が考えられる。事実、一年先輩の百瀬興政たちの七級卒業試験は、八二年四月におこなわれていた。

木下尚江の「全業績を収録することを目途とした」とする前掲『木下尚江全集　第一九巻書簡・草稿・補遺』（教文館　二〇〇三年）所収の「木下尚江　年譜」には、一八八一（明治十四）年の「秋、松本中学校に入学」とあり、山田氏の説が採用された。しかし、この記述は誤りであるとわたしは考える。尚江の開智学校卒業は、公式には一八八二年十二月十九日の退校届によったが、公立松本中学校入学は、すでに一八八二年一月であったと、わたしは公立中学校の記録からも考えている。

それをあきらかにする開智学校がわの典拠は、『明治十五年一月改　長野県信濃国東筑摩郡第一学区北深志町五番丁学齢簿　北五番　開智学校』（以下、『五番丁学齢簿』と略す）の木下尚江の項である。その記載を整理し、（明治）（年齢）を補ってしめせば、つぎのようになる。

六百二十七番　庶　木下秀勝長男　木下尚江　（明治）二年九月八日生
明治九年三月廿日入校　（年齢）六年七月
（明治）八年八月満六年
（明治）十六年七月満十四年　終
（明治）十五年　三年学期卒業　以願退校　（年齢）十二年五月
右願出十五年十二月十九日受取置
（明治）十六年　中学校ニ於修業　（年齢）十三年五月
三年課程卒　松本中学校へ転校　明治十五年十二月調　同十六年十一月十四日認可ニナル

千原勝美氏は、「尚江年譜と著作に関する二・三」（『木下尚江研究　一九六二・九　第五号』）で、この史料を検討し、尚江の「以願退校」の「右願出、十五年十二月十九日受取置」の記述からは、「あたかもこのころ」が尚江の松本中学校に進んだ時期のようにみえる、しかし、改正教育令により小学校が初等科・中等科各三年、高等科二年の三段階になる「学制の変改期」を考慮する必要があるので、そのまま尚江の中学入学時にできないとみた。そして、『墓場』の尚江の記述「十三の秋、僕は中学へ移った」にもとづき（『木下尚江全集　第六巻　乞食・墓場』教文館　一九九一年。二四九頁）、一八八一（明治十四）年秋に松本中学校へ進んだことになると、山田貞光氏とほぼおなじ結論に落ち着かせている。

わたしは、この史料は一八八二（明治十五）年十二月には、すでに同年一月から尚江が実質的に開智学校を「退校」して公立松本中学校で学んでいたことをしめす史料と理解した。具体的にいえば、公立松本中学校の学校暦にしたがって、入学して六年目を迎え開智学校三年課程に就学中とされていた尚江が、実際には、公立松本中学校の八二年一月十一日からの「前一期」を六月に終え―実際には四月に八級を修了―、六月二十一日からの「後一期」を十二月二十四日に修了―実際にも十二月に七級を修了―できる見通しができたため、開智学校に十二月十九日付で「以願退校」を正式に申し出たとみる。

開智学校は、公立松本中学校での尚江の学習成果―八級および七級の修了―で、開智学校三年課程を学んだ成果とみなし、「三年課程卒」とみとめたと考える。尚江はそのとき満「十二年五月」（『墓場』にいう年齢十三年に相当）であった。開智学校に正式に退校をつたえず公立松本中学校で学んでいた―開智学校に出席していなかった―が、「以願退校」を開智学校に受取ってもらったのちの翌八三年には、『五番丁学齢簿』に年齢「十三年五月」で「中学校ニ於修業」と記載されたと解釈した。

『五番丁学齢簿』には、尚江のほかに開智学校から松本中学校へ入校（「転校」と記載）した二人の記録がある。つぎのようなものである。尚江とおなじ士族庶の飯尾六蔵と身分の記載がないが士族であった丹羽彦作である。番地から、三人は五番丁の六二五番丹羽家、六二六番飯尾家、六二七番木下家と並んでいた。

六百二十六番　庶　　飯尾信典二男　飯尾六蔵　（明治）二年十月十五日生
明治九年七月廿日入校　（年齢）六年十月
（明治）八年九月満六年
（明治）十六年八月満十四年　終
（明治）十五年　（年齢）十二年四月
（明治）十六年　（年齢）十三年四月　三年卒
三年課程卒　松本中学校エ転校　明治十五年十二月調　同十六年十一月十四日認可ニナル

六百弐拾五番　　丹羽新一郎長男　丹羽彦作　（明治）二年七月廿七日生
明治九年四月廿日入校　（年齢）六年九月
（明治）八年六月満六年

（明治）十六年五月満十四年
（明治）十五年　　（年齢）十二年七月
（明治）十六年　　（年齢）十三年七月　三年卒
三年課程卒　松本中学校エ転校　明治十五年十二月調　同十六年十一月十四日認可ニナル

引用した記載の入校につぐ二行によって、開智学校へ入学した明治二（一八六九）年生まれの子どもは、入学したときの年齢を一八七五（明治八）年の満六年になった月（陰暦と太陽暦を区別なく同じ月として書いている）でしめし、卒業する年齢は一八八三（明治十六）年の満十四年になった月（生まれた陰暦の月を太陽暦により一か月早く記載）でしめしたと読みとることができる。下等小学四年・上等小学四年を合せた八年間をしめした年数と考えられる。

尚江と同年の飯尾六蔵と丹羽彦作は、尚江が一八七五年の三月二十日に開智学校へ入学したのにたいし、同年の七月二十日と四月二十日に、尚江よりやや遅く開智学校へ入学した。生徒によって入学時がばらばらで、当時は共通の入学式がなかったことは、すでにふれた。いっぽう、三人ともに一八八三年の満十四年になったとき、すなわち改正教育令で「三年課程」（一年は順調にいけば二級ずつ）を終えると、開智学校を卒業することとなった。八級であった小学校は四年制であったが、千原氏のいう「学制の改変期」のため三年課程で卒業できたのである。

ところで、開智学校から公立松本中学に「転校」した五番丁の三人のうち、尚江が一年早い一八八二年に開智学校を「以願退校」したので、松本中学校では丹羽彦作たちより一年上級となった。丹羽彦作は、尚江が七級を修了した八二年十二月に八級を終えた（前掲『九十年史』五一頁）。飯尾六蔵の名は『九十年史』にみえないので、飯尾は入学間もなく退学した可能性がある。

わたしは、以上の『五番丁学齢簿』の記載の分析から、尚江の松本中学校入学は、従来の定説「明治十四年秋入学」を「一八八二（明治十五）年一月」とすべきであると考える。「秋」とする尚江の

『木下尚江研究』第五号附録

東筑摩中学校学期末調査一覧表

自明治十七年二月　至明治十七年七月

生徒	姓名	定点	木下尚江	百瀬栄喜弥	中沢保三	津島壱城	山村環	金丸半平	百瀬整次郎	今城世信	森留雄	全級平均点
			初等中学科第三年前期									
年令	年数 / 月数		14 / 11	17 / 6	16 / 4	17 / 4	17 / 2	16 / 11	18 / 6	16 / 9	15 / 8	
学期試業評点	修身	100	96	98	91	68	89	89	91	93	欠	89
	和文	100										
	漢文	100	70	50	25	58	58	60	55	65	欠	55
	英語	100	67	64	38	30	26	59	47	6	欠	42
	算術	100										
	代数	100	85	87	58	74	58	76	73	52	欠	70
	幾何	100	62	72	34	50	66	45	52	33	欠	52
	地理	100										
	地文	100	76	80	63	68	48	55	54	67	欠	64
	歴史	100	88	77	83	73	69	63	71	79	欠	75
	動物	100										
	植物	100	63	68	72	55	49	56	66	43	欠	60
	物理	100	91	82	50	67	62	61	57	44	欠	64
	習字	100										
	図画	100	68	70	61	80	61	66	63	59	欠	66
	体操	100	88	80	83	80	85	90	72	88	欠	83
	約点	100	78	75	60	64	61	65	64	57	欠	66
月例試業評点	第一	100	52	82	54	49	49	39	39	43	44	50
	第二	100	58	53	54	50	49	46	欠	37	47	49
	第三	100	75	73	66	56	57	66	56	49	欠	62
	約点	100	62	69	58	52	52	50	48	43	46	54
日課点	一月	100	84	54	79	78	79	60	56	75	82	72
	三月	100	81	78	80	73	76	65	44	76	73	72
	四月	100	84	86	83	69	86	69	77	92	40	76
	五月	100	84	86	80	80	76	71	82	77	欠	71
	六月	100	88	85	82	86	76	82	80	70	欠	72
	約点	100	84	78	81	77	79	69	68	78	39	73
成績	学期試業約点	100	78	75	60	64	61	65	64	57	欠	66
	月例試業約点	100	62	69	58	55	52	50	48	43	46	54
	日課約点	100	84	78	81	77	79	69	68	78	39	73
	総約点	100	75	74	66	65	64	61	60	59		66
出席日数 / 戒飾度数 / 拘止時間			98	100	100	100	98	98	90	100	44	92

（一九六二・九・三〇　山田貞光編）

1884年2月〜7月　尚江の東筑摩中学校学期末成績

記憶と異なるが、秋に尚江が中学校への「転校」を考えたとしたい。

この入学は、山田貞光氏が『木下尚江研究　一九六二・九　第五号』に附録として公表した「東筑摩中学校学期末調査一覧表　自明治十七年二月　至明治十七年七月」に「初等中学科第三年前期　木下尚江」が年齢十四年十一か月（一八八四〈明治十七〉年二月現在の年齢）として、三学年前期を優秀な成績で終えた記載とも整合する。

ただし、公立松本中学校および東筑摩中学校の学業および級試験はきびしく、第三年前期の学期末試験をうけた生徒は九人で、七級試験を修了したときの一〇人のうちの五人、尚江たちが七級を修了した八二年十二月月に六級を修了していた三人（うち一人は級試験を欠席）、八三年一月の臨時級試験で六級を終えた一人からなっていた。したがって年齢にばらつきがあり、尚江の十四年十一か月が最年少で、十五歳台一人（降級者で級定期試験欠席）、十六歳台三人（うち一人は降級者）、十七歳台三人（同前）、十八歳台一人（降級者）からなっていた。

2　尚江の妹イワの学歴と結婚・キリスト教社会主義者としての言動

開智学校にのこる『五番丁学齢簿』には、尚江についで妹イワの記載がある。つぎにしめしておく。（明治）（年齢）は、わたしがおぎなった。

六百二十七番　庶　　木下秀勝長女　木下イワ　（明治）八年七月廿三日生
明治十五年四月一日入校　（年齢）六年十月
（明治）十四年六月満六年
（明治）廿二年五月満十四年　○
（明治）十五年　（年齢）六年七月
（明治）十六年　（年齢）七年七月
（明治）十七年　（年齢）八年七月
（明治）十八年　（年齢）九年七月

尚江の妹イワの記載は、一八八二（明治十五）年四月一日に六歳十か月で入学した開智学校で、初等科三年・中等科三年・高等科二年の計八年を終える予定のうち、一八八九（明治二十二）年五月に満十四年を迎えるまでである。そのうちの一八八五（明治十八）年までの年齢がしるされている。尚江が、実質的に公立松本中学校に「転校」し学びはじめた一八八二年一月から三か月後の四月に、イワは一年生として開智学校に入学した。この兄妹は、開智学校で一緒に学ぶことはなかったことになる。

尚江の妹イワについては、山田貞光氏が教文館版全集『懺悔・飢渇』の解説で言及している。「松本尋常小学校」から「上級の裁縫科」に学び、一八九一（明治二十四）年六月三十日に兄尚江の届出で退校、同年尚江の援助で青山女学院に入学し、一八九九（明治三十二）年に高等科選科を卒業したとある。菅谷徹と結婚し、娘がひとりいたが、病弱で薄幸であったという。イワは尚江との関係で平民社に出入りし、『家庭雑誌』『直言』『新紀元』『婦人世界』などに、菅谷岩子・菅谷伊和子・藤なみ子・藤浪子などの筆名で掲載された文章一〇篇が確認できると、山田氏はしるしている（四四八、四四九頁　四五六頁）。

山田氏の記述を最小限に補足・修正すれば、一八七五（明治八）年七月二十三日生まれの木下イワは、兄尚江が松本中学校に入学した直後の「開智学校」に一八八二（明治十五）年四月一日に六歳十か月で入学、一八八八（明治二十一）年四月に学校令で改名した「松本開智尋常小学校」で一年学び、八九年四月に卒業したと考えられる。山田氏の記述にある「上級の裁縫科」とあるのは、開智学校が一八七六（明治九）年に学齢以外の婦女を募り裁縫を教授したのを手はじめに、「裁縫専修科」としてつづけた学科だと考える。

すでにこの書でみたように、イワの結婚は、戸籍上では一九〇一（明治三十四）年六月九日、イワ二十五歳のときで、北海道根室郡根室町大字根室村花咲街道壱番地に住む菅沼徹と婚姻、寄留地の東京本郷区へ届けだされた。イワは、結婚生活一年二か月のとき、夫徹に一九〇二年八月十九日に三十歳で一女をのこして先立たれる。イワはそののち、兄尚江の見守るなか、自力で生活の道を切り拓いていった。

『週刊新聞　直言　婦人号』第二巻第十二号（一九〇五〈明治三十八〉年四月二十八日　全面緑色で統一）

には、「如何にして社会主義者となりし乎」に四人の文章が載り、最初に菅谷伊和子のつぎの文が載っている。このとき、イワは二十八歳であった。

△菅谷伊和子氏　今より殆ど拾年前、一日校舎の窓から往来を眺めて居りますと門前に女乞食が赤子に乳を呑ませてゐます。私は彼小児の不幸を思ひやり赤子に何の罪があるとの叫びが心の底より起りました。

其後或る露国の小説を読み、一少女が、父侯爵の横暴と残酷を見るに忍びず、身を擲て社会党に入り其捕はるゝや「不義に生きんより義に死す」との言葉を残して断頭場の露と消えし、雄々しきさまに心酔すると共に社会党とは如何なるものなりやといふ疑が心に起りました。偶々此疑問を解いて私の心に喜びと望を与へたものがあります。そは親切なる経済学の教師です。教師が数時間熱心に社会主義を説明しました時に、私は実に感動せずには居られませんでした。そして生涯社会主義に身を捧げん事を神に祈りました。

されど星移り歳の行くにつれ、ミスはいつしかミセスと変じ母と呼ばるゝに至り、前年の勇気のなき事を恥ぢます。

十八歳ころ、「女乞食」が赤子に乳を呑ます姿をみた校舎の窓とは、伊和子が青山女学院の生徒のころとおもわれる。『直言』に投稿したときキリスト教徒であったことが、この文の「神に祈ります」からうかがえる。

一九〇五年三月五日の午後二時からは、平民社楼上で尚江・伊和子の兄妹が二人で「社会主義婦人講演」を会費五銭、「男子は必ず婦人に同伴せられて御来会あらんことを希望す」と呼びかけておこなっている。つぎの演題であった（『週刊新聞　直言』第二巻第五号　一九〇五年三月五日）。

△解放時代の婦人の危難　　木下　尚江
△源氏物語に於ける女性　　菅谷　岩子

菅谷岩子による「源氏物語に於ける女性　婦人講演の概要」は、『週刊新聞　直言』第二巻第六号（一九〇五年三月十二日）に掲載されている。

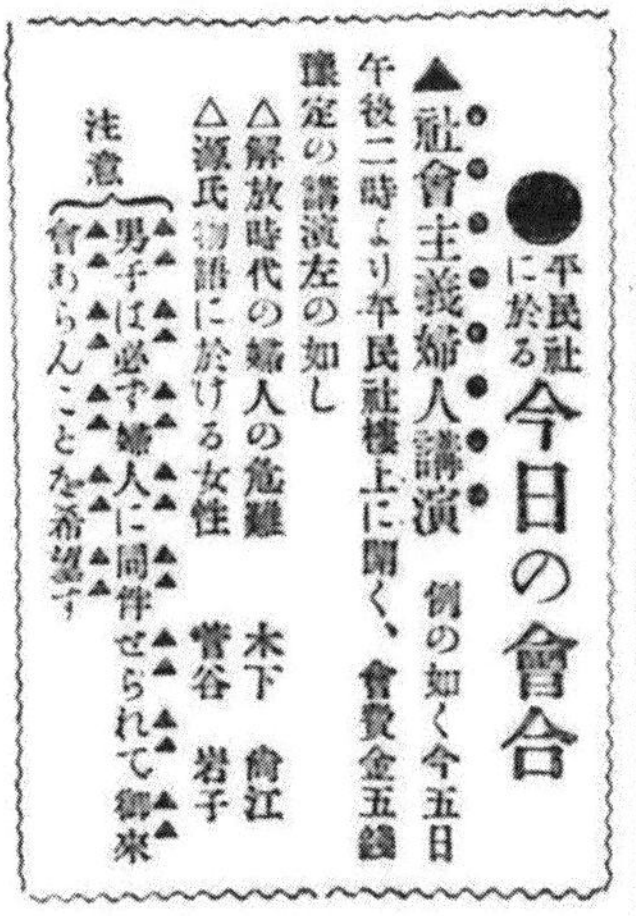
●平民社に於る今日の會合

▲社會主義婦人講演　例の如く今五日午後二時より平民社樓上に開く、會費金五錢

豫定の講演左の如し

△解放時代の婦人の危難　木下　尚江
△源氏物語に於ける女性　菅谷　岩子

注意　男子は必ず婦人に同伴せられて御來會あらんことを希望す

『週刊新聞　直言』掲載の尚江・伊和子兄妹の「社会主義婦人講演」

さらに、この日露戦争下のもと、一九〇五年六月四日の「社会主義婦人講演」には、堺利彦（一八七一年一月十五日〈明治三年十一月二十五日生まれ一九三三〈昭和八〉年一月廿三日死す）の「ベーベル氏の婦人論（二）」についで、「菅谷いわ子」が「先づ地に火を投げ入れよ」の演題で語っている。それは「心ある婦人に望む」として、日露戦争を早く終わらせるために、「夫ある婦人は其夫に、恋人ある者は其恋人に、兄弟ある者は其兄弟に対し、婦人が其強き力を用ひんことを勧告し、大いに聴衆を感動せしめた」内容であった（『同前』第二巻第一九号　一九〇五年六月十一日）。

前掲『週刊新聞　直言　婦人号』第二巻十二号には、冒頭に尚江の「醒めよ婦人」がかかげられ、さきに取りあげた菅谷伊和子「如何にして社会主義者となりし乎」とともに、与謝野晶子「君死にたまふこと勿れ　旅順口包囲軍の中に在る弟を歎きて」が、『恋ごろも』より転載されている。

菅谷いわ子「先づ地に火を投げ入れよ」は、与謝野晶子の歌を下敷きにした講演であった。

『直言』が日比谷焼打事件をきっかけに一九〇五年九月十日発行の第三十二号で発刊停止となると、月刊雑誌『新紀元』が木下尚江・石川三四郎・安部磯雄らによって一九〇五（明治三十八）年十一月十日に創刊された。同誌も、一九〇六年十一月十日発行の第十三号で、これは発行者みずからの意思で廃刊となった。

『新紀元』には、菅谷伊和子が藤なみ子・藤浪子の筆名で「文苑」欄に作品を発表した（労働運動史研究会編『明治社会主義史料集　第3集』明治文献資料刊行会　昭和三十六年。刊行のことば　大河内一男『新紀元』解説　隅谷三喜男）。菅谷伊和子の作品は、つぎのとおりである。

(1)　第一号（一九〇五年十一月十日）　文苑　藤なみ子「流るゝ水」

(2)　第二号（一九〇五年十二月十日）　文苑　藤なみ子「霄のゆめ」

(3)　第四号（一九〇六年　二月十日）文苑　藤なみ子「迷児」
(4)　第拾号（一九〇六年　八月十日）文苑　藤　浪子「夜の青山墓地」

(1)は、開学から二二年を迎えた「宗教女学校」の寮生活が、信書も開封する監督下に寮生をおき、外出簿に時間をしるさせ、帰寮には証人の捺印をもとめるなど、前途ある女学生の足を制約し、眼を覆い、自由を奪う生活を強いている。だが、女学生たちが「流るゝ水」のようにしなやかに、障害を打破してゆくうごきに期待するさまを描いている。(2)は、三年以前に愛する夫に先立たれ、日夜父を慕って泣く幼子と暮らす女性が、一日の労苦で疲れて帰る夫の好んだ食を調えて待つ夢を、無残に破られている破屋での生活を描き、心も身も浅ましい老婆となっても、天父のもとで若く美しいままの夫に遇してもらえることを、これまた夢見るさまをしるしている。いずれも、菅谷伊和子の実体験をふまえた短文におもえる。

いっぽう、(3)は、砲兵工廠で深夜労働をする父に逢おうと、六人の子沢山、しかも十歳の長兄が脳膜炎を病み赤子同様な極貧の家の、子守奉公をする六、七歳の女の子が、本郷台小石川の坂の辺で、水道橋の家に帰る道に迷い、道を尋ねられた女性が、家の近くまで送りながら、問答して日露戦争下の貧富のすさまじいまでの経済的格差を実感する小物語。子守先で時には叱られ昼食を与えられないが、守をする赤ん坊用の牛乳や食を奪って飢えをしのぐしたたかさをもつ話を聞き、女の子の近所の木賃宿に住む「せむし」の二十歳くらいの娘が、縁日の見世物小屋でさらしものにされているが、お金をもうけるので、女の子の母親に、「家にも片輪の一人もいれば貧乏はしない」といわれた極貧の庶民生活を描き出している。

⑸は、故郷で赤子のころからの友だち「春ちゃん」は、東京に出てきて、英語も学ぶ女学校でも同級の親友であった。この春ちゃんが多彩な教養を身につけ、「財産家の若旦那」と結婚、身をもてあましていたが、日露戦争がはじまると、愛国婦人会・婦人義勇艦隊・出征軍人家族慰問会などに生き甲斐を発揮している。戦争は罪悪であると考え、「平和の化身」となっている女性は、戦争賛成の春ちゃんとことごとく衝突する。日露戦争で戦死者がでたので、故人を弔うために青山墓地をおとずれた平和を希求する女性は、夜の墓地で婦人たちの泣く声や故人への語りかけを聴く。昼には戦争反対をいえないけれど、戦死者がふえてきて、青山墓地には夜の婦人参詣者がおおくなったことを知る。

キリスト教社会主義者の菅谷伊和子の豊かな物を視る目と表現力を、わたしは知った。

3　尚江が卒業した長野県中学校松本支校

中学生木下尚江は、一八八四（明治十七）年九月一日に、東筑摩中学校が県立長野県中学校松本支校（本校は長野）になると、そこに移行し、一年五か月後の八六（明治十九）年二月十三日に卒業した（前掲『九十年史』八六頁）。

県立長野県中学校の創立は、一八八四年三月一日に開会し、同月三十日に閉会した通常長野県会において、議員提案により決定されている。もっとも、松方デフレの不況下であったため、いったんこの提案は否決された。しかし議員たちの中学教育必要の熱意から、違う予算項目における再議をへて可決された案件となった（上條宏之「一八八四年における長野県会と松沢求策」『信濃』第二二巻第一一号　一九七〇年十一月）。

まず、三月六日の教育費原案審議のさい、島津忠貞・小山鉄児ら下水内郡飯山町の信陽自由党系議員と南安曇郡選出の自由党系松沢求策（一八八三年十二月の補欠選挙で当選）らが県立中学校設立を強く主張し、小山謙吾（北佐久郡小諸町出身）らの賛成を得た。だが、一票差でいったん否決される。しかし翌七日、町村教育補助費審議のとき県立中学校設立案を再燃させ、三月八日に松沢求策・正木誓（小県郡長久保新町出身）・小山鉄児・島津忠貞の自由党系に、小林元辰（更級郡田野口村出身）・橋爪多門（東筑摩郡岡田町村出身）・小沢海造（北安曇郡池田町村出身）をくわえた七人連記で県中学校についての「請再議書」が県会議長森田斐雄（小県郡上田町出身）に提出された。これは、四四人の議員のうち二三人の賛成で採択される。県立中学校設立にとりわけ熱心だった松沢の県立中学校創立の要望は、つぎのような論拠によった。

県立中学校ヲ設立スルハ甚ク賛成スベシ。之レ此校ヲ起シ洋学ヲ修業セシムルハ、廿三年国会開設ノ期モ近キニ在リ、又条約改正等ニ就、要用ナル事ハ目前ニ在ルヲ以テ、願ハクハ一日

ヲ早ク人財ヲ養成セン事ヲ。（中略）

実ニ教育ハ忽ガセニスベカラザルモノニシテ、已ニ廿三年国会ノ開設及ビ内地雑居モ近キニ在リテ、我国人物ノ乏シキヲ憂慮スルモノナレバ、諸君モ速ニ此挙ヲ賛成セラレン事ヲ冀望スルナリ。

再議で採択されると、森田議長の任命で起草委員に、松沢求策・小林元辰・中村兵左衛門（上水内郡柏原村）・高木戒三（上伊那郡南箕輪村出身）・小山鉄児・正木誓・島津忠貞の七人がえらばれ、県立中学校費一万二二五〇〇円（長野本校五〇〇〇円、上田・松本・飯田支校各二五〇〇円）を立案、松沢みずから起草案説明に立った。

長野県立中学校案は、二四人の賛成で建議案としてみとめられた。常置委員会の検討で、県立中学費は一万三一一二円七〇銭に増額修正されて三月二十八日の本会議に提出され、一気に三次会まで審議し可決された。松方デフレ政策のもと、経済的不況を強め、いっそう「人民困難」をもたらすと、県立中学校の本校・支校が設置されない地域の議員の反対意見もあったが、県会で可決されたのであった。こうして、一八八四年九月の長野県中学校の発足をむかえることとなる。

長野県令大野誠は、県会の決議をうけ、文部卿に一八八四年四月に伺書をだし、八月に「県立中学校設置伺」を提出した。その設置の目的は、つぎのようなものであった。県会の松沢求策の説明とは距離があり、社会の中間知識人の養成と上級学校進学を目的にうたっていた（前掲『九十年史』）。

彝倫（注：人の常に践むべき道）・道徳ヲ本トシ、高等ナル普通学科ヲ授クル所ニシテ、中人以上ノ業務ニ就クガ為メ、又ハ高等ノ学校ニ入ルガ為メ、必須ノ学科ヲ授クルモノトス。

中学校の設置位置は、つぎの四か所である。

本校　信濃国上水内郡長野町
支校　同　東筑摩郡松本北深志町
　　　同　小県郡上田町
　　　同　下伊那郡飯田町

校長には、和泉国（大阪府）北郡伯太の家老の末裔で、安政二（一八五五）年六月一日生まれ、大学南校から東京大学物理学科を一八八〇年に卒業した小林有也が、一八八四年九月一日に就任した。開校式は同年九月十五日に長野本校でおこなわれ、松本支校からは教場監事・一等教諭遠藤民次郎と書記木村成寿が参加した。

松本支校は、東京府士族（元岸和田藩士）の遠藤民次郎（一八八四年九月就任　一八八六年九月離任）が全体の運営にあたり、つぎの教員から構成されていた。

氏名	族籍	出身	職名	就任年月	離任年月
松原　衢	士族	松本	師範学校兼任一等助教諭	一八八四・九	一八八六・九
斎藤　順	同	同	二等助教諭	同	同
乾　鍬蔵	平民	大阪府	同	同	同
今城　世璞	士族	松本	同	同	同
梶原　政公	同	同	三等助教諭	同	一八八五・九
浅井　洌	同	同	同	同	一八八六・九
成瀬四男也	同	同	同	同	同
河野　二郎		栃木県	同	同	一八八六
小林松次郎	士族	佐賀県	出仕	一八八五・五	一八八六・四
石川吉二郎	平民	静岡県	同	一八八五・八	一八八六・九
武内総太郎			師範三等助教諭兼中学校助教諭試補	同	一八八六・四
矢野豊二郎	平民	大阪府	出仕	一八八六・五	一八八六・九

ほかに、書記の木村成寿（士族　松本）・川井正輝（同前）と書記雇の武井直一（同前　開智学校副

執事で開智学校内紛のさいの重要人物）がいた。

長野県中学校が発足した直後の一八八四年九月十二日、小林有也校長は、郡立中学校から松本支校へ「多胡鉒作外百拾三名」を受けとり、書籍・器械などは借りうけの手続きをとって、九月十五日から授業をはじめたと、県に上申している。長野県中学校規則（一八八四年九月二日布達）の第四條に、生徒定員を本校約一四〇人、各支校およそ一二〇人とするとあるから、東筑摩中学校から松本支校にはいった生徒一一四人は、ほぼ定員を満たしていたことになる。

東筑摩中学校は、一八八三年十一月十七日に設立をみとめられ、尚江たちが学んできていたが、長野県中学校松本支校が置かれるので廃止をと東筑摩郡連合町村会が決議し、八月三十日長野県へ許可願いを提出している。

尚江が中学校在学で学んだ期間は、公立中学校に学んだ一八八二（明治十五）年一月十一日から、東筑摩中学校をへて、長野県中学校松本支校で卒業した一八八六年二月十三日までの四年一か月間であった──長野県中学校在学は一年六か月間──と、わたしはみている。

長野県中学校は同校規則の「第二章　教授規則」の第五条で、「学年は九月一日ニ始マリ翌年七月廿日ニ終ル、之ヲ前後ノ二学期ニ分チ、一学期ヲ以テ一学級ノ修業期間トス、前学期ハ九月一日ヨリ翌年二月十五日ニ至リ、後学期ハ二月廿一日ヨリ七月廿日ニ終ル」と、公立中学校の学期一月から十二月までとはちがい、学期が九月─翌年七月へと変えられていた（長野県編『長野県史　近代史料編　第九巻　教育』長野県史刊行会　一九八五年　史料四二三　明治十七年九月　県中学校規則制

定県布達　五五三〜五六九頁）。しかし、公立中学校に入学し、東筑摩中学校にも学んだ尚江は、県立中学への過渡期にあって、一八八四年九月十五日から翌々年二月十三日に最終試験をうけて卒業するまで在学しただけである。二学期制の長野県中学校で、一学期学期末に卒業したのである。

尚江が一八八六（明治十九）年二月に長野県中学校松本支校を卒業したときの全科卒業者は五人にとどまっている。第三年前期級試験のときに一緒であった生徒は、尚江など三人であった。一人は八六年七月に卒業が遅れた。なお、八二年四月に八級を、同年十二月に七級を一緒に修了した生徒のうち二人は、尚江より早く八五年七月に卒業していた（『九十年史』八五—八六頁）。

尚江が、〝クロムウェルの木下〟とよばれるようになり、『懺悔』（前掲教文館版全集『懺悔・飢渇』六五頁）で、「其時以来予の性情は忽然全く一変して仕舞つた」「『物理や化学で天下は取れないぞ』と云ふのが僕の高慢の口癖となつた、昨日までの温順な影は最早や半点も予の身に見ることが出来なかつた」とのべている。そうしたあらわれが、八級を一緒に終えた二人に後れをとったところにうかがえるように、わたしにはおもわれる。

長野県中学校松本支校の新校舎は、東筑摩中学校のあった師範学校校舎の地（いまは日本銀行松本支店がある）から松本城二の丸字古山地とよぶところにうつった。国有地であった古山地のおよそ一〇〇〇坪が東筑摩郡へ無償で払い下げられ、ここに開智学校新校舎建築の棟梁であった立石清重の指揮のもとに新校舎が建設された。建築資金はすべて東筑摩郡が負担し、町村費とほぼ同額の寄付金と合せた総収入は五四三一円四〇銭であった。本校舎・寄宿舎・体操場・厠・付

木下尚江の長野県中学校松本支校卒業証書
（松本市歴史の里所蔵）

寄廊下などのほか、門・柵・矢来、濠をわたる橋、庭園などがととのえられた。尚江在学中の一八八五（明治十八）年九月十九日に落成し、その校舎での開校式は同年十一月二十二、二十三両日におこなわれた。二十二日の式は講堂で、木梨精一郎長野県令・稲垣重為東筑摩郡長・裁判官・警察署長・開智学校長・師範学校長などの来賓二百有余人を迎え、小林有也校長のもとで盛大であった（山田貞光「第一章　明治前期」前掲『九十年史』）。式のなかで「生徒の英語演説」があり、英語演説は尚江であったと山田貞光氏は考察している（山田貞光「相馬愛蔵・黒光伝」相馬愛蔵・黒光著作集刊行委員会編『相馬愛蔵・黒光著作集5　広瀬川の畔』郷土出版社　一九八一年。二五六頁）。

木下尚江は、「卒業証書」によって、一八八六（明治十九）年二月十三日に、新築間もない校舎の長野県中学校松本支校を卒業したことがわかる（写真）。尚江と一緒に松本支校第二回に卒業した津島壱城の場合は、「證」のもと「長野県士族　津島壱城　十八年十一ケ月」とあり、主文は「初等中学科卒業候事　明治十九年二月十三日　長野県中学校長小林有也㊞」、最後に「松第拾号」とある（前掲『九十年史』八五頁）。第一回卒業生が五人であったから、第二回は「松第六号」から「長野県士族　木下尚江　十六年六ケ月」

の「證」には、主文の「初等中学科卒業候事」、卒業年月日、校長名㊞、「松第八号」がしるされている。公立中学・東筑摩中学での独特な尚江の学修成果は、この証書ではわからないが、尚江が〝クロムウェルの木下〟とよばれ、東京へ新たな旅立ちをする心構えに刻み込まれていた。

五　少年尚江と自由民権家関口友愛との出会い

1　関口友愛が参画した蟻封社演説会

少年時代に近所の宝栄寺で自由民権演説を聞き、とくに尚江が感動した自由民権家が関口友愛であったとした木下尚江の回想は、誤りではないかと山田貞光氏は指摘した。

松本演説会の演説者と演題を検討した山田氏は、松本平の民権家による演説会が、一八七七（明治十）年九月に高知出身の坂崎斌(さかん)たちによってはじまり、坂崎が松本を去ったのちは、一八七八年十月〜翌年十一月の松沢求策たちによる第二期、一八七九年十一月〜一八八〇年十一月の奨匡社国会開設運動の展開した第三期があったと考察した。しかし、「第一期から第三期にかけての演説会では、関口の名前は全く現われていないことや、奨匡社にも参加していないので、関口説には多分に疑問がある」（前掲山田貞光『木下尚江と自由民権運動』六四〜七三頁）とみた。

山田氏は、前掲教文館版全集『懺悔・飢渇』（四四四頁）の「解説」では、一歩論をすすめて、「関口友愛は、一八七六年に筑摩県庁訟課員（前職は保福寺村誠之学校長）に任命され、以後、飯田区裁判所判事から長野県大町・長野・上田・福島に在勤し、一八八二年に北海道函館控訴院を辞職して松本に帰るまで、弁士として登場する機会はなかった筈である。彼が演説したのを尚江が聞いたとすれば、一八八二年以降のことである」と、関口は尚江の子どものころには演説をする機会がなかったと指摘している。また、尚江の感動した演説者は関口ではなく、「断定することはできない」が松沢求策あたりではないか、としたのであった。

この山田説は、ふたつの誤りにもとづく関口友愛否定説であったと、わたしは考える。

山田氏の誤りの第一は、関口友愛の履歴に関してである。

まず、関口友愛の履歴によって、一八七四（明治七）年の筑摩県内の小学校教員就任から、長野県小県郡長に内閣から任命された一八八六（明治十九）年八月までをたどると、つぎのように、教員、県官吏、司法省裁判所詰と転じている（『公文編冊　明治三十年　転免死亡者履歴』旧長野県庁文書）。

長野県士族 元松本藩 信濃国東筑摩郡松本北深志町四百六拾五番地住

關口友愛

嘉永五年十二月十七日生

明治七年甲戌　十一月　十日　筑摩県　○補五等訓導　誠之学校在勤申付候事

仝八年乙亥　三月三十一日　筑摩県　○任四等訓導　但月給金拾弐円

仝九年丙子　三月　廿七日　○補筑摩県十五等出仕　聴訟課　当分民事掛

七月　十三日　○補筑摩県十四等出仕
九月　五日　○補長野県十四等出仕　伊那裁判所出張申付候事
九月　廿五日　長野県　伊那裁判所出張所詰申付候事
十一月廿五日　○補司法省十四等出仕　飯田区裁判所詰
仝十年丁丑　一月　十一日　廃官　○補司法省十七等出仕
四月　十五日　長野県　旧筑摩県奉職中事務勉励ニ付目録之通下賜候事
目録金七円
七月　廿四日　松本裁判所　御用都合有之帰庁申付候事　松本区裁判所詰兼務
十一月十七日　○補司法省十六等出仕
仝十一年戊寅　七月　三日　司法省　○任判事補　月俸貳拾円下賜候事　大町区裁判所詰
明治十二年己卯一月十四日　松本裁判所　当分大町区裁判所長ノ心得ヲ以テ事務可取扱候事
九月十二日　司法省　自今月俸貳拾五円下賜候事　長野支庁詰兼長野区裁判所詰
仝十三年庚辰　五月　八日　司法省　上田支庁詰　上田区裁判所長兼務申付候事
五月　十日　仝　事務勉励ニ付為其賞金八円下賜候事

仝十四年辛巳　十月　廿日　仝　上田区裁判所長兼務差免候事
一月廿一日　司法省　自今月俸三拾円給与候事
一月廿四日　松本裁判所　帰庁申付候事　福嶋出張所詰
五月廿五日　司法省　◯任大審院六等属
十一月一日　仝　◯任裁判所書記　月俸三拾円給与候事　函館控訴裁判所詰ヲ命ジ候事
仝十五年壬午　四月十七日　司法省　依願免本官（自己）
仝十八年乙酉　四月十四日　長野県　地方衛生会委員申付候事
仝十九年丙戌　四月十四日　長野県　地方衛生会委員申付候事
八月廿八日　内閣　◯任長野県小県郡長　叙奏任官六等賜上給俸
十一月廿七日　仝　◯叙正八位

ここで着目しておきたいのは、一八七六（明治九）年八月三十一日に筑摩県が廃止され、短期間であるが、関口が県官吏から離れていることである。一八七六年九月四日に長野県十四等出仕に任命されたときの関口の履歴書には、八月三十一日「廃県ニ付解職」とある（『公文編冊　二冊ノ内貳　履歴原稿　職員履歴簿』旧長野県庁文書）。

一八七六年八月から九月にかけ、筑摩県廃止、信濃国全域を管轄する統合長野県成立があった。

筑摩県聴訟課民事掛に就任していた関口は、筑摩県廃止によっていったん解職となり、旧筑摩県の信濃国分四郡（筑摩・安曇・諏訪・伊那）を統合した長野県ができると、新たな長野県のもとで伊那裁判所に就任している。そのあいだの県官吏をしりぞいていた時期に、関口はみずから政談演説会の結社結成に参画しているのである（後述）。

山田氏の第二の誤りは、関口が演説会と無縁であったとしたことにある。

もっとも、尚江が宝栄寺で出会った民権家が「若い小学校の教師」であったとしたが、関口はこの時期には小学校教師ではなかった。これは、山田氏の関口友愛否定説の論拠にくわえることができよう。

また、関口が若いといえるかどうかを確認するため、年齢をみると、友愛は嘉永五（一八五二）年十二月十七日に関口友忠の長男に生まれていた。一八七六年には二十四歳前後であり、若いといえる。

山田氏があきらかにした松本演説会は、一八七七年九月につぎのような呼びかけではじまっている（『松本新聞』第二二四号　明治十年九月二十三日）。

私共儀学問研究ノ為メ南深志町百十三番地生糸会社ノ楼上ニ於テ毎週土曜日ノ夜演説会相催候間此段御届申上候以上

高知県士族　当時南深志町寄留　坂崎　斌

筑摩郡和田村平民　窪田畔夫
北深志町二番丁士族　三上忠貞
同　　四番丁　浅井　洌
　　　　　　　斎藤　順

ここでは、演説会場が「生糸会社ノ楼上」とされているが、実際は開智学校や宝栄寺に会場は拡がっていった。

演説会設立に名をつらねた人物たちの年齢をみておくと、窪田畔夫（号松門）が天保九（一八三八）年生まれ、関口より一四歳ほど年長で、窪田が『信飛新聞』の発行に一緒にかかわった市川量造（号松堂・片田舎半通）が弘化元（一八四四）年生まれ、金井潭（ふかし）（号信仙）が天保十（一八四〇）年生まれでほぼ同一世代とみてよいであろう。

坂崎斌（さかん）（号紫蘭）は禿頭のため老けてみられたが、嘉永六（一八五三）年生まれで関口より一歳若かった。

演説会開催の呼びかけ人のひとり浅井洌は嘉永二（一八四九）年生まれ、斎藤順は嘉永四年生まれ、三上忠貞は安政元〈一八五四〉年十一月生まれで、窪田・市川・金井らよりは一〇歳前後若く、奨匡社民権運動期のリーダー松沢求策（安政二〈一八五五〉年生まれ）ともほぼおなじ年齢であった。

浅井・斎藤・三上は、いずれも小学校教員であった。

関口友愛が政談演説会にかかわったのは、山田氏が見落としていた一八七六（明治九）年六月にあった。山田氏は、政談演説会のはじまりが一八七七年九月とみたので、関口が参画して蟻封社を設立し、北深志町の宝栄寺を会場としておこなった政談演説会の存在を、視野からはずしていた。

関口は、一八七六（明治九）年六月四日に蟻封社設立の準備をはじめ、七月二日には一〇人の参加で発足させていた（『明治九年第七月　蟻封社会議日誌』　上條宏之「自由民権運動と地域」信州大学「信州の歴史と文化」編集委員会編『信州の歴史と文化　山と平と文学と』郷土出版社　一九九五年。一〇〇頁）。いっぽう尚江は、七六年三月二十日に開智学校に入学していた。

蟻封社設立の経過と社員のうごきをしめした『明治九年第七月　蟻封社会議日誌』を、つぎにしるし、ややくわしく再考したい（桐原義司収集史料、松本市文書館に寄贈）。

明治九年第七月二日　日曜日　陰晴定マラス

北深志町七番丁宝榮寺ノ樓ヲ以テ假リニ會場ト定ム

午前第十時ヨリ社員追々集會シ午後第一時ヨリ開會ノ式ヲ行フ其畧左ノ如シ

一　午後第一時會幹扣席ヨリ場ノ南方ニ出テ北面シテ座ニ就ク

一　社員ノ第一番ハ場ノ西方ニ東面シ第二番ハ東方ニ西面シ三番以下左昭右穆ノ法ヲ以テ順次ニ列坐ス

一　社員一同席ニ就クヲ待テ會幹礼ヲ行ヒ社員答礼ヲ為ス

一　礼畢テ會幹本社ヲ設立スル所以ヲ述ヘ且其後来ノ隆盛ヲ期シ互ニ勵精盡力セン事ヲ誓ヒ然シテ後書記社則ヲ誦讀ス

一　以上終リ社員各祝詞アリ

一　一同読詞竟ハリ順序ヲ以テ扣席ニ復ル時ニ午后第三時五十分ナリ

此日本社ニ會同スル者一十名曰ク

浅井　洌　　藤田道朋　　関口友愛　　小川昌成　　高木本枝　　野々山直記

山田益盛　　三上忠貞　　小野正尊　　上田盛彌

以上本日到着ノ順序ニ随テ之ヲ記ス

後抽籤ヲ行ヒ社員班位ノ叙次ヲ定ム左ノ如シ

山田益盛　　浅井　洌　　枩郁忠明　　高木本枝　　上田盛彌　　三上忠貞

藤田道朋　　竹内泰信　　小野正尊　　関口友愛　　野々山直記　　小川昌成

是ヨリ先キ社員麻葉ノ櫻湯樓ニ會シ本社ノ章程及ヒ社則等ヲ論定シ且ツ投票ヲ以テ左ノ役員ヲ定ム

會幹兼書記会計　浅井　洌　　同　　三上忠貞　　同　　関口友愛

故ニ本日開業ノ萌芽ハ已ニ是時ニ生ス實ニ明治九年第六月四日也

八月六日　　日曜日　　晴天

午前十時ヨリ社員漸次ニ會場ニ集ル此日缺席スル者四名曰ク
三上忠貞　山田益盛　上田盛彌　小川昌成
社員咸ナ論策ナシ只會幹浅井洌本社後来保護ノ目的ヲ陳叙ス其策論別ニ在リ然レトモ社員多ク
缺ルアルヲ以テ論定ニ至ラス
會幹関口友愛本社罰則ヲ設クルノ動議ヲ起ス然レトモ亦議決ニ至ラサリキ
此日議定スル處唯後會之日雑誌ヲ出版スルノ目算ニテ古今内外ノ人物記傳ヲ探討捜索シ以テ只
編纂輯録ニ供スルノ事ノミ
此日醵金勘合簿ノ体裁ヲ更定セリ

九月十日　日曜日　晴天
午前第十時ヨリ社員出席本日缺員四名
伊那郡飯田ニ赴ク　関口友愛　松村忠明　竹内泰信　野々山直記
前會ニ於テ議定スル所ノ案ヲ破毀ス其故ハ雑誌印刷ハ目今ノ勢ニ於テ行レ難キ処アルヲ以テ今
暫ク之ヲ止メ専ラ演説ノミヲ為ス可キノ議ニ決シ更ニ演説規則ヲ定ム其則別紙ニ在リ

九月廿四日　日曜日
正午十二時社員相會シ前議ヲ履行ス　此日缺員

関口友愛　藤田道朋　竹内泰信
本日演説スル者浅井洌ノミ

十月一日　日曜日　天霽
午前十時ヨリ社員漸次相會ス　本日缺員
関口友愛　三上忠貞　竹内泰信
此日演説スル所ノ者高木本枝浅井洌
右畢テ午後第四時閉場

十月十有五日　快晴
正午時ヨリ社員逐々相會シ左ノ三人演説ヲ為ス
三上忠貞　上田盛弥　浅井洌
本日左ノ六人早帰幷不参
早帰　小野正尊
不参　山田益盛　同　藤田道朋　同　竹内泰信　同　野々山直記
同　小川昌成
演説畢テ午後第五時閉場退散

蟻封社の会合は日曜日にひらかれ、会員の出席にきびしかった。この『日記』とべつに、『醵金勘合簿』には財政面の運営についてしるし、定められた「演説規則」などを記録した文書もあったことがわかるが、それらは現在みつかっていない。『日記』では、蟻封社の開会式のもようがわかり、礼を重んじ、会員の平等なあつかいに配慮してクジ引きで席の序列を決めるなどしたことがうかがえる。

会員の一二人のなかには、関口友愛・高木本枝と浅井洌・小川昌成（安政二年九月十六日＝一八五五年十月二十六日大岩半平昌言の子に生まれ、明治三年一月十八日小川伝蔵政直の養嗣子となり、正式にみとめられている。一八七三〈明治六〉年十月十四日開智学校助教〈権少訓導〉に任命され、一八七四年四月十日松本師範講習所下等小学師範科卒業し開智学校五等訓導となった）の二組の兄弟がいた（小川昌成については、小川健三編著製作『昌成先生行状記　小川昌成小伝』一九八六年）。蟻封社は、教員による結社の性格が強かった。『明治九年六月　訓導卒業生名簿　第五課』（旧長野県庁文書）の「五等訓導以上の章」には、四等訓導にはつぎの氏名が並んでいる。

三上忠貞　　関口友愛　　浅井洌　　野々山直記　　竹内泰信　　小川昌成　　高木本枝

このうち、小川昌成・高木本枝と三上忠貞は、このとき開智学校教員であった。開智学校教員であった在職年月は、つぎのようになっている。

氏　名	開智学校在職年月（就任年月～離任年月）
小川昌成	明治六年十月十四日～十二年十二月　明治十四年四月～十四年八月十三日
高木本枝	明治七年四月～十二年二月十七日
三上忠貞	明治五年五月一日～八年八月　明治八年十二月～十二年七月
山田益盛	明治九年十一月～十二年十二月　明治十四年四月～十四年八月十三日

このほか、小野正尊も開智学校教員で、開智学校史料「月給渡帳　明治八年　従一月」（前掲『史料開智学校　第五巻』三二九～三五八頁）の一八七五年七月分給料をみると、三上忠貞一四円、小野正尊八円、小川昌成・高木本枝各七円となっている。三上は、開智学校の給料が高い教員であり、小野は小川や高木よりは高給取りであったことがうかがえる。

一八七六（明治九）年十一月に開智学校教員となった山田益盛も蟻封社会員となった。開智学校史料「開智学校寄付物品一覧表　明治九年～二十五年度」（前掲『史料開智学校　第五巻』五四六頁）の「明治十二年」の項に、「学資教員給料ノ内へ」の寄付として、高木本枝八円一二銭五厘、三上忠貞四八円、小川昌成一一円二五銭などとともに、山田益盛は一二円六〇銭を寄付している。当時の教員は草創期の学校運営が安定するように物心両面で尽力し、他方で社会的政治的活動にも取り組んだのであった。

関口・三上とともに、蟻封社の中心メンバーであった浅井洌は、一八七四年十一月十日に五等訓導に補せられ、盛業学校（出柳学校）勤務となっていた。また、竹内泰信は天保十四（一八四三）年十二月一日に安曇郡飯田村（のち豊科町飯田　いまは安曇野市）に生まれ、国学系の知識を身につけ、明治五年に神職に就き、一八七三（明治六）年から小学校教員になった。教員として蟻封社へ参加したのちには、一八七八（明治十一）年九月に『松本新聞』編輯長に坂崎斌のあとに就いた。翌一八七九年一月六日創刊の『月桂新誌』の編輯長にもなり、同年八月四日発行の第三〇号までつとめ、松沢求策に編輯長をゆずっている。

藤田道朋も教員で、一八七九（明治十二）年十一月、自由教育令のもと南安曇郡教育会が組織されたとき、議長大田幹、副議長藤森寿平、幹事藤田道朋・小澤真一のスタッフのひとりに公選されている（『月桂新誌』第三三号　明治十二年十一月十七日）。藤田道朋は、一八七七年から南安曇郡烏川村の中堀学校につとめ、「非常の勉強家にて一日の不参もなく授業に尽力せられ、正課外に予科・補助科を授けらるゝ故、入校する生徒は大概二年位にて是迄の下等小学科丈けは卒業するから、父兄は大悦びで学校を信じ、何でも藤田様でなければならぬと云ひ伝ふよし」と報ぜられた（『同前』第九四号　明治十三年十月一日）。一八八一年度の小学校表には、南安曇郡烏川村の中堀学校首座教員で、授業生男四人と共に出席生徒の男三九人・女一六人を教えている。このとき、野々山直記は北安曇郡松川村の松川学校首座教員で、授業生男一〇人と、出席生徒男一〇三人・

女二二人を教えていた（『長野県教育史　別巻一　調査統計』四一八〜四二二頁）。

『蟻封社会議日記』の記録者は、交代して記録したことが筆跡からわかる。一八七六年八月六日の記事は関口が記録したものと推定できた。この日に会幹として臨んだ関口は、出欠などに適応する罰則も考え、「古今内外ノ人物記傳」を収録した雑誌の発行も考えて提案した。しかし、関口が筑摩県聴訟課職員に同年三月二十七日に採用されると、蟻封社への参画がむずかしくなっていく。

筑摩県廃止でいったん退官した関口は、蟻封社発足に積極的にかかわった。しかし、一八七六年九月五日に長野県職員に採用されて伊那裁判所出張を申付けられ、九月二十五日には、県から伊那裁判所出張所詰を任ぜられ、松本からはなれることとなった。『日記』には、関口が九月十日に蟻封社の会を「伊那郡飯田ニ赴ク」ために休み、九月二十四日、十月一日にも欠席したことがしるされている。十月十五日には出席したもようであるが、積極的参画とはならなくなっていたと考えられる。

蟻封社の役員は選挙によってきめられ、会幹兼書記・会計が浅井洌・三上忠貞・関口友愛となっていた。そのため、関口の離脱は同社運営に影響をあたえた。雑誌の刊行も計画したがしばらくやめ、宝栄寺を会場としてはじめて演説会をおこなったのは九月十日、ついで九月二十四日に浅井洌、十月一日に高木本枝（関口友愛の実弟）と浅井洌で、いずれも関口が欠席した日であった。十月十五日には三上忠貞・上田盛弥・浅井洌が演説をし、ここでも演壇に立っていない。

また、この蟻封社の演説は、日曜日の午後、昼間におこなわれており、遅くとも午後五時（十月十五日）には終えている。尚江の回想にある夜の宝栄寺の演説会とはちがっていた。女性や子どもを聴衆とした政談演説会ではなかったと考えられる。会員が切磋琢磨する結社員の会合であった。

蟻封社のその後の展開は不明である。だが、一八八〇（明治十三）年十一月、開智学校の内紛で私立松本学校が北深志町につくられ、その学校運営を拡張するため、学資金募集をおこなったとき、応募した学資金のなかに、開産社職員から一〇円とともに、蟻封社からの一二円があった。そのほかからも三、四円の寄付があった。月桂社の三上忠貞も「一臂を添へ本社の余暇には得意の歴史でも引受ると申して折り升」とある（『月桂新誌』第一〇二号　明治十三年十一月十一日）。

兄浅井洌と蟻封社に参画していた小川昌成は、開智学校を去り私立松本学校にうつっていく。三上忠貞や関口友愛が中心で参画した蟻封社の名が、すでにふれた開智学校の内紛に出てきているのは、すくなくとも寄付できる資金が蟻封社にあったことを垣間みせる。しかし、この時期の蟻封社の記録を見ることができず、活動の有無もわかっていない。

ここでは、一八七六（明治九）年六月から十月にかけて、関口友愛が政談演説会のための蟻封社の結成と維持に中心となってかかわったことを確認した。しかし、尚江の出会った自由民権家が関口であったとはいえないデータともなった。その点では、山田氏の関口友愛否定説は、有効におもえる。ただし、尚江が東京専門学校を卒業し、松本に帰って『信濃日報』記者となって以降、尚江には関口を直接知る機会があったと、わたしは考えているので、尚江の回想のなかに関口が存在していたことを否定できない。

ただ、関口友愛は自由民権思想を明確に体得していたが、言論を声で訴える人ではなく、文章で表現することを得意とする人であった。つぎにあきらかにしたい。

2　関口友愛の漢学の素養にもとづく自由民権論

わたしが関口友愛にかかわる考察をおこなった論稿は、これまで二回あった。上條宏之「自由民権運動における在村的潮流　松本奨匡社成立の歴史的前提」（大塚史学会『史潮』第七二、七三号一九六〇年。学部卒業論文の一部）と上條宏之「開化史としての『松本学』の成立　関口友愛・浅井洌交著『松本繁昌記』の検討を通して」（『松本市史研究　松本市文書館紀要　第十号〈平成十一年度〉平成十二年三月　松本市』）である。このふたつの論稿の関口友愛の考察に、ここでの記述とかさなるところがあることを、お断りしておく。

関口友愛は北深志町堂町に生まれ、「幼にして頴悟(えいご)俊敏・頭脳明晰にして最記憶力に富む。漢籍は柴田利直先生に就て学ぶ。書籍は父より四書一部を買ひ与へられしのみにて、必読の書物は悉く手自ら謄写せり、当時内外多難・尊攘の論昌にして変革将に起らんとするの形勢に鑑み、大に悟る所あり、刻苦書を読み併せて書を写す、夜以て晷(き)に継ぐ、日本外史、古今集、遠鑑、尾張

関口友愛

の家づと等写本の主なる者とす」と、『松本市史　下巻』（松本市役所　一九三三年。「第十一章　人物」七九八～八〇二頁）にある。文章を『清籟新誌』『信中新報』『松本新聞』『勧農新聞』などに寄せ、「世を論じ志を展ぶ」ことで知られ、文筆に秀で、号を蟻封堂・蟠龍・閣鼻道人または蜂舞蝶戯堂などと称した。

一八七六（明治九）年六月四日に浅井洌・三上忠貞と関口が設立準備にとりかかった蟻封社は、関口の号蟻封堂とかかわりのある点に注目しておきたい。

蟻封とは「ありづか」「ありのとう」を指す。小さな蟻が築きあげた塔への着目は、民衆の協働による近代化を標榜した関口の理念をしめすものと、わたしは理解している。関口は、明治元年戊辰戦争に従軍し善光寺までいっており、明治四年一月～四月には世直し一揆の中野騒動に鎮圧軍松本藩野々山義晴に従って中野まで行き、世直し一揆をみとどげた。この経験と後述する『信飛新聞』に投稿された関口の自由民権論から、わたしは、関口が維新変革に民衆が参画していた意義を理解していた、と考えている。

窪田畔夫・重平兄弟や市川量造は、明治五（一八七二）年十月に『信飛新聞』第一号を発行し、筑摩県広報誌の役割をになうかたわら、次第に同紙を初期自由民権論の発表の場に変質させていった（有賀義人「『信飛新聞』解説」有賀義人代表編『信飛新聞』複刊信飛新聞刊行会　一九七〇年）。この『信飛新聞』紙上で、もっとも熱心に自由民権論を展開した一人が関口友愛であった。

関口友愛が信濃国最初の新聞『信飛新聞』できわめて注目される言論活動を開始したのは、『信飛新聞』第六二号（明治八年六月二十八日）の投書「筑摩郡保福寺辺ニ住ム蟠龍居士」のペンネームで「此頃貴社新聞第五十六号ヲ閲スルニ、松下多毬氏ナル者アリ」ではじまる文によった（それ以前の『信飛新聞』には、圓頂横目、不見権歟、杞憂堂主人などの自由民権的言論活動があった）。飛州古川町松下多毬は、同紙第五六号（明治八年六月四日）に投書し、東京の諸新聞を取り寄せて読んでいるが、「日報ノ岸田、報知ノ栗本、朝野ノ成島君等」が「上廟堂ヨリ下衆庶ノ事実、忌憚ナク異聞ヲ記シ思想ヲ述べ」ているのに、『信飛新聞』は「新聞ノ自由発論、義務ヲ尽スガ如キハ」「知ラヌト見エ」ると批判したものであった。局長窪田畔夫・編輯金井潭・印刷清水義寿は、「都鄙情勢自（おのずから）異」なるからだと弁明した。

これにたいして「蟠龍居士」は、窪田らの弁明は「駭愕仰天セザルヲ得ズ」といい、編者の「偏見固陋」のあらわれときびしく批判し、松下の批判に全面的に賛同する投書を寄せた。この日の『信飛新聞』は窪田畔夫が東京の地方官会議に傍聴人として出席中であるため、局長に市川量造が就いていた。関口のほかにも複数の批判的投書があったので、金井編輯者は、「謹而読了、向後急度心得可申候」と回答した。

この六月二十八日は、三條實美太政大臣名で「新聞紙条例」「讒謗律」が布告された日であった。

「新聞紙条例」は、第八条で筆者（投稿者）が「変名ヲ用ヒタル時ハ禁獄三十日、罰金十円ヲ科ス」とする言論弾圧法規であった（『信飛新聞』第六四号〈明治八年七月六日〉と第六五号〈明治八年七月十日〉に「新聞紙条例」掲載）。そのため、以後の関口の投書は実名でおこなわれている。実名の投書への切り替えは、『信飛新聞』が第六八号（明治八年七月二十二日）で、投書は「虚名偽名」でしないよう「編輯謹白」を載せたことにもよった。その結果、関口の永山盛輝筑摩県権令への教育政策批判の投書は、宮武外骨『府藩県制史』（名取書店　一九四一年）が（前掲有賀義人「『信飛新聞』解説」一二頁）、長官讒謗第一号であったと指摘したような投書となった。第一号ではないが、讒謗律による処罰のもっとも初期の事例となった（『信飛新聞』第九六号　明治八年十一月十一日）。

本県管下信濃国筑摩郡岡本村平民
知新社編輯人　金　井　潭

其方儀、本年十月二日知新社新聞第八十五号同八十六号エ關口友愛ノ学校生徒試験ヲ論ズルノ投書ヲ掲載スル科、讒謗律第四条官吏ノ職務ニ関シ誹謗スル者ニ依リ、罰金十円申付ル。

本県管下信濃国筑摩郡北深志町
士族忠長長男　關　口　友　愛

其方儀、本年十月二日知新社新聞第八十五号同八十六号ヘ学校生徒ノ試撿ヲ論ジ投書致ス科、讒謗律第四条官吏ノ職務ニ関シ誹謗スル者ニ依リ、編輯人金井潭ノ従ヲ以テ論ジ、罰金五円申付ル。

讒謗律で罰金五円に処せられた関口の投書は、小学校教育の基本を説くことにはじまり、夏休みを返上して、子どもを学校に通わせたらとする投書にかかわっていた。関口は教員のひとりとしてとても看過できないと、「夏日ノ永キヲ幸ヒニ終日修業セシメント申ス」桐原得馬の提案（『信飛新聞』第七七号 明治八年八月二十七日「投書」）を教育上の視点から批判し、さらに「教育権令」といわれた永山盛輝筑摩県権令の教育政策に論鋒を向けたものであった。まず、桐原得馬が知人であったため、つぎのように議論ははじめられ、丁寧に、しかもユーモアをまじえて、子どもへの教育の基本的考えをふまえた批判を展開した。長文であるが、関口の論のすすめ方を知るため引用する（『同前』第八〇号 明治八年九月八日）。

夏日ノ永キヲ幸ヒニ、終日修業セシメント申ス一語ハ、桐原得馬君ガ、目今小学ノ生徒ヲ措置スルノ考案ニシテ、シカモ朝暮頭痛ノ余リ吐キ出サレシトカ。今我輩ハ潜心静思シテ、此一語ヲ玩索シ奉ツルニ、奈何ニセン、得馬君ノ頭痛ガ伝染シテ、片腹痛キ腹痛トゾ化シヌルナゾ申テ、好デ弁駁ヲナシ、怨ヲ論者ニ搆フニ非レドモ、我輩ハ夙ニ世ノ知遇ヲ受テ、未熟ナガラモ訓導ノ尻ニ連ル教員連中ナリ。苟モ我敷分ニ関係ドコロカ、大妨碍ノ途上ニ横ハルヲ以テ、「ヨイハカマハズニヲケ」ト、マサカ薄情的ガ川向フノ火事ヲ見物スルヤウナ気込ニテハ居ラレズ、ヨシ、、執テ除ント不得已ノ筆ヲ攫ンデ、仕方ナシノ駁議ヲ草ス。

請フ得馬君ノ兄キ、姑ク其眼ヲ丸クセズシテ、我輩ノ舌ヲ十分ニ動サシメヨ。抑、**小児ヲ教導スルニハ、或ハ学バシメ、或ハ遊バシメ、以テ其身体ヲ運動シ、苟モ倦厭ノ心ヲ生ゼシメズ、常ニ爽快ノ心ヲ保持セシムベシ。若シ小児ヲシテ永ク一室内ニ閉護シ、榻上ニ端坐セシメテ沈黙考究セシムルトキハ、精神之ガ為メニ疲労ヲ生ジ、神経之ガ為ニ感覚ヲ減ジ、稍々記憶シ易キ事ヲモ却テ解得シ難キニ至ルベシ。故ニ「小児ヲシテ時月ヲ争ヒ、過度ノ勉励ヲナサシムベカラズ」ト。**是レ小学教師必携緒言ノ大意ニシテ、我輩ガ是迄ノ経験ニ於テ、其説ノ虚妄ナラザルヲ知ルヤ、恰モ座右ノ銘トナシ来レリ。［未ダ膳ニ糊シ紳ニ書セザレドモ］以テ得馬君ガ想像ノ説ヲ破ルベシ。目シテ此ニ至ラバ、得馬君ハ愈々眼ヲ張リ詰メ腹ヲ押シ立ツベシト雖、乞フ姑ク其憤怒ヲ堪ヘテ我輩ノ所言ヲ聴ケ。

　夫レ、勤メ難クシテ倦ミ易キハ小児ノ常ナリ。之ヲシテ倦ヲ去リ、勤ニ就カシムル者ハ、教員ノ工夫ト手術トニ因ルト雖、此永キ夏日ニ当リ、狭キ校上ニ居ラシメ、ソレ本ヲ読メ、ヤレ手習ヲセヨト、朝カラ晩マデ息咳ナシニ責メ立テ、、小児ヲシテ畏縮ト倦厭トニ陥ラシメザルハ老練ノ教師ト雖、未ダ屁ヲ放ルノ易キニ比スベカラズ。サー一度畏縮ト倦厭トニ陥ツタガ才助、其時コソ日ニ鞭テ其進歩ヲ求ムルトモ、イカナ進歩ノシノ字モ見エザルハ、又我輩ガ是迄ノ実験ニテ知リ得タル所ナリ。況ヤ夏日ノ永キ炎暑ノ酷キ、我輩ノ壮者ヲ以テスラ、猶或ハ蛺蝶ニ化シ、或ハ華胥ニ遊ビ、周公ヲ髣髴ニ見ザルモ、龍動ヲ糢糊ニ望ミシ事、亦間々之レアリキ。［怠惰カハ知ラネドモ］幸ニ仲尼ノ後ニ生レ、朽木糞土ト直叱セラレザリシノミ。而シテ、得馬君ハ此軟弱ナル小児ヲ駆テ、終日学校ニ置キ、炎熱ヲモ厭ハズ、矻々業ヲ課セントハ、将タ何等ノ残忍者ナルゾ。趙盾ハヲロカ、鬼トモ蛇トモ喩ヘガタナキ飛ンダ恐ロシイ人ニゾアリケル。至竟此般ノ生徒ハ、縲絏（るいせつ）（注：囚獄）ニコソ逢ハザレ、殆ンド校上ノ囚徒トモ目スベキナリ。豈恤テ、而シテ救ハザルヲ得ンヤ。シテ其功能ヲ問ヘバ、適足以妨少年萌芽之機ト申ス。十字ヲ拈出サル、ヲ得ズ。否出ヅベキノ理ナリ。若シ以テ悪ヲ懲ラシ、過ヲ思ハシムルノ場タラシメバ、得馬君ノ説、其レ或ハ施スベシ。若シ以テ学ヲ崇シ業ヲ進ムルノ所ト為サバ、其行ハレ難キヤ、殆ンド稲子ヲ砂漠ニ播シ、其稔熟ヲ責ルガ如シ。詰マリ、得馬君ノ説ハ、善（学業ノ進歩ヲ指ス）ヲ好ムノ切ナルニ出ズシテ、悪（所謂石投角力以下ヲ斥ス）ヲ悪ムノ甚キニ生ズト臆測セザルヲ得ズ。

嗚呼、得馬君ハ天下六、七歳ノ小児ヲシテ、悉ク菫生三歳ノ帷ヲ下サシメント欲スルカ、亦思ハザルノ甚キナリ。我輩ハ、頓首再拝ハヲロカ、三拝モ四拝モシテ、教養ニ志アル此得馬君ガ、チト眼ヲ至当ニ注テ、手ヲ実際ニ着ン事ヲ乞フ。

保福寺ノ小校ニ奉職スル関口友愛

のちにもみるように、関口は権力に媚びる阿諛をもっとも嫌った。この特色は、つぎにつづく、永山盛輝筑摩県権令が、県内を巡回し生徒に優劣をつけて褒賞する政策の具体的方法を、「所論或ハ忌諱ニ触ル、所アルベシト雖モ」、見逃すことが出来ないとして、異議を申し立てた投書によって、あきらかとなる（『信飛新聞』第八五号　明治八年九月二十八日　火曜日）。

我輩ガ茲ニ恐懼シテ体認スベキハ、今般我明府ガ各校ヲ巡廻シテ、生徒ノ優劣ヲ親試シ玉ヘル盛旨ナリ。而シテ、其最モ感佩ニ堪ザル者ハ、褒賞ノ典ヲ行ハセラル、美挙トス。抑、褒賞ノ典ハ、実ニ勧善ノ美挙ニシテ、以テ現時ノ人心ヲ鼓舞シ、生徒ヲシテ勉励ノ念ヲ奮起セシムルニ足ルベシト信ズ。而シテ、我輩負任ノ存スル所、其関渉最大ナルヲ以テ、我明府ハ如何ナル方法ニヨリ、如何ナル褒賞ヲ賜ハルベキヤ、疾クヨリ之ヲ佇望セシガ、漸ク之ヲ道路ニ聞クニ、左ノ一説ヲ得タリ。

我明府ハ、師範学校教員ト共ニ、各校ニ親臨シ生徒ノ学業ヲ試ミ（兼テ布達ノ如ク）一時ノ成敗ヲ以テ其熟否ヲ定メ、優劣ヲ決スト云ヘリ。又褒賞ノ品物ハ書籍・扇子等ニテ、別ニ褒牌ナル者アリ。前条定ムル所ノ優劣ニ従ヒ、之ヲ授与シ、平生行状ノ正邪、稽古ノ勤惰等ニ至テハ、一ニ関セザル者ノ如シト云ヘリ。

又試筵ニ於テ課スル所ノ学科ヲ聞クニ、其大要級ゴトニ其前級ノ科目ヲ以テシ、苟モ其科ヲ失スルヤ褒賞ヲ見ズ。故ニ下等小学卒業ノ生徒ニシテ、曾テ褒賞ノ典ヲ受ケザル者アリ。僅カニ六、七級ニ至ルノ生徒、或ハ賞誉ノ栄ヲ蒙ル者アリト云ヘリ。

以上、道路ノ説ニ係ルヲ以テ、我輩ハ未ダ実視セザル間ハ、容易ニ之ヲ信用シ難シト雖、姑ク我輩ノ臆測ヲ以テ仮リニ確実ナリト想像シテ熟考スレバ、我輩ハ一塊ノ疑団ガ胸中ニ出没シ、輙ク之ヲ溶解シ得ザルヲ以テ、所論或ハ忌諱ニ触ル、所アルベシト雖モ、心ニ思フ事アリテ、之ヲ言語ニ発セザルモ亦我輩狂直ノ忍ビ得ザル所ナレバ、思ヒノマ、ヲ、左ニ陳列シ、以テ江湖ノ諸賢ニ質サント欲ス。

我輩ハ、今道路ノ説ニヨリ、謹テ行賞ノ方法ヲ按ズルニ、蓋シ其公平ヲ失スル者茲ニ二款アリ。曰ク所謂席上ノ試験ヲ以テ賞ヲ定ムルナリ。曰ク等級ニ拘ラズ、賞ヲ行フナリ。我輩師範学校報告ヲ按ズルニ褒貶例ナル者アリテ、生徒ノ平生行状正シクシテ、能ク教師ノ教誨ヲ用ル者ト否ル者トヲ、其第一条ニ掲ゲタリ。乃チ知ル生徒ノ貴重スベキ所、唯学業ノミニ非ル事ヲ。而シテ今生徒ノ性質ヲ論ズルトキハ、平生行状正クシテ能ク教師ノ教誨ヲ用ル者、多クハ優柔ニシテ其否ル者ハ必ズ豪慢ナリ。豪慢ナル者ハ事ニ臨デ怯怖スルノ患ナシト雖、優柔ナル者ニ至テハ、不然高貴席ヲ列ネ、衆人環リ観ルノ筵ニ臨ミ、其怯怖セザル者幾希ナリ。怯怖ノ念一タビ発スルヤ、意中必ズ常ノ如キ能ハズ。即チ其科ヲ失スル者、亦理ノ常ナリ。［皆然ラザルモ］見ルベシ。学業同等ノ生徒ニシテ［行状正シキ程優ルベシ］、厳然タル得失ノ存スルアル、其レ如此、況ヤ時ニ泰否アリ、命ニ厚薄アリ。

其逢遭実ニ一視スベカラズ。嗚呼我明府ノ耳目聡明ト雖、師範校ノ教師老練ト雖、豈能ク一時ノ試験ヲ以テ其熟否ヲ定メ、優劣ヲ決スルヲ得ンヤ。我輩ハ終ニ其誤ナキヲ保証スル能ハザルナリ。我輩之ヲ聞ク、耕耨ノ事ハ請フ、之ヲ農夫ニ問ヘト。生徒ヲ知ル、我輩恐クハ其受持

教員ニ若クハ無カルベシ。〔以下続出〕

永山筑摩県長官は、まず一八七四（明治七）年三月二十二日から四、五月にかけた六〇日間にわたり、諏訪・伊那両郡二三〇校を巡回し、ついで七五年八月三十一日から安曇郡・筑摩郡一〇一校を巡回し飛騨三郡に赴いた。後者では、師範学校教員をともなって招集試験を、「生徒進歩の景況検査のための大試験」と称しておこない、優等生に賞典として、一等賞『物理階梯』、二等賞『大日本細見図』、三等賞『西算雑題百種』を授与した（中村一雄『説諭要略略記』信濃教育会出版部 一九七〇年）。この第二回の巡回予定を知った関口が、すでに終了した巡回試験がただ一回で成績の熟否をきめ、賞をあたえる方法であることが不公平であると批判したのであった。生徒の評価は、成績のみでなく、「平生行状」も重要な要素であり、すくなくとも生徒を良く知っている「受持教員」の意見を聞くべきだとした。

つづく『信飛新聞』第八六号（明治八年十月二日）の論調は、つぎのように冷静で問題点を明確にし、級ごとの試験と褒賞の授与など具体的改善案を提起し、現場の教員たちにも検討をゆだねたものであった。

〇前号学校褒賞疑団ノ続

又、毎級各科ノ得失ヲ以テ其與否ヲ決スルトキハ、想フニ無上ノ不都合ヲ其間ニ生ズル事アルベシ。譬ヘバ、爰ニ甲乙二名ノ生徒アリ、就業日等シク年モ亦相若ク（不等不若ナリトモ此説ヲ害セズ）、甲ハ其性聡敏ニシテ已ニ一級ニ昇レリ。乙ハ其質遅鈍ニシテ未ダ七級ニ過ギズ。然レドモ、被試ノ際偶々八級ノ科ヲ誤ラズ、而シテ甲方ニ二級ノ科ヲ失ス。乃チ彼ヲ賞シテ此ニ及バザル者今日行賞ノ方法ナリ。

嗚呼、嘗テ甲乙ニ若ズト謂ハンヤ。或ハ謂フ、乙ノ八級ヲ誤ラザルハ、甲ノ二級ヲ失スルニ勝ルト（今ノ行賞モ蓋シ此ニ出ヅ）。仮シ此賞典ヲシテ嘗テ既ニ施行セシ事アリ。生徒ヲシテ亦既ニ其栄ニ頼リシ事アラシメバ、猶或ハ可ナルベシ。然レドモ、此回褒賞ノ典ハ、蓋シ学校創置以来ノ権輿ナリ。之ヲ奈何ゾ、彼ヲ賞シテ此ニ及バザルヲ得ンヤ。

依テ、我輩ノ考案ニテハ、彼褒牌ナルモノヲ八等ニ分チ、一級ノ科ニ当ル者ニハ一等褒牌ヲ賜ハリ、二級ノ科ニ当ラバ二等褒牌ト予メ級褒相当ノ例ヲ定メ、品物ノ如キモ亦其品價ニ従テ略々其階級ヲ定ム可キ也。又、生徒ノ優劣ヲ定ムルニハ、兼テ其受持教員・世話役等ヨリ生徒ノ等級・行状・勤惰・年齢等ノ明細書ヲ（此令有リト聞ケドモ以テ斟酌セザレバ亦何ノ益カ有ラン）出サシメ、而シテ更ニ其学業ヲ撿査シ、安排取捨シテ、必ズ其至当ヲ求メ、以テ行賞ノ根拠トナスベシ。既ニ至当ヲ得タル以上ハ、級褒相当ノ定規ヲ上下シ、或ハ七、八級ニシテ六、七等ノ褒牌ヲ受ケシムベク、或ハ三、四等ノ褒牌ヲ得テ、其身ハ已ニ一、二級ニ居ル者有ルベシ。

斯クナストキハ、既ニ激倖賞ヲ得テ、施々ト父兄ニ誇ルノ輩ナク、又薄命科ヲ誤テ陰ニ怨望ヲ懐クノ徒ナク、所謂現時ノ人心ヲ鼓舞シ、生徒ヲシテ勉励ノ念ヲ奮起セシムル者、庶幾ハ空シカラザルベシ。故ニ我輩ハ何卒我明府君ノ茲ニ注目着手アラセラレン事ヲ企望スルナリ。ソレ、我輩ノ企望スル所、如此ト雖モ、道路ノ説ノ如キ、固ヨリ虚誕ノ造語ニシテ、我明府ハ別ニ至公至平ノ挙措アルヲモ未ダ知ル可ラザレバ、容易ニ世上ニ向テ之ヲ保証シ難シト雖モ、姑ク其聞ク所ニ信ジテ疑ヲ存ジ、反覆可否ヲ江湖ノ諸賢ニ質ス。以テ如何トナス。

筑摩郡保福寺駅学校在勤関口友愛

しかし、これは長官の職務を「誹謗」したと、讒謗律による処罰の対象となった。関口はこの処罰で沈黙しなかった。筑摩県聴訟課民事係に任命された一八七六(明治九)年三月まで、『信飛新聞』投書をつづけ、教育論のみでなく人民主権論というべき自由民権論を主張した。第一〇一号からは、開智学校教員で、蟻封社でともに演説会を企画・運営した三上忠貞と投書を競った。

○『信飛新聞』第九〇号　明治八年十月十八日
投書　保福寺寓居　関口友愛
文政度ノ頭脳ヲ充分ニ養ヒ得テ、維新ノ今日ニ俄然サラケ出シタハ、第八十三号ニ記載アリシ石川静湖氏ガ茗荷庵某ヲ駁シテ花を論ジタル一篇ノ文章ナリ。(後略)

○『信飛新聞』第九一号　明治八年十月二十二日

投書　保福寺駅寓居　関口友愛
田舎物語ト題シタル諸先生ノ議論ガ迺間ヨリ折々見ヘマスガ、私ハ諷論デモ空論デモナイ
本統ノ田舎物語ヲ一寸申上度存ジマス。（後略）

○
『信飛新聞』第九九号　明治八年十一月二十三日
投書　関口友愛「漸次立憲政体を立てるとの詔書」の活かし方について

○
『信飛新聞』第一〇一号　明治八年十二月一日
投書　関口友愛　宮坂篤也の「野も山もみな大公のものなれば」云々への批判
　三上忠貞　濱野彦見の教育と政治を分けて論ずるべきとする投書への批判

○
『信飛新聞』第一〇二号　明治八年十二月五日
投書　三上忠貞　前号の続き
　関口友愛　政府への阿諛は大害を醸す論

○
『信飛新聞』第一〇五号　明治八年十二月十七日
投書　擬秋声賦　関口友愛　政府批判に罰金や禁獄がふえたことへの民衆の問答

○
『信飛新聞』第一〇九号　明治九年一月四日
投書　関口友愛　民衆の堪忍は文明の進歩をはばむ論

○
『信飛新聞』第一一三号　明治九年一月二十日
投書　答宮坂氏駁議　関口友愛　宮坂の国土は天皇所有であるとする尊王論に根拠のない

ことを論ず

○『信飛新聞』第一一五号　明治九年一月二十九日

投書　答青沼君　関口友愛　堪忍が文明を進めることもあるとする青沼正大への駁論

○『信飛新聞』第一二〇号　明治九年二月十七日

投書　関口友愛　華族・士族の優遇と平民差別に就いての識者と平民の問答

この期間は、関口が小学校教員をつとめた時期で、自由民権論にもとづく立憲政体確立の重要性、言論の自由や人権を重視した意見をつづけた。その自由民権論の主張は県官の注目するところとなり、野におくことを警戒した長野県は、一八七六（明治九）年三月廿七日、関口を筑摩県聴訟課員に抜擢する。

六　開智学校教員三上忠貞と宝栄寺政談演説会

1　三上忠貞の開智学校在勤中の教育活動

三上忠貞（安政元〈一八五四〉年十一月生まれ　一九三六〈昭和十一〉年七月十八日死す）は、明治五（一八七二）年五月二十八日に父忠義から家督をついだ。十七歳のときである。開智学校が創設された一八七三（明治六）年五月の『英学点名簿（出席簿）』には、英学課生徒のなかで「要路」と記した貼り紙のある一一人がいて、三上忠貞・遠山頼臣・伊藤信厚・小里頼永・野木六蔵などであった（辻村輝雄「創業当時の開智校　尚江在学前後の開智校（二）」『木下尚江研究　一九六一・七　第二号』三〇頁）。三上は、開智学校生徒のときから注目される存在であったことがうかがえる。

一八七三年十一月の第一番小学開智学校・第二番小学河南支校・第三番小学河北支校の「官立学校設立伺」には、「教員履歴」の欄に東京府貫属士族飯田正宣を筆頭に三四人の教員の氏名が連ねられた。なかに筑摩県貫属士族の三上忠貞（当十九歳）・浅井洌（当二十三歳十一か月）がいる。その教員スタッフによる開智学校が、翌七四年五月二十三日に文部省から開学を許可された（前掲『開智学校沿革史』三〇頁)。

三上忠貞は、一八七三年十二月八日に下等小学師範学科を卒業した。師範講習所に学んでいたときに、開智学校教員に予定されていたことになる。

第七号

当県貫属士族　三上忠貞

十八歳二ケ月

下等小学師範学科卒業候事

第二大学区筑摩県管内筑摩郡松本師範講習所教師　大田幹

飯田正宣

検査立会

筑摩県学務掛　原卓爾

杉浦義方

明治六年十二月八日

一八七四（明治七）年一月二十八日に、三上は筑摩県から筑摩県師範講習所下等小学教科卒業生として五等訓導（月給六円）に補され、開智学校勤務を任命された。同年十月十六日には月給一〇円となる。開智学校の「月給渡帳　明治八年　従一月」（前掲『史料開智学校　第五巻』三三九～三五八頁）には、一八七五年一月分の教員四八人の給料が、つぎのようになっている。

二五円一人　一〇円二人　九円四人　八円一二人　七円六人　六円四人
五円四人　三円五人　二円五人　一円一人　〆金二九七円

二五円は、東京府士族酒井唯一で開智学校の運営責任者であった。つぐ一〇円の一人が三上忠貞、小川昌成・高木本枝は八円、荒川泌は七円であった。三上は、教員のなかで最高給であった。三上は、一八七五年四月十日には十九歳十一か月で四等訓導（月給一三円）に昇格、五月分給料でみると、首座教員大田幹が一一円五〇銭（同額を兼務の師範学校から支給される）、三上は一四円、つぐ一二円が四人となっている。同年八月十日には師範学校在勤となり、開智学校から七円、師範学校から七円を支給されており、直後の八月二十九日に浅間学校在勤となった。

三上忠貞の開智学校勤務は、「松本尋常高等小学校職員名簿　附併設学校職員名簿　自明治五年至昭和六年四月」によれば、明治五年の欄に「就職年月　明治五年五月一日　転退職年月　明治八年八月」および「就職年月　明治八年十二月　転退職年月　明治十二年七月」の二回となっている。浅間学校在勤のとき、三上が『信飛新聞』本局知新社（社長市川量造、編輯金井潭）をたずね、開智学校での経験と教育上の課題を、つぎのように語っている（『信飛新聞』第八一号　明治八年九月十二日「雑報」）。

学友三上忠貞子ハ性質勉励、曾テ倦ムノ色ヲ見ズ。去ル壬申年開智学校教員ニ嘱サレシヨリ茲ニ四年、昨今吾ガ社ニ来リ同校ノ景況ヲ話サレ、因ニ云ハル、ハ、同氏其校教則改正ヨリ、全ク受持ノ小学生徒ハ二年有余ニシテ下等全科ヲ卒業セリ。上等迄卒業サセズ、今ヤ他校エ転勤ハ深ク残念ニ存ズル所［不平ニテハナケレ共］、其生徒進歩ヲ目撃スルニ、学校ノ教育ノミニテハ真ニ習慣ノ癖ヲ改良ニスル能ハズ。是非トモ女子ヲ教育シ、婦人膝下ノ教育ヨリ始ムルデナケレバ叶ハジト語ラレマシタ。教員其人ヲ得テ膝下ノ教育ヲ受ケタル小児ヲ教エナバ、何様ノ豪傑ガ出来ルカ知レマセン。善良ノ教師ヲ請ジ、小児ヲ教エテ勉強サセルガヨウ御座リマス。急度請合テ発明ナ子供ニナルカラ、諸方ノ爺サンヤ母親サン方、ヨウ御聞キナサイー。

三上が、学校で教員が教えるだけでなく、家庭教育、なかでも母親の役割を子どもの成長で重視したいっぽう、開智学校の教え子を上等小学まで一貫して教える重要性を主張したことをつたえる「雑報」であった。こうした三上の願いが活きて、一八七五（明治八）年十一月十日に、三上は「依願四等訓導並浅間学校在勤差免」となり、同年十二月十七日に四等訓導で開智学校在勤となった。開智学校の教員として働くことを、三上はつよく望んだのであった。

「生徒昇級人名簿　開智学校　明治十年従一月」をみると、つぎのように三上は受持っている。

この年、上等の生徒を受持っているのは三上忠貞のみであった。

十年三月廿三日　上等七級卒業　三上受持
橋詰　常智　谷中　正勝　上條　貞幹　細井初太郎　沢柳　友治
○犬塚時次郎　石井　忠昭　西郷　棟　近藤壽一郎
五月一日　上等八級卒業　受持三上忠貞
及部　盛種　中村　鎮鬼　河嵜祐次郎　寄藤　盛門　髙松銅次郎
松原　廣　霍見　次繁　二木豊十郎　冨田　岩代　田井安一郎
沢柳　勝馬　徳山　省三　久保内由十　橋本実次郎　貝谷　直平
松野　正幸　武本　高忠　藤江禎次郎　篠田　稲生　宮沢　音吉
和田鈴十郎　中村　壽亀　〆廿二名
九月廿四日　上等第七級卒業　三上忠貞受持
中村　鎮鬼　霍見　次繁　和田鈴十郎　河嵜祐次郎　寄藤　盛門
松野　正幸　冨田　岩代　田井安一郎　橋本実次郎　貝谷　直平
松原　廣　塚本誠一郎　沢柳　勝馬　武本　高忠　篠田　稲雄

藤江禎次郎　中村　壽亀　〆拾七人

十二月七日　上等第六級卒業　三上忠貞受持

第七十九号　第八十号　第八十一号　第八十二号　第八十三号
霍見　次繁　中村　鎮鬼　松原　廣　塚本誠一郎　中村　壽亀
第八十四号　第八十五号　第八十六号　第八十七号　第八十八号
貝谷　直平　武本　髙忠　松野　正幸　冨田　岩代　河嵜祐次郎
第八十九号　第九十号
沢柳　勝馬　寄藤　盛門　〆十二人

三上は、三月二十三日に上等七級の生徒九人を卒業させている。このなかには、開智学校の教員をつとめる上條貞幹（一八七九〈明治十二〉年十一月就職　一八八〇年六月転退職）、犬塚時次郎（第一回　一八八二〈明治十五〉年十一月就職　一八八九年四月一日転退職。第二回　明治二十五年四月一日就職　明治三十一年八月二十六日転退職）がいる。ついで三上は、五月一日に上等八級の二二人を卒業させ、九月二十四日には引きつづき受持った上等七級の一七人（うち一人が新たな生徒）を卒業させる。一七人のうち、十二月上等第六級を卒業させたのは一二人となった。このなかからも、開智学校教員になる中村壽亀（明治十一年六月就職　同年十二月転退職）、寄藤盛門（第一回　明治十二年一月就職　明治十四年四月九日転退職。第二回　明治十七年九月七日就職　明治二十一年四月一日転退職）、貝谷直平

（明治十二年一月就職　明治十三年三月転退職）、冨田岩代（第一回　明治十三年一月就職　明治十五年三月二十八日転退職。第二回　明治十七年六月就職　明治二十年八月十一日転退職）、松野正幸（明治十五年五月就職　同年十一月十一日転退職）、川（河カ）嵜裕次郎（明治十六年二月就職　明治十八年八月転退職）の六人がでている。教員がすくなかったこともあり、一二人中六人が授業生（代用教員）から教員になっているのは、三上忠貞の教育的影響力をみることができよう。

三上忠貞は、教員のかたわら自由民権運動に、言論執筆から演説会参加にすすみ、結社に属するようになる。一八八〇年には奨匡社、交詢社などに加盟している（後述）。

開智学校の「教員勤惰録　明治十二年　第三号」には、一八七九年二月から六月にかけて、三上が学校へ「不参」一二回、「遅参」三回、「早帰」四回など、つぎのような不参のおおい記録がのこっている（前掲『史料開智学校　第十巻』四四、四五頁）。

三上忠貞

二月十四日　不参	二月十五日　不参	二月十七日　不参	二月十八日　不参
二月十九日　早帰	二月　廿日　不参	二月廿六日　早帰	二月廿七日　不参
二月廿八日　不参	四月　四日　早帰	四月　九日　遅参	四月十五日　早帰
四月廿八日　遅参	五月　三日　教育会ニ付本県へ出立		五月廿二日　出仕
六月　二日　不参	六月　三日　遅参	六月　四日　不参	六月　五日　不参

六月十九日　不参　　六月　廿日　不参

長野県教育会議には、全県から各郡四人ずつ議員が選出され、東筑摩郡の小学校教員からは、会議に出席した議員は三三人、議長は南安曇郡保高学校二等訓導大田幹、副議長は埴科郡松代町の海津学校準二等訓導松木董正であった。東筑摩郡からは、長野県師範学校松本支校四等教諭青沼正大、出柳学校準一等訓導浅井洌、開智学校四等訓導三上忠貞が議員として出席した（『月桂新誌』第二一号　明治十二年六月八日）。三上の「五月三日　教育会ニ付、本県へ出立」は、そのときのことである。

『月桂新誌』第一五号（明治十二年四月二十八日）には、大町の横内源一の投書「教育会議ノ祝辞」が載った。英米諸国の隆盛は教育にあるとし、長野県教育も「就学ノ童児拾万ニ近シ、校旗林立シテ天ニ翻へリ」という状況であるが、教育会議が起こされ、公選された各郡二人ずつの議員が長野の庁下にあつまり、「広キ管内当勢ノ異同ヲ斟酌シ、是非ヲ商量シ、土地恰好ノ善規ヲ設ケ、教育ノ方法稠密ナラシム」こととなった、「幾多教員ノ代議士」である議員は、「教育進歩ニ関係スル事件ヲ議スル権利ヲ有シタレバ、発奮黽勉、以テ其職務ヲ竭（ツク）シ、一層善良ノ方法ヲ翼成セン事ヲ望ム」とする主旨であった。

三上は、長野県教育会議議員をつとめたのち、一八七九年九月、東筑摩郡教育会議がひらかれたときには、同年七月から転勤していた豊丘学校から議員に推され、会議の会頭をつとめている。

学制を廃止し、自由教育令とよばれた教育令が、一八七九年九月二十九日太政官第四〇号として布告されたが、注目すべきはこの布告に先だって、長野県内各郡で教育会議の開催が郡長より達せられていることである。十月には各郡教育会議がひらかれ、東筑摩郡では開智学校を会場にひらかれた。地方学事通信委員五人が、会議原案起草委員となった。つぎの五人であった（『月桂新誌』第三二号　明治十二年十一月五日）。

出柳学校浅井　洌　　和田学校有賀盈重　　浅間学校鶴見次定　　刈谷原学校多胡確示
南麻績学校蘆澤林平

これら起草委員がまとめた議案は、つぎのようなものであった。

習字本一定ノ議　　日課表施行ノ議　　日課表点数増減規則
巡回委員ヲ設クルノ議　　学事統計表ヲ設クルノ議　　集合試験ヲ設クルノ議
授業生幷生徒奨励法　　会議規則追加

会議は、会頭三上忠貞（豊丘学校）、副会頭藤本蝗司（埴原学校）で進められ、「学事統計表ヲ設クルノ議」を廃案にしたほかは、他の案件は修正・増補したりしてすべて採用とした。べつに両角恭四郎・藤本蝪司の二人から、「共立教育会議ヲ官立ニ改正スルノ議」が提案されたが、これはみとめられなかった。郡役所の遠藤郡吏の学校視察を請願する議は、賛成多数できまり、三上会頭が総代として郡役所に申請した。

副会頭をつとめた藤本蝪司は、この郡教育会議で「議員中ノ錚々タル者」と両角恭四郎とともに評価されている。万延元（一八六〇）年七月七日に筑摩郡今井村の藤本代五郎二男として生まれた蝪司（幼名は蟻吉）は、この年三月二十五日に上條順治の養子になったとされている（確証はないとされている。有賀義人『信州の国会開設請願者上條蝪司の自由民権運動とその背景』信州大学教養部奨匡社研究会　昭和四十二年。三〇頁）。ちなみに、月桂社の教育討論会で、藤本蝪司が上條蝪司になるのは、一八七九年十一月二十四日の『月桂新誌』第三四号から連載される「下等小学全科卒業試験ノ得失」での、十九歳のときの発言からである。上條は、松沢求策とともに、奨匡社の国会開設請願運動で知られることになる。

つぎの長野県教育会議は、一八七九年十二月八日から開催され、そのときの東筑摩郡の議員は有賀盈重・両角恭四郎・根本静と上條蝪司で、蝪司は藤本から上條に改姓している（『松本新聞』第五七四号　明治十二年十二月十二日）。

2　三上忠貞による天賦人権論の展開

三上忠貞は、『信飛新聞』第九二号（明治八年十月二十六日）の投書欄で、天賦人権説にもとづく思想の自由の重要性を、つぎのように主張した。

吾々ノ茲ニ抱持シテ、放ツ可ラザルモノハ吾々ノ浮世ニ出生セルトキ、碧翁ヨリ賜フノ精神ナリ。而シテ其最モ大切ナルモノハ思想ノ自由ナリ。

抑、思想ノ自由ナルモノハ、実ニ貴重スベキモノニテ、涵養シテ言語ニ発シ、毛頴（モウエイ）（筆のこと―上條注）氏ニ命ジテ、紙上ニ抹スルトキハ、無気ノ人心ヲ奮起セシムルニ足ル。而シテ人民ノ指南・津筏タル新聞記者ノ如キハ其負任ノ存シル所、其関渉スル最モ大ナルヲ以テ、我賢明ナル政府ハ如何ナル条例ニ改正セラルベキヤト、疾クヨリ之ヲ佇望セシガ、六月ノ下浣ニ於テ寛大ナル発論ニ綽々ト余裕アル条例ノ布告ヲ拝読スルヲ得タリ。（後略）

讒謗律・新聞紙条例は政策批判を困難にした。そのため、その後の編輯にあたっては律・条例を「日本政府ノ保護ノ下ニ在ル所ノ人民ハ、悉皆謹テ奉体（奉戴カ）スベキモノ」と弾圧を避けている。しかし、人民の発論こそ文明をすすめると、つぎのようにつづけた。

（前略）欧亜諸国ノ歴史ヲ披閲スルニ、其文明ニシテ人民ノ活溌ナル国家ノ安全ナル、発論ノ自由自在ナル、日本人ノ意想ノ外ニ（ドッコイシタリ、発論ハ日本モ自由ノ如シ）在リ。嗚呼、碧翁ノ大能力者ト雖モ、文明ノ進歩ニ彼是ナシト雖モ、コヽヲ以テ地球中隅カラ隅マデ郁文ノ俗ニ変ズルハ難キ事ヲ知ラレタリ。

また、『信飛新聞』第九五号（明治八年十一月七日）の投書欄で論じたのは、「軽佻浮躁」な民権論は排するとしながら、「唯命是従ト云フ四字ヲ以テ形容スベキ現在一般ニナシツヽアル習慣性」は問題であると、つぎのように論じた。

（前略）吾々ハ、今コノ四字ヲ以テ社会人民ニ蒙ラセ、其在様ヲ極言スルニ、国会ナル人民ノ気息ヲ憩フベキ場所ハ孰レノ日ニ設立スベキヤ、人民ノ頭上ニ蒙フル地租ノ改正ハ何様ニ処置セラルヽヤ。租税ハ何ノ為メニ出スヤ。日本ノ会計ハ何様ニ働キツヽアルヤ。日本ハ欧米諸国ニ対シテハ、何カニ栄誉ヲ損スル事アルヤ。何カナル権利ヲ屈スルアルヤ将タ伸ブルアルヤ。外国ノ不法人ヲ裁判スル権ハ我レニ在ルカ将タ彼レニアルカ。

コレ等ノ事件ハ皆ナ日本ト名ヅケタル一国ノ面目、即チ各個人民ノ頭上ニ関スル大切ナル箇条ナレバ、国民タル者宜シク意見ヲ述ベテ、其今時ノ在様ト後来ノ処置トヲ弁論スベキニ、左ハナク恰モ熟睡セシ如ク、国家ノ休戚ニ係ル如斯キ大事件ヲ括トシテ意ニ介セザル如キアルハ、吾々ノ実ニ嘆息スル処ナリ。

さらに、三上は論をすすめ、教育者は教育のことに限って議論すれば良いとする論者にたいし、つぎのように基本は言論の自由にあり、人民の権利の伸長が人民の気力を慥にし国の独立を保障すると説いた。

（前略）コハ今日ニテハ、百年清河ヲ待ツノ類ナルヲ以テ、吾々ノ思考ニハ国権ヲ割与シ人民ヲシテ国政ニ参与セシムルト、**学者ノ著書ト新聞ノ論説ヲ自由ニシテ、其権利義務ヲ伸長セシメ、其弊ノ有ル所ヲ痛ク刺衝スルニ如クモノナシト存スルナリ。**人民ノ負任ヲ重クセシメ、自由ニ事理ヲ論ジテ、其弊害ヲ刺衝スルトキハ、自然ニ卑屈ナル気風ヲ化シテ蕩然タル文明ノ俗ニ変ズベキハ、吾々ノ疑ヲ容レザル所ナルヲ以テ、新聞ノ発論、著書ノ出版等自由ナラン事ヲ希望セシム。**新聞紙条例・出版条例ノ出ヅルアリテ、諸新聞紙ノ論説・投書頻リニ戦慄ノ色顕ハレ、筆鋒少シク挫折セルガ如ク、遂ニ吾々ノ素志ヲ達スル能ハザラントスルモノ、如キハ、吾々ノ深ク日本文明ノ進歩ノ為メニ惜ム所ナリ。**嗚呼、孰レノ日カ、文明ノ区域ニ達シ人民気力ノ慥カニシテ、能クコノ国ノ独立ヲ保チ得ルノ保証ヲ極印スベキ時ニ至ルベキ。**人民ノ伸ブベキ権利ヲ伸ベザルハ人民ノ過チ也。伸ベント**

欲スル人民ノ気力ヲシテ伸ベシメザル者ハ、柄政者ノ誤リ也。
吾々ハ、早晩カ好時節ニ会遇スベキヤ。何如ニシテ天運ノ順環スベキヤ。細密ニコノ次第ヲ江湖ノ諸賢ニ向テ聞カント欲スル也。

三上は、『信飛新聞』第一〇一号（明治八年十二月一日）では、教育のあり方を論じた文を投稿し、教育が政治のあり方と深くかかわることを、さらに主張した。

教員である「濱野彦見尊」が教育のあり方を限定的に論ずるべきとした投書に反論したもので、三上は教育を取りあげるにあたって、「国家ヲ経緯スル政体ガ独裁ノ悪習ヲ以テ人民ヲ圧制シタレバ、之ヲ救フノ方法モ亦岌々乎ト弁論セザルヲ得ズ。故ニ世ノ論者ガ政治ニ喋々スルモ、吾々ハ尤ト存ズルナリ」と、濱野の政治と教育を切り離して論ずるべきだとする考えに異議を申し立てた。

また、三上は『信飛新聞』第一〇二号（明治八年十二月五日）への投書で、欧米政治を論ずるにあたり、自由民権論ではフランス革命を事例に挙げ、専制政治ではロシアをあげて比較し、むしろロシアを肯定した濱野彦見の論調に異をとなえた。

（前略）世ノ論者、動モシテ民権ノ害ヲ論ズレバ仏国ノ稀有ナル例ヲ拈リ出シ、専制ノ下ニ安ズル旧守論ヲ掩フニハ露西亜ヲ担ギ出スハ、抑モ亦何ノ云ゾヤ。仏国ノ騒乱ハ民権ノ害ヲ論ズルニ足ラズ、露西亜ノ独裁ハ旧守ヲ掩フニ足ラズ。コレ等ハ、元素ノアル有リ。論者能ク活眼ヲ開キテ歴史ヲ読ミ給ヘ。尊（濱野のこと—上條注）モ亦露西亜ヲ担ギ出シ、其教育遥カニ英仏ノ下ニ出ルヲ以テ今日ニ至リ、独君主専制ノ下ニ立テリト公言シ、日本人民ハ愚ナリ、君主専制ニテ充分ナリ、唯命是従ガ人民ノ義務ナリト云ハン程リニ論ゼラル。何ゾ卑屈ニ安ズルノ甚シキヤ。仮如ヒ政府ヨリ人民ノ権利ヲ与ヘザルモ、哀訴嘆願シテ之ヲ取戻ス可シ。況ンヤ四月十四日ノ　聖詔ニ汝衆庶ト共ニ其慶ニ頼ラントノ優渥ナル　勅命ノアルニ於テハ、人民タルモノ抃舞雀躍シテ　聖意ノ有ル所ヲ翼賛ス可キニ於テオヤ。（後略）

三上の民権論は、『信飛新聞』第一五九号（明治九年七月二十二日）への投書「身代限」でも、つぎのように民論が命（いのち）につぎ欧州で重視されていると論じている。

○欧州ノ諸国、煥文旺盛、人々民権ヲ貴重スル事、命ニ次グ。故ニ刑法上民権ヲ剥奪スルノ条アリ。若シ誤テ民権ヲ剥奪セラルレバ、其世人ニ賤悪セラル、ヤ特ニ甚シ。**故ヲ以テ、仮如ヒ危険ヲ踏ミ艱難ヲ嘗ムルモ、民権剥奪ノ処分ニ与カラザラン事ヲ蛇蠍ノ如ク忌ミ嫌ヘルナリ。**

三上は、一八七九（明治十二）年十月十三日夜に宝栄寺でおこなう予定の「演舌会の下題」に『文明論概略の講義』を挙げている（『松本新聞』第三八四号　明治十二年十月十二日）。福澤諭吉『文明論之概略』を読み、独自に文明とは何かについて把握した内容を論じている。

福澤諭吉『文明論之概略』の初刊本は、木版六冊の青表紙半紙判で「明治八年四月十九日許可」となっており、「早くて七、八月頃、秋の終りか冬の初め頃までに刊行されたもの」とみられている（福澤諭吉『文明論之概略』岩波文庫本　一九六二年改版。富田正文「後記」二九七〜二九八頁）。『信飛新聞』は、福澤が『報知新聞』に寄せた江華島事件（一八七五年九月二十一日）にかかわる「亜細亜諸国トノ和戦ハ我栄辱ニ関スルナキノ説」の全文を、第八九号（明治八年十月十四日）〜第九三号（明治八年十月三十日）に、解説付で連載するなど、編集者をふくめて福澤への関心が高かった。

関口友愛が『信飛新聞』への投書をしなくなり、言論弾圧で自由・民権についての論争がみられなくなると、三上は、『信飛新聞』第一六三号（明治九年八月七日）に投書「嗚呼悲イ説」を投稿し、つぎのように論じた。蟻封社の政談演説会で、三上忠貞が演説をした時期にあたっている。

（前略）抑、コノ信飛新聞ハ、今ノ親玉金井潭先生ガ編輯ノ印綬ヲ佩レテ紙幅改定ニナリシハ、昨年ノ三月ナリキ。其仰ニハ、圓頂横目君、不見権歎氏、**蟠龍居士**（注：関口友愛のこと）、杞憂堂主人、竹内泰信等ノ物識リ大家先生ガ、或ハ時弊ヲ通論シ、或ハ人民ノ無気ヲ慨シ、一時ハ随分盛ナリシガ、或ハ金科玉条ニ驚愕仰天シ、或ハ高踏勇退ノ心得ヲナシ（関口友愛への三上の批判―上條）、或ハ龍髯ヲ攀ヂ登天呼トモ対ヘズシテ、**新聞紙上讜議正論ノ、人民ヲ鼓舞シ義気ヲ**

励マシ廉節ヲ重ジ、政治ノ裨益ヲナス如キモノナク、寥々焉寂々然タルハ嗚呼悲イ事デゴザル。

斯ノ如クニシテ、新聞紙ハ縊首・密通・犯姦・盗賊等ノ醜説・陋談ノミニテ、日々ノ雑報ヲ塡メルトキハ、六月廿八日ノ揚時法事位デハ相済マズ（注：六月二十八日の『信飛新聞』に、社長兼編輯代理市川量造が「信鄙陳文」を載せ、永山盛輝筑摩県権令の教育施策批判の関口の文章が讒謗律で罰せられてから一周年、讃責に遭逢しなかったとして祝盃をあげ法事としたとする文章を載せたことを指す）。月ニ再度ノ施餓鬼ヲ行ハザレバ、ソレコソ金井君ニ生霊死霊ノツク事多カルベシ。嗚呼、悲ヒ事デゴザル。

ソコデ世ノ先生ニ告ゲ奉ル。**諸君ノ脳漿ニハ「弥爾(ミル)」ノ論、「ポックル」ノ説、「モンデスキウ」ノ議ヲ御蓄へ遊バサルト申事ヲ聞キマシタガ、ドウゾ其様ニ御愛惜ナク、一年ニ一度位結構ナ御談議ヲ御漏シ下サレ度、条例ニハ綽々ト余裕アリ。**

凡ソ、内外国事・理財・人情・時態・学術・法教・議論及ビ事官民ノ権利ニ係ル者ハ、皆其姓名ヲ著サバ、禁獄罰金ヲ頂戴スル気ヅカヘハ御座ナク候。能クコ、ニ御注意アッテ、各旌旗ヲ飜ヘシ鼙鼓ヲ鳴シ、正々堂々信飛新聞紙上ニ一大文戦ヲ起サバ、ソコデ私ノ嗚呼悲ヒハ変ジテ、忽チア、喜ビトナルデゴザル。

この三上の投書に、社長：市川量造、編輯：金井潭、印刷：清水義寿のスタッフは、つぎの文を載せた。

編者曰、憶病未練ノ吾、性質少シク憤発モシテ見マシタガ、昨年関口氏ノ圭角アル投書トモ存ゼズ、誤テ掲載致シ、法官ヲ煩シ奉リ罰金ヲ徴サレシ以来、日ニ惴々精神耗費シ、是デハナラヌト自ラ一層ノ警戒ヲ加ヘシ所、本年一月ニ至リ、社長ヨリ其方儀、向後相慎、ヨク身ノ不才ヲ顧省シ、決シテ益ニモタ、ヌヘッポコ愚論ヲ吐出サズ、東京ノ小供新聞ト称スル等ヲ模範（オテホン）ト致シ、県下雑報ヲ主意ニシテ少シクモ民間ノ風俗ヲ戒ムル等ニ注意シ勉強可致、此段急度申付候事。但シ、詮議ノ次第モ有之バ、先当分ノ心得タルベシ。ト命ゼラレマシタ故、三上先生御所望ノドエライ御高論、コッピドイ大文戦ハ免ルサセラレイ免ルサセラレイ。

これによって、『信飛新聞』紙上の自由民権論にひとつの区切りがおこなわれた。あたかも、筑摩県廃県・統合長野県の成立期にあたる。『信飛新聞』は『松本新聞』となって、あらたな展開を迎えることとなる。

尚江は、前掲「『沼間守一』と嚶鳴社」で、尚江が少年時代に出会った自由民権家では、関口・松沢に言及している。ほかにも上條螘司について、『信濃日報』社にしばしば顔を見せたことをしるしているし、信濃殖産協会の会員に尚江と上條螘司がともになっているので面識があったと考えられるが、三上についての回想が尚江の記述にない。

山田貞光氏は、「小説『墓場』（木下尚江著）の研究」（『木下尚江研究　一九六二・三　第四号』）で、『墓

場』に登場する奥原鈴代（山田氏が尚江の初恋の女性浅井小今がモデルとみる）の兄として登場する奥原貞友が師範出の若い民権家であったと書かれていることから、浅井洌を主軸に「貞」は三上忠貞、「友」は関口友愛からとって奥原貞友の氏名は合成され、創作されたものとおもわれるとした（七頁、一五頁）。

わたしは、蟻封社の演説と『信飛新聞』紙上での文章の内容から、もし尚江少年が出会った若き民権家を挙げるとすれば、三上忠貞がもっともふさわしいと考えている。これは、尚江少年が宝栄寺で出会った民権家は誰であったかを確定することよりも、尚江少年を感動させた言論・演説活動をした自由民権家が、当時存在したということに力点をおいた、わたしの考察結果である。

筑摩県が廃止され長野県になったのち、三上は一八七七年九月の松本演説会の発起人に坂崎斌・窪田畔夫・浅井洌らとなり（前述）、豊丘学校教員のかたわら一八八〇年には自由民権結社奨匡社の創立に参加する。

三上は漢学の素養もあったが、ミル、ポックル、モンテスキューなど欧州の近代思想に主として依拠した自由民権思想を発表したところに特徴があった。三上はまた、八〇年一月二十五日に、福澤諭吉・小幡篤次郎など慶応義塾関係者が創立した交詢社にも参加した。交詢社は、「社員たるもの互に知識を交換し、世務を諮詢する」と社則第一条にうたい社交倶楽部の性格を打ち出したが、自由民権期にあたって政治的活動を展開し、自由党系と異なる国会論・憲法論を主張した。長野県内からの交詢社員は八〇年に七六人をかぞえ、浅井洌もくわわったが、関口は加盟しなかった（後

藤靖「自由民権期の交詢社名簿」『立命館大学人文科学研究所紀要　第二四号』)。

三上はそのいっぽう、一八八〇年四月に豊丘学校へ学事を拡張してほしいと一〇円を差出し内務省から賞として木盃一個を下賜されている。あたかも北深志町町会が発足すると町会議員選挙に立候補し、浅井洌などとともに当選している。豊丘学校教員と兼ねて町会議員となったのであった。

投票ノ多数ヲ以テ当町会議員へ当選相成候条此段及御達候也

北深志町戸長役場

明治十三年八月廿七日

三上忠貞殿

一八八二(明治十五)年一月十七日には、北深志町会議員に再選された。八三年一月には、「第壱番学区聯合会議員」にも当選している(三上忠貞の履歴については、「松本市立博物館分館松本市歴史の里」所蔵の山田貞光文書目録の調査によったところがおおい)。また、八二年十一月二十六日に中信地域の自由民権家が信陽立憲改進党を組織するとそれに参加しているが、『信飛新聞』当時の三上の自由民権論に変化が起きていた(上條宏之「自由民権運動解体期における在村的潮流の推移」東京教育大学昭史会編『日本歴史論究』二宮書店　昭和三十八年)。なお三上は、尚江や中村太八郎たちが日清戦争後にはじめる普通選挙獲得運動にも参加し、互の交流がある。

七　自由民権派教員浅井洌と木下尚江

浅井洌については、松本市教育会浅井洌遺稿集編集委員会編『浅井洌』（松本市教育会　一九九〇年）が、もっともまとまった文献である。

浅井洌と尚江の交流は晩年までつづくが、尚江は少年時代に、浅井の漢学塾時習学社で朝食前に学び、夕食後はそろばん塾に通った。

尚江は、一九二六（大正十五）年三月二十日「尺牘（せきとく）」で、浅井洌からうけた学恩について、つぎのように記述した（前掲『浅井洌』六〇六頁）。

（前略）先生を憶ふ毎に幼時始て温容に接し候時の光景目頭に浮び申候。不肖尚ほ且つ書を読み文を草し、理を尋ね義を攻むるを得る所以のもの、一に先生の恩恵、到底言辞の得て尽す所に非ず。（中略）明治三十七年の夏、偶然拝顔を遂げたる後、心機一転、爾来筆舌共に抛ち俗に遠かり、聊か道を求めて怱々二十年、碌々また人に対するの顔色無之次第。近年余時ある毎に漢訳印度経典を見る。是れを見る聊か其義を解し、是を批判する事を得る毎に、時習学社の当年を思ふ。旧門生今や先生の為に賀寿の挙ありと聞く。（中略）微志を表せんと欲し、書肆の架上

を漁りて、論語二部を得て奉呈仕候。時習学社の旧名を紀念せんとてなり。（後略）

浅井洌の漢学塾で尚江とともに学んだ従兄の百瀬興政は、「浅井先生を想ふ」（前掲『浅井洌』六〇七頁）で、直接時習学社について、つぎのように回想した。

今より四拾数年以前の事である。松本市の町と言へる時代、北深志の俗称御堂町に時習学社の看板が掲げられた一私塾が有った。十五六位の学生が数十人、毎日出入りして一種の塾風をなした「あばれる」「騒ぐ」「ふざける」「遊ぶ」と言へる自由なる奔逸の気分の中に、何となく真面目なる、犯すべからざる、然るが如き熱情ある向上心が看取される群が、温厚にして真摯、沈黙にして威厳ある先生に率ゐられて、其日其日の学課を習得しつつ行くのを記憶せぬものはなからう。其れは勿論浅井洌先生で有った。先生は恰も松本中学校の漢文を受け持たれた余暇に、此一私塾を経営されて行かれたのだ。

浅井洌（嘉永二〈一八四九〉年十月十日松本藩士大岩昌言〈まさのり〉の三男に生まれ、安政七〈一八六〇〉年に浅井家の養子となる。一九三八年二月十七日歿　享年九十）は、明治五（一八七二）年五月一日に筑摩県学（開智学校の前身）出仕を命じられ、漢学句読掛となった。一八七三（明治六）年～一八八一（明治十四）年の履歴は、主としてつぎのようなものであった（前掲『浅井洌』年譜の五六二―五七二頁の記述を一部修正し、蟻封社関係を加筆して引用）。

一八七三年　四月十日に第一中学区第一番仮小学権少訓導に補せられる。月給一円。
五月六日、開智学校となった同校に引き続き勤務する。
十月、病気のため持して、その後筑摩県師範講習所に学ぶ。

一八七四年　三月二十七日、師範講習所下等小学師範科を卒業。
十一月十日　五等訓導に補せられ、盛業学校（出柳学校）勤務を命じられる。月給十円。

一八七六年　七月二日　北深志町宝栄寺で蟻封社を三上忠貞・関口友愛とともに、会幹兼書記・会計に就いて発足させる。
九月二十四日　蟻封社の最初の政談演説会で演説、十月一日、十月十五日にも演説。

一八七七年　二月　準訓導一等となり出柳学校在勤を命じられる。
九月　南深志町生糸会社において、毎週土曜日の夜演説会を開く旨の届書を坂崎斌・窪田畔夫・三上忠貞・浅井洌・斎藤順の連名で出す。

一八七八年　七月、松本新聞紙上において、藤本逸史（上條螘司）と教育論争、十月まで続く。
十月、長野県師範学校松本支校において、上等小学師範科の講習を修了する。

一八七九年　この頃から和歌を読み兄大岩昌臧の添削を受ける。

五月一日、長野県教育会議の議員に選ばれ出席する。

六月、浅井洌が四人の起草委員の一人となり、三上忠貞会頭・藤本螘司副会頭によりすすめられた「東筑摩郡教育会議」が開智学校で開催される。

十月、このころより、月桂社（民権教師たちの結社）の討論会に出席し、機関誌『月桂新誌』、文芸誌『清籟新誌』、『松本新聞』などに論説・詩文を載せる。

十一月、松本の北深志町町会議員となる。

同月、松沢求策らの呼びかけに応じて、民権政社「猶興社」（奨匡社の前身）の結成に参画する。


一八八〇年　二月一日、松沢求策ら奨匡社を興すにあたり、その創立委員、常備議員となる。

四月十三日、奨匡社の国会開設願望書の起草委員に、松沢求策とともに選ばれる。

南深志町および北深志町の連合町村会議員となる。

一八八一年　四月十五日、公立松本中学校教員に任ぜられる。月給十二円。国語・漢文・歴史を担当する。教え子木下尚江に大きな影響を与える。
天白町の自宅に「時習学舎」（ママ）を開き、漢文・和文を教える。塾生に木下尚江・加藤正治・百瀬興政らがいた。

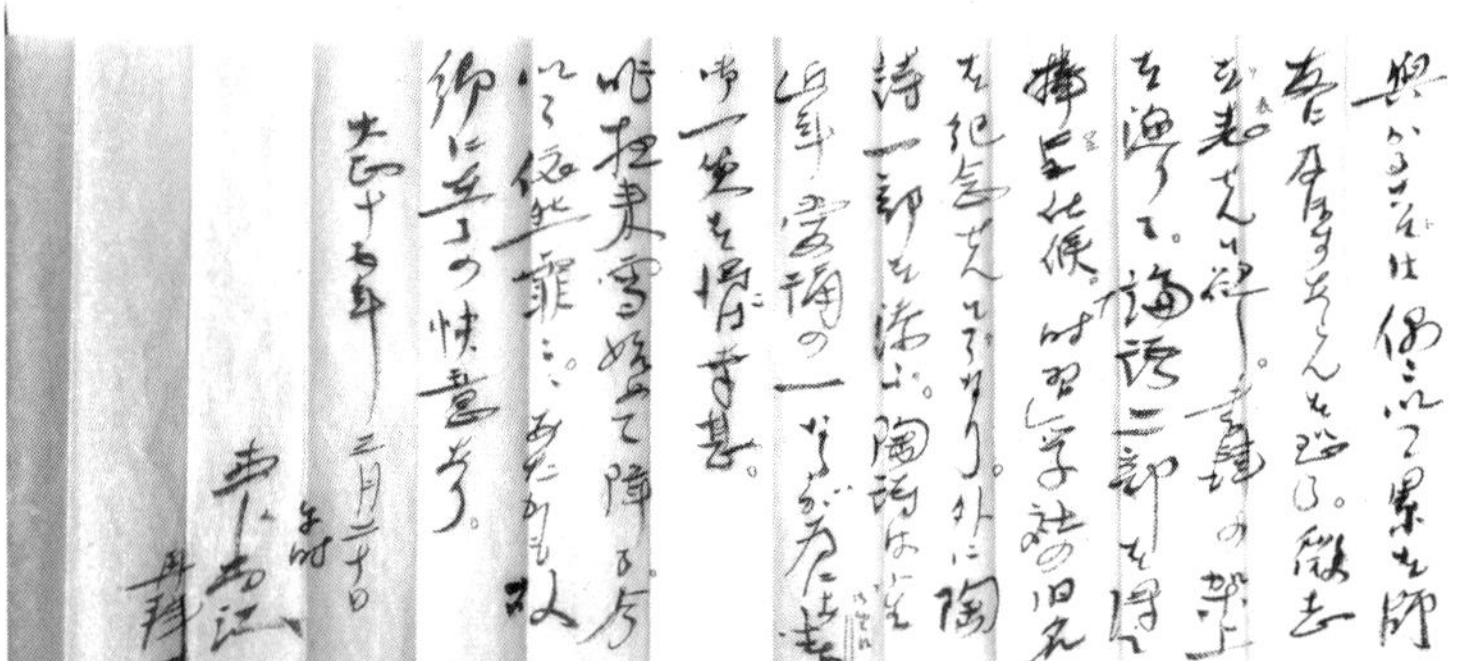

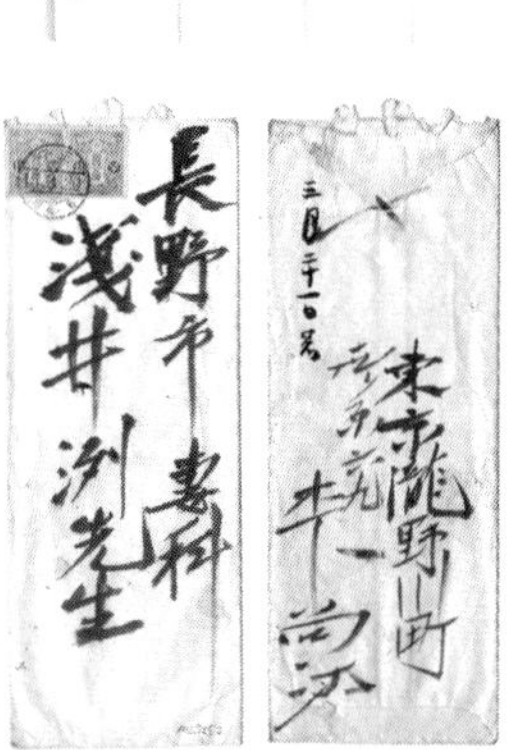

大正十五年二月二十日付の木下尚江の喜寿を迎えた浅井洌宛手紙（国宝旧開智学校所蔵）

浅井洌は、二十四歳～三十三歳ころ自由民権運動に深くかかわっていた。尚江が自由民権思想を浅井洌から学んだこともおおかったと考えられる。だが、後年の尚江にとっては、公立松本中学校・東筑摩中学校教員（一八八一年四月浅井洌に就任）から移行した長野県中学校松本支校教員（一八八四年九月就任　一八八六年九月離任）および時習学社で漢詩文・文章上の師であったことが回想では意識され、浅井の晩年まで書簡による交流があったことからも、「書を読み文を草し、理を尋ね義を攻むるを得る」うえでの、生涯の教師としての学恩を尚江が感ずる存在となった。

浅井の長女小今が、尚江の初恋の少女のモデルであったとの山田貞光氏の考察があることも、浅井家と尚江のかかわりを考える際に見落とせないであろう（前掲山田貞光「小説『墓場』（木下尚江著）の研究」、山田貞光「『懺悔』『墓場』から見た尚江の初恋の女性」『木下尚江研究　一九六三・三　第六号』）。

八　中学生〝クロムウェルの木下〟の誕生

1　尚江の回想による校長の能勢栄と教員乾鍬蔵

(1)　尚江が能勢栄中学校校長に学んだもの

木下尚江が松本中学校生徒の時期にとくに影響をうけたできごとに、クロムウェルとの授業での出会いと中学校への登校途上の「国事犯の被告」との出会いがあったことが、尚江の回想を通して名高い。

尚江はまた、中学生のとき影響をうけた教員に、一八八三（明治十六）年六月に長野県師範学校初代専任校長（一八八二年七月就任）と兼任で東筑摩中学校長に就任した能勢栄（嘉永五〈一八五二〉年江戸生まれ　明治初年アメリカ留学）を挙げている。長野県師範学校長に着任し、長野から去るまで能勢栄の履歴は、つぎのとおりであった（信濃教育会編『教育功労者列伝』信濃教育会　一九三五年。三六六頁掲載の履歴および『明治従十六年至二十年　履歴　県立学校職員転免　死亡之部』〈旧長野県庁文書〉記載の履歴から「」の記述はそのまま引用した。さらに、中村一雄著『信州近代の教師群像』東京法令出版一九九二年所収の「能勢栄の開発教育」の記述からおぎなった)。

嘉永　五年（一八五二）　七月五日　旧幕臣能勢泰助の二男として江戸本郷弓町に生まれる。

文久　三年（一八六三）　杉原心齋の門に和漢の学を修める。

明治　元年（一八六八）　「戊辰ノ役ニ同志ト結ンデ隊伍ニ加ハリ総野ノ間ニ転戦セシガ利アラズ。王政復古ノ後、横浜ニ至リ米人経営ノダラス商館ニ雇ハレ英語ヲ習フ。布哇ノ領事ヴハンリドヲ識ル。」

明治　三年（一八七〇）　五月　「ヴハンリドノ帰国ニ際シ、随行ヲ乞ヒテ許サレ米国桑港ニ赴」く。
十月　「オレゴン州トアラチン中学ニ入リ、学僕トナツテ刻苦勉学ス。」

明治　五年（一八七二）　六月　同中学を卒業
九月　米国ヲレゴン州パシフィック大学理学部へ入校す。

一八七六年　六月七日　オレゴン州パシフイック大学理学部を卒業し、「バチェロル、オフ、サイエンスノ学士称号」を得る。
九月　帰朝する。
十月三日　岡山県師範学校幷岡山中学校教頭（月給八〇円支給）となる。

一八七七年　十一月　岡山県師範学校翻訳著述編輯局長を兼務（手当月給一〇円支給）する。

四月　翻訳著述編輯局が廃される。

七月　翻訳手当および賞与として金一〇円を賜る。

一八七八年　十二月「岡山池田学校ノ依頼ヲ受ケ教則ヲ取調ベタル謝儀トシ金拾円・花瓶一対被贈（おくられる）。且、同校画学教師ノ依頼ヲ受ケ月給金拾円ヅツ被与（あたえられる）。」

十二月　岡山県第五課より皆勤かつ職務勉励の賞として金七円を賜る。

十二月　岡山県師範学校より皆勤かつ勉励の賞として金一〇円を賜る。

一八七九年　一月　岡山博覧会取調掛を命ぜられる。

九月「岡山県会ノ決議ニ於テ師範学校及中学校費ヲ痛ク減少シ、諸費大ニ不足ヲ生ゼシニ因テ、依願月給五拾円被給。」

十二月「皆勤且格別勉強ノ賞トシテ金七円被賜。」

一八八〇年　二月　池田学校が廃され、慰酬として金三〇円を交付される。

七月　岡山師範学校幷中学校教師および教頭を辞する。

七月廿六日　依願解職、多年非常勉励の賞として金百円を賜る。

九月廿日　学習院教師の嘱託となる。

一八八一年　二月　学習院監事に就く。四級に列し月給七〇円を交付される。

十二月　皆勤および勉励の報酬として金二五円を交付される。

一八八二年　五月　学習院幹事を依願退職し、慰労金四〇円をうける。
七月十日　長野県師範学校長（准八等官、月給七〇円）に就任する。
大野誠長野県令が文部省の伊沢修二の推輓で招聘する。
一八八三年　六月より翌八四年八月まで東筑摩中学校長を兼任する。
七月十一日　長野県師範学校一等教諭を兼務し、月給八〇円を支給される。
十二月廿九日「職務勉励に付褒置候事　長野県」
一八八四年　六月十五日「明治十七（六カ）年七月ヨリ本県師範学校中ニ附属小学設置ニ就テ、時期切迫ナルヲ以テ、今ニ於テ学課ヲ更メザレバ其機ニ臨ミ混雑ヲ生ズベクト思量シ、該教則ノ更定ヲ待タズ、擅ニ本則ヲ変換専行候段、職務上不策ノ義ニ付、罰俸半ヶ月申付候事。」
十一月廿五日　長野県教育会副会長につく。
十二月廿五日「金廿五円　能勢栄　職務勉励ニ付頭書ノ通賞与候事。」
一八八五年　十月　福島県師範学校長兼福島中学校長に就任する。

能勢は、一八八三（明治十六）年六月から翌年八月までのあいだ、長野県師範学校長兼東筑摩中学校長をつとめた。そのあいだの八三年六月に長野県師範学校松本支校を廃止して本校を松本にうつしている。東筑摩中学校では校長職で修身などとともに英語の授業も担当したという。尚江は、能勢から直接英語を学び、「ウィルソン・リーダーの第五を習っていたとき、その中に始めてシェークスピヤの名が出てきた。それはラムの『シェークスピヤ物語』の一編を抜いたものであったが、このときに能勢氏からシェークスピヤのことをいろいろきいて、それはさぞ面白いものだろうと想像した」と早稲田大学教授柳田泉氏に語ったという（前掲柳田泉『預言者木下尚江論』二二一頁）。

能勢栄が、東筑摩中学校長に在職した期間は一年二か月であった。尚江の初等中学科二年後期と三年前期にあたった。公立松本中学校の学科課程（長野県公立中学校規則第三条）をみると、第二年後期の史学は「支那清代歴史」（一週六時）であり、第三年前期の史学は「万国歴史　万国総説ヨリ法蘭西記上マデ」（一週六時）と、第三年後期の史学が「万国歴史　法蘭西記中ヨリ阿塞阿尼亜群島記マデ」（一週六時）となっていた。

能勢　栄（信濃教育博物館所蔵）

規則では、初等中学科の学科課程に英語はなく、高等中学科に英語がおかれ（一八八一年十二月九日布達「中学校教則大綱」第四条）、高等中学科卒業者で大学科を修めようとするものが、「当分ノ内、尚必須ノ外国語学ヲ修メンコトヲ要ス」（「同前」第九条）となっていた。東筑摩中学校で尚江が能勢に英語を学んだとする回想から、能勢に尚江が学んだ英語は、長野県公立中学校規則にない科目で能勢が特別にもうけたとおもわれる。それは、尚江が初等中学科二年後期と三年前期のとき以外には考えられない。

尚江の初等中学科三年前期の学期試験の結果をみると、公立中学校規則には英語がないのに、英語を授業で学んでいたことがわかる。尚江の英語力はクラスのなかで優れていたことは、一八八四（明治十七）年二月〜七月の「東筑摩中学校学期末調査一覧表」「初等中学科三年前期」の一一科目の「学期試業評点」が、尚江の属したクラス九人についてしるされていることからわかる。九人は、十四歳・十五歳各一人、十六歳・十七歳各三人、十八歳一人と年齢に差があるが、十四歳十一か月で最年少の木下尚江が、一一科目の平均七八点で最優秀の成績であった。英語をみると、六〇点台二人、五〇点台一人、四〇点台一人、三〇点台二人、二〇点台一人、最低点六点、欠席一人で、一般に点数が低く平均四二点であるが、尚江が最高点の六七点であった。尚江は、修身九六点、物理九一点、歴史・体操各八八点、代数八五点が高く、地文七六点、漢文七〇点、植物・図画各六八点、英語六七点、幾何六二点で、尚江の一一科目の「約点」は、平均六六点・最低五七点にたいして七八点と最高であった（前掲『木下尚江研究』第五号附録）。

公立松本中学校の第三年前期の学科課程は、史学（万国歴史）、文学（八大家文）、化学、経済学、修身学、代数学、幾何学、記簿法、体操の九科目であるから、東筑摩中学校の一一科目と異なり、東筑摩中学校の学科課程は、公立松本中学校と違った規則で、べつにさだめられていた可能性が高い。

再確認のために整理すると、公立松本中学校の学期（一八八一年一月第十八番中学校が前年九月二十九日公布の教育令により改正）は、前一期が一月十一日〜六月三十日、後一期は六月二十一日〜十二月二十四日、夏季休業八月一日〜同月二十五日、冬季休業十二月二十五日〜一月十日であった。東筑摩中学校になると、前期の二月〜七月は一八八四年七月の尚江たちの成績表の存在から学んだ学科目がわかっている。ただ、後期は同年八月〜一月となるが、東筑摩郡中学校は一八八四年八月三十日に廃止となった。同年九月一日設立の長野県中学校は、前学期九月一日〜翌年二月十五日、後学期が二月二十一日〜七月二十日、冬季休業十二月二十六日〜一月十日、夏季休業七月二十一日〜八月三十一日であった。この中学校の制度的変化、学期の変更、教員スタッフの違いがつづくなかで、尚江は中学生時代をすごしたのであった。その学んだ学科課程がどのようなものであったのかは、あきらかでない。

なお能勢は、自由民権派教員のおおい長野県内、とりわけ松本平において、自由民権派による教育方法には否定的で、師範学校において教員の本格的養成に取り組み、ペスタロッチの理論を祖述したジョホノットの開発主義教育論を導入した。また、イタリア製のヴァイオリンをもち、みずから唱歌を教え、初めて体操場をもうけて整頓法・徒手体操・唖鈴・球竿・棍棒をもちいる洋式体操を導入し、県内に唱歌と体操を普及した（前掲中村一雄著『信州近代の教師像』四四〜五七頁）。尚江は、小説『墓場』で能勢校長が来てから、「夜が明けたように学風が一変した。此人が始めてヴアイヲリンを弾いて唱歌と言ふものを教えて呉れた。僕は唱歌を軽蔑して居たが、力めて演(や)つて見た。唱歌は普通の課業が終つた後、二階の広い講堂で怒鳴るのであつた」（前掲教文館版全集『乞食　墓場』二五〇頁)。尚江は自分の声が善いことに気付き、能勢からもそれをほめられたとある。

(2)　中学校教員乾鍬蔵は英語担当であった

尚江は、中学生時代の第二の恩人として、能勢校長についで、『懺悔』で万国史の授業で出会ったイギリスの軍人・政治家クロムウェル(一五九九―一六五八　一六四二―四八年の内乱のさい、議会軍を率いて王軍を破り、四九年チャールズ一世を処刑して共和制を布く)を挙げた。柳田泉氏に、クロムウェルを講じた教員は乾鍬蔵(文久三〈一八六三〉年生まれ　大坂出身)であった、「これは情熱肌の人で、興に乗じて語るときには顔が真赤になった」「文学趣味もあって、尚江は、この人からも度々シェクスピヤのことを聞いた」と尚江が語ったことを書いている(前掲柳田泉著『預言者木下尚江論』二二一頁)。

乾鍬蔵が、長野県に提出した履歴書をしめせば、つぎのとおりであった(『明治廿一年奏任官雇転免死亡者履歴　知事官房』旧長野県庁文書)。

大阪府東成郡小橋村四拾五番地

平民　乾　鍬　蔵

文久二年七月廿日生

明治　八年　三月ヨリ十二月迠　大阪今橋戸谷萩堂ニ就キ漢学修業
明治　九年　一月ヨリ十二月迠　大阪今橋戸谷萩堂ニ就キ漢学修業
明治　十年　一月ヨリ十二月迠　大阪今橋戸谷萩堂ニ就キ漢学修業
明治十一年　一月ヨリ十二月迠　文部省所轄大阪英語学校ニ入学シ英学専修
明治十二年　一月ヨリ十二月迠　文部省所轄大阪英語学校ニ入学シ英学専修
明治十三年　一月ヨリ十二月迠　文部省所轄大阪専門学校ニ入学シ英学専修
明治十四年　二月ヨリ九月迠　文部省所轄大阪中学校英語科ニ入学シ英学専修
明治十五年　一月ヨリ十二月迠　文部省所轄大阪中学校英語科ニ入学シ英学専修
明治十六年　一月ヨリ七月迠
　　　　　　七月　右英語科ヲ卒業ス
　　　　　　八月ヨリ　学業研窮ノ為メ上京ス
明治十七年　四月ヨリ六月迠　工部大学校ニ入学ス
　　　　　　七月　家事都合ニ由リ依願同校ヲ退学ス
　　　　　　九月四日　長野県中学校松本支校出仕申付候事　月俸金弐拾円下賜候事
仝十八年　九月九日　組織改正ニ付一同解職
　　　　　　仝　長野県尋常中学校出仕ヲ命ス　月俸廿円下賜
仝廿一年　九月一日　自今月俸廿五円下賜

明治廿一年十月十一日依願出仕ヲ免ス

千原勝美氏は、乾が一八八四（明治十七）年九月四日に長野県中学校松本支校教員出仕を申付けられたことをあきらかにし、東筑摩中学校への就任ではなかったこと、パーレーの万国史のクロムウェルの記述は簡単であるので、尚江がのちに読んだホーソン『伝記物語』のクロムウェル像とかさなって『良人の自由』で使われたふしがあること、一八八四、八五年の長野県中学校松本支校の教科用図書にパーレーの万国史がないことなどから、「単純に尚江のクロムウェルに関する中学校時の描写を、そのまゝ受取ることは早計」と、考察結果でのべた（前掲千原勝美「尚江に関する三つの人事」）。わたしは、それよりも乾は、英語の担当であって、万国史の授業をもっていなかったことが（後述）、気になる。

乾は、かれの履歴から、漢学の修業ののち、英語を本格的に学んだこと、松本で四年一か月中学校教員をしたことがわかる。文久二（一八六二）年七月二十日、一八六二年八月十五日生まれであったから、長野県中学校松本支校着任は二十二歳のときであった。尚江が東筑摩中学校で学んだ能勢栄は三十歳であったから、乾は新進の英語教員であった。

2　万国史で知ったクロムウェルと〝クロムウェルの木下〟の誕生

(1)　尚江はクロムウェルのどこに感激したのか

尚江は、『懺悔』（一九〇六〈明治三十九〉年十二月刊行）で、尚江の第一の大恩人に木下藤吉郎秀吉をあげ、第二の恩人は「オリヴア・クロムウェル」であるとして、その理由をつぎように書いている（前掲教文館版全集『懺悔・飢渇』六三、六四頁）。

万国史の教室に於て予は図ら（ず脱カ）も此の人に面会した、予は彼れが英国王を国会の法廷へ引き出して之に叛逆人の叛決を与へ、断頭台上へ引き上げ死刑に（をカ）行つたことの顛末を見た時に、恐怖か、驚愕か、讃歎か、名状すべくもあらぬ一種の感慨に打たれて、暫ばし身も魂も此世ならぬ夢の裡に酔い痺びれて仕舞つた、

オリヴァー・クロムウェル（一五九九年生まれ　一六五八年死す）は、一六四九年一月三十日にホワイトホール宮殿の外側でチャールズ一世（在位一六二五〜四九年）を斬首刑に処した。王は、みずからが正しいと信じる政策を議会や枢密院に諮ることなく強引に進め、スペインやフランスとの戦争をおこなったがおもうような成果をあげることができなかった。議会を一一年間ひらかず、

絶対君主政を信奉し、国王と議会の対立を武力闘争に発展させた。イングランドの独立派の指導者、庶民院議員のクロムウェルの指導する議会軍と国王軍との内乱（清教徒革命）は一六四二年に勃発、四八年八月に議会軍は国王軍を完全に敗北させた。そして、四九年一月のチャールズ一世処刑、八月の王政と貴族院の廃止となった（君塚直隆『物語イギリスの歴史（下）』中公新書　二〇一五年）。

このクロムウェルと中学生尚江との出会いは、尚江が成人になったのちにも、中学校時代のかれの生きかたそのものに深くかかわった感動を覚えた回想とともに反芻され、尚江のクロムウェル観をさらに具体化させ強化させていった。

小説『良人の自白』では、弁護士となった白井俊三が、中学生時代の回想とクロムウェルのエピソードの載った教科書と新たに対話するようすを、つぎのように書いている（『木下尚江全集第二巻　良人の自白　上篇』教文館　一九九〇年。九九〜一〇一頁）。

——今は教科書の任務も、剥がれて、図書室の片隅に棄てられて、恐く永久手にする人も無かるべき彼の読本（リーダア）よ、我れ俊三の為には終生新たなる貴重の聖典である、偶然寄舎（へや）に携へ帰つて、偶然机上に繙いた、目に入つたには「ヲリヴアー、クロムウエル」の一章——我は何の気なしに一字々々読みもて行つた、好文字、珍事実、我心の鼓動は漸く高くなつた、ジエームス一世は其幼太子——後のチヤールス一世——を伴ふてクロムウエルの伯父の野荘を訪ふた、彼の伯父は恐懼と感激とを以て大王父子を奉迎したのである、小さきノル——後の大統督オリヴアー、クロムウエル―は外から帰つて来た、（中略）侍臣も伯父も大王も、皆な驚き恐れたと云ふことである、道理（もつとも）なこと―けれども当時居合はした面々の恐怖の全部を総計したとて、三百年の後此の記事を読んで打たれた一少年の驚愕と恐怖とには遙に及ばなかつたであろう、我は実に呼吸は止まり脈拍は絶へて、全身氷の様になつたと感じたのである、

―笑ふ人は少こしく当時不敬熱の空気を考へて呉れ給へ―我は寄宿（へや）の窓から此の廃頽したる古城を眺めて考へた、若し今が二三十年の往昔であつて、此の城主が我が伯父の山村に来たとする、而（さう）して我が恰も小ノルの位地に立つたとするならば、如何であろうか―問題は最早や三百年前の英国の歴史では無くして、現在解決を要する我が身上の事件となつた、我頭は重く、我胸は迫り、心は乱れて只だ悶へた、

柳田泉氏は、『良人の自白　上篇』に書かれている、みてきたくだりを、自宅の図書室の片隅にあった読本を臼井俊三（尚江）が部屋に持ちかえって読みなおした内容、かつて尚江を感激させたクロムウェルの逸話十数行の文とその原典を紹介している。まず読本に載った訳文はつぎのようなものである。

「ジェームズ一世と幼太子、のちのチャールズ一世が、クロムウェルの伯父の野荘を訪れ、伯

父は恐懼と感激とを以て大王父子を迎えた。そこへクロムウェルの幼きときのノルが帰宅した」

「幼太子は甚だ傲慢なる態度で其手を伸ばした、其れはノルと握手する為めでは無く、跪いて接吻させようとしたのである、

『太子様へ御辞儀を』と伯父は言つた。けれどノルはニヤリと笑つた、『御辞儀する次第（わけ）が無い』言ひながら太子の手を払ひ除けた、『何故小僧の手などに接吻するのだイ』」

（中略）

「何故に大王チヤールスは倒れて、賤しきクロムウエルは大統督に上つたか、チヤールスの倒れたのは是れである、彼は成長（おほきく）なつても、矢張幼少（ちいさ）かつた時の如くに、『人は総て我兄弟だ』との感情を馬鹿にして居た、彼は臣民と云ふものは、自分の支配する為めに製造されたものと思つて居た、
クロムウエルの起つたのは是れである、彼は第一に同胞の権利自由と云ふことを念掛けて戦つた、其りや彼にも過失は多かつたけれど」


この訳文の原文は、木村毅著『日米文化交渉史4　学芸風俗編』（洋々社　昭和三十年）は、つぎのようであったと引用している（八五頁）。

Why was it that this great king fell,and that humble Oliver Cromwell had been rised

to the august station of "Lord High Protector" of England ?
King Charles had fallen,because,in his manhood,as when a child,he disdained to feel that every human creature was his brother. He deemed himself a superior being, and fancied that his subjects were created only for a king to rule over. And Cromwell rose,because,in spite of his many faults,he mainly faught for the rights and freedom of his fellowmen.

それは、ナサニエル・ホウソォンの『伝記物語』（The Biographical Stories）のなかにある話で、スウィントンの『第五読本』の第十八課と第十九課にわたり、Oliver Cromwellと題してのっていると、木村氏は指摘している。
木村毅氏は、ホウソォンによる文学における影響以外の日本人への感化の例に、尚江のこのエピソードを挙げた。やや長くなるが、つぎのような文である。

彼が一生の志望をきめたのは、中学時代にクロンウェルがチャーレス一世を死刑にしたという話に異常な感動をおぼえ、帝王を裁判した法律を知りたいと思ったことから出発する。日本の法律はフランス法を基幹としてその影響をうけた点が多いので、弁護士試験をうけるのには、フランス法を勉強した方がいいという先輩の忠告をしりぞけ、彼は敢然として、早稲田大学（当時は東京専門学校）の英法科に入った。そして、イギリス憲法には「国王は悪をなす能わず」という一条項があり、したがって国王を裁判する法律などはないことを知って失望するのだが、ともあれこの人道的に熱烈な社会主義者を育てあげた胎芽はクロンウェルであった。そのクロンウェルを彼が中学の英語読本で知ったことは、彼の最大の傑作小説『良人の自白』（アーサー＝ロイドの英訳あり）の主人公に托して、自分の面影を描いているのでわかる。すなわち大学を卒業し、故郷の家にかえって、かつて自分を発奮させたリーダアを取りだしてきて、当時をなつかしみながら読む項下にこう書いてある。

「この記事の最後にくだした記者の論評と訓戒をよんだ時、我はさながら巌石、飛沫に凍れる激流をのりまはして、わずかに風青く、春あたたかき大海にいでたる舟子の情をおもふて、思はず満身の息を虹の如くに吹いたのである。さうだ、その時我は大安心に加へて、新らしき大希望を見たのであった。すなはち記者はかうかいてゐた。

〝何故にチャールスは倒れて、いやしきクロンウェルは大提督にのぼったか。チャールスの倒れたのはこれである。彼は成長しても、やはり小さかった時の如くに、人はすべて我が兄弟だとの感情を馬鹿にしてゐた。彼は臣民といふものは、自分の支配するために製造されたものと思ってゐた。

クロンウェルの起ったのはこれである。我は第一に同胞の権利自由といふことを念がけて戦った。そりゃ彼にも過失は多かったけれど〟」

木村氏が指摘した読本と英文の関係について、柳田氏は「これは確然動かせない」とみている（前掲柳田泉『預言者木下尚江論』二四頁）。

しかし、尚江が中学生のころ教室で読んだ教科書が、『良人の自白』の一場面で、尚江が自宅の図書室の片隅にあって読みかえしたスウィントンの第五読本であったのかどうかは、検討の必要があるとわたしにはおもわれる。

なぜなら、尚江在学中に松本で一八八四（明治十七）年九月一日に開校された長野県中学校の規則（同年九月二日布達）の「第八条　学科課程及教科用図書」をみると、初等中学科の「英語之部」の読本は「米人ウヰルソン氏」の一至三の三冊、「米人サーセント氏」の一至三の三冊、「英人チャンバー氏」の四至五の二冊からなっている。ウィルソン・リーダーは三までであった。また、長野県中学校の「歴史之部」の教科書「万国史略」は西村茂樹編の一至十の一一冊（ママ）（明治八年十月発行）であった。

ただし、すでにみたように、公立松本中学校の学科課程（長野県公立中学校規則第三条）でみた、第三年前期の史学が「万国歴史　万国総説ヨリ法蘭西記上マデ」（一週六時）、第三年後期の史学が「万国歴史　法蘭西記中ヨリ阿塞阿尼亜群島記マデ」（一週六時）となっていた。公立松本中学校からのつづきで、木村氏が原典とみたスウィントンの第五読本で、尚江が教えをうけたと考えることができそうである。尚江の回想を信ずれば、公立松本中学校・東筑摩中学校の学科課程で学んだ教科書で、卒業まで万国歴史を学んだとみることになろう（わたしは確証をもたない）。

なお、長野県中学校規則の高等中学科の教科用図書「英語之部」に、シェークスピアにかかわる教科書とおもわれる「米人ホース著」（注：柳田氏のいうホーソンのことか）の「セクスピリアンリードル」一冊があった（前掲『九十年史』六二～六四頁）。しかし、東筑摩中学校の校長能勢栄による「シェークスピアの話」とは関係のない、シェークスピアにかかわる長野県中学校の教科書となる。

ところで、尚江にとってのクロムウェルとの出会いは、中学時代の「チャーレス一世の処刑への感動」にとどまらなかった。『懺悔』を書いたときには、尚江は第二の恩人クロムウェルについで第三の恩人に「使徒ポウロ」もあげている。

明治維新が「尊王倒幕」の「符調（符牒カ）」でできたと考えていた尚江は、やがて「普通選挙運動」を第二維新の「符調」にするべく取り組み、にもかかわらず「恐喝取財」の罪に問われて入獄の憂き目にあい、妹いわが差し入れてくれた『聖書』に獄中でふれたが、「処女聖霊に感じて孕む」の一句に「失笑して投げ棄て」ざるを得なく、キリストの福音は結局理解できなかった。しかし、「自然界を通じて其の奥に神の存在を確認し」、使徒行伝を愛読、使徒パウロの意気に感じて好きになったという（前掲教文館版全集『懺悔・飢渇』九八頁）。

後神俊文氏は、『懺悔』を書く段階で、第二の恩人クロムウェルと第三の恩人パウロが「至誠の人」であることに尚江は共通性があったとみるようになり、「社会の革新」は至誠の人でないとできないと考えるに至っていたと指摘した。「クロムウェルが木下の革命思想の原点であったことは確かだが」、「至誠の人」であることが「社会主義から離脱した後になって却って強く意識され始めたといえよう」と理解している（前掲後神俊文『木下尚江考』一九頁）。

尚江は、クロムウェルとの対話を、中学卒業後、東京専門学校在学以降もつづけ、次第にクロムウェルの内面に着目していった―現在あきらかにされているクロムウェルの歴史的実像とは距離があるが―と考えられる。今井宏氏は、論考「クロムウェルの木下　木下尚江における革命の幻想」（今井宏『明治日本とイギリス革命』研究社叢書　一九七四年）で、「尚江のイギリス革命観が、クロムウェルによる国王処刑という史実の重みに圧倒されたある種の虚像の上に築かれていた」と指摘している。尚江には、「ピューリタン革命」という認識はまったくなく、クロムウェルを「ピューリタンの戦士」として評価する見方がみられなかったこと、また、一六四〇～六〇年の清教徒革命をへたのちにも、一六八八、九年の名誉革命によって、議会主権と国王大権の融和というイギリスの基本的な国家構造がつづいていたことを理解していなかった、と今井氏は指摘しているのである（同前　一六六～一六八頁）。

(2)　万国史担当は梶原政公教員であった

一八八五（明治十八）年の「長野県中学校松本支校生徒受業時間表」によれば、乾鍬蔵（二等助教諭　月俸二〇円）は英語・経済を二八時受持ち、梶原政公（安政二年五月生まれ　一八七七年五月二十日長野県師範学校小学師範科卒業証書を能勢栄長野県師範学校長からうける）が地理・歴史・地文を二八時受持っていた。一八八四、八五年の長野県中学校松本支校では、英語は乾が、万国史は梶原が担当していた、とわたしにはおもわれる。尚江はこの二人に教えをうけた一人であったとみるが、確証はない。

一八八七（明治二十）年の梶原政公の履歴書が、開智学校にのこされている。つぎのようなものである（前掲『史料開智学校　第十巻』二〇頁）。長野県師範学校長能勢栄に高く評価された教員であった。

履歴書

長野県士族梶原調長男

長野県信濃国東筑摩郡松本北深志町　梶原政公 ㊞

安政二年五月生

師範学校卒業証書写左ニ

卒業証書

本県士族

梶原政公

廿九年三月

印

右ハ従来ノ功績ヲ考へ試験ヲ須ヒス高等師範学科卒業証書ヲ授与ス

則向後七ヶ年間小学各等科ノ教員タル事ヲ得へキ者也

明治十年五月廿日本県師範学校制定ノ教科ヲ履修シ小学師範科卒業証書受領茲ニ学力優等授業熟練品行端正ノ証跡アルヲ以テ此証書ヲ授与ス

明治十七年七月廿一日

長野県師範学校長　能勢　栄　印

割印第十一号

明治六年十月　開智学校教員補助ヲ命セラル

明治七年四月　旧筑摩県師範講習所ニ於テ下等小学師範学科卒業証書ヲ受ク

明治七年七月　旧筑摩県ニ於テ五等訓導ニ補シ開智学校在勤ヲ命セラル

明治八年三月　旧筑摩県師範学校ニ於テ管内小学訓導免許ノ第四等証書ヲ受ク

明治八年三月　旧筑摩県ニ於テ四等訓導ニ任セラル在勤故ノ如シ

明治十年五月　長野県師範学校ニ於テ小学師範学科卒業証書ヲ受ク

明治十年八月　長野県ニ於テ四等訓導幷開智学校在勤ヲ命セラル

明治十二年七月　辞職

明治十二年十月　長野県ニ於テ訓導雇第十八番中学校在勤ヲ命セラル

明治十六年十二月　長野県東筑摩郡東筑摩中学校三等助教諭ニ任ス

明治十七年九月　長野県中学校三等助教諭ニ任シ松本支校在勤ヲ命セラル

明治十八年九月　東筑摩郡開智学校四等訓導ニ転任ス
明治十九年四月　東筑摩郡開智学校四等訓導ニ任ス
明治十年十二月　開智学校新築費ノ内へ金拾円寄附セルヲ以テ木盃壱箇下賜セラル
明治十六年十二月　開智学校へ金五拾円寄附セルヲ以テ木盃壱箇下賜セラル
右之通相違無之候也
明治二十年三月

梶原政公は、一八八四（明治十七）年七月に、教育上の功績から試験をうけずに高等師範学科卒業証書を能勢栄から授与されている。篤学の教員であった。一八七九年十月から一八八六年三月まで中学校で教えている（一八七九年十月訓導として第十八番中学校に勤務、一八八三年十二月東筑摩中学校三等助教諭、一八八四年九月長野県中学校三等舒教諭に任じられ松本支校に勤務。一八八五年に三等助教諭で月俸一五円）。

なお乾は、長野県中学校松本支校で、二等教諭兼教場監事の遠藤民次郎（英語・物理・記簿・化学二八時受持）の月俸四五円をべつにすれば、斎藤順（二等助教諭　生理・植物・動物・漢文二八時受持）とともに、助教諭ではもっとも高い月俸二〇円であった。なお、浅井洌（三等助教諭　月俸一五円）は、和文・歴史・漢文・習字二八時を受持ったが、尚江は浅井から万国史を教えてもらえば、当然記憶にのこっているはずである（『長野県教育史　第十巻　史料編四　明治一二年〜明治一九年』史料四六七　七七〇頁）。

これら長野県中学校規則にある教科書ではなく、公立松本中学校・東筑摩中学校からの教科書を長野県中学校の教員も利用できたかどうか、わたしは確証をもてないでいるが、尚江が自分の思想形成に決定的影響をうけた教科書についての記憶に、まったく根拠がないとは、自由民権家との出会いの回想の検証などから、わたしにはおもえない。東筑摩中学校における尚江の英語の成績、長野県中学校松本支校校舎の落成式での尚江の英語演説（後述）から、英語に中学生尚江が優れていたことは、史料から確認できる。

山田貞光氏は、尚江と一緒に松本中学校を卒業した奥村栄喜弥（旧姓百瀬　慶應義塾卒）の教科書類のなかに、「初等中学四年後期用」と書かれた『萬国史　第三』があり、それに「相当詳しくクロムウエルについて書かれている」、「この資料を重視するとして、四年後期というなれば、最高学年（当時は初等中学四年で卒業）の秋頃」、「明治十八年の十月前後のことと推測される」とした（前掲山田貞光「小説『墓場』の研究」二四〇頁）。

一八八五年十月ころに、尚江が奥村と一緒にこの授業をうけたとみると、〝クロムウエルの木下〟の成立が、相馬愛蔵に知られた時期より数か月遅いことになる。したがって、クロムウェルが万国史で取り上げられた事実として、奥村のノートを読んでもよいのではないか、とわたしは考えている。

(3) 〝クロムウエルの木下〟と相馬愛蔵・黒光夫妻

相馬黒光著『穂高高原』に、相馬愛蔵（明治三〈一八七〇〉年十月二十五日生まれ）が寄宿舎生であった松本中学三年生のとき、英語が苦手で落第しそうになる。その英語が動機で木下尚江を識ったとする相馬のエピソードは、よく知られてきた（相馬黒光『穂高高原』相馬愛蔵・黒光著作集刊行会編『相馬愛蔵・黒光著作集1』郷土出版社　一九八〇年。三三頁）。

一八八五（明治十八）年秋と推定できる長野県中学校松本支校全校生徒による山辺温泉への遠足がおこなわれた。そのおり、柿の実が熟れているのをみて、「英語で何というか知っているか」と云いだした生徒がいた。誰も知らなかったとき、「一人際立って老成した上級生が『柿はパーシモンさ』と落着いていふ」ので、愛蔵が感心して友達にきくと、「あれがクロンウェルの木下だ」とのこと。相馬は、このときはじめて尚江を識って、「爾来その偉さを念頭においた」と云っている。奥村栄喜弥が所有していた教科書から、山田氏は木下尚江とクロムウェルとの出会いが一八八五年十月ころかも知れないとしているが、相馬愛蔵が「クロンウエルの木下」を知ったのが一八八五年秋と回想していることと、時期があわない。

前列　左から相馬愛蔵・尚江　後列　左から百瀬興政・石川半山　（松本市歴史の里所蔵）

尚江は、自伝的小説『墓場』（一九〇七〈明治四十〉年の作品）で、長野県中学校松本

支校の職員室で、教員から尚江が〝クロムウェルの木下〟とよばれるようすを、つぎのように書いている（前掲教文館版全集『乞食・墓場』二五六、二五七頁）。山田氏は、これは一八八五（明治十八）年十二月ころのことと推定している。

試験の終った日、僕は用があって教員室へ行くと、年少い教員達が丁度東京から着いた新聞紙を拡げて、其の周囲に集つて、何か盛に言ひ合つて居る。

『何です？』と僕が問くと、アダム、スミスの経済学を講じて自由放任主義を教えて呉れた元気のいい、放蕩な先生が振り向いて『やあ、クロムウエル！君、愈々万歳ぢゃ』と、左も愉快げに笑ふた。其頃僕は二た言目にはクロムウエルを担ぎ出したので、クロムウエルと云ふ異名を取つて居た。

『是れ見給え』と少しく席を譲りながら新聞を指した、内閣制度の改革が愈々発表されたのである。長い歴史の「太政大臣」と云ふ名が抹殺されて、「内閣総理大臣」と云ふものが出来た。公卿が全く政治の舞台から影を没して、長州藩の足軽が国の最上権を握ることになつた。

『君、愉快じや無いか。此の上は早く国会を開かなくちや可かん。民間党の一決で、藩閥内閣なんど、直ぐ更迭さすることが出来るんぢやからな』と経済の先生は眼鏡をガク〳〵させながら笑つた。

『然かし、彼奴等自分で制度を造つて、自分で華族になるなんて、余り不埒だ』と英語の先生が濃い眉を動かしながら言つた。

『なに、君、其様なことは少しも関まはん』と経済の先生が抑えた『彼等は自ら下院に出る権利を棄てゝ仕舞つたのぢや。上院なんどに立て籠つたからとてだめぢや。其様なものは直ぐ是れぢや、「改革(エメンド)か、オア、廃止(エンド)か、」ぢや、』


内閣制度の確立、すなわち太政官制を廃し、内閣総理大臣と各大臣をおき、宮内以外の諸大臣で内閣を組織することが太政官から達せられたのは、一八八五年十二月二十二日であった。したがって、この職員室の会話は、尚江の長野県中学校在学中におこなわれたとするのは、時期的に矛盾しない。しかし、華族制度は版籍奉還の明治二年六月にでき、衆議院・貴族院の構成などをきめた議員法と貴族院令の公布は一八八九（明治二十二）年二月であった。この点では、この職員会での話題のエピソードには尚江の創作した会話がくわわっているとみなくてはならない。ただ、当時在職中の教員が誰かに言及すれば、経済学の若い教員は佐賀県出身の出仕教員小林松次郎であり、英語の教員は大阪府出身二等助教諭であった乾鍬蔵であった可能性がある。

〝クロムウェルの木下〟の存在を後世につたえる役割を担った相馬愛蔵は、英語の成績が不振のこともあり、三年生の終りに長野県中学校松本支校を退学して東京専門学校に入学、一八九〇（明治二十三）年邦語行政科を卒業した。やがて、愛蔵は星良（一八七五〈明治八〉年九月十一日生まれ）と結婚する。

一八九七（明治三十）年三月十九日、東京牛込払方町の日本基督教会で、相馬愛蔵は式を挙げたのち、南安曇郡東穂高村の相馬家で三月二十五日から一週間にわたる披露宴をおこなうため、良を馬に乗せて保福寺峠越えして松本に到着した。そのとき、まず大名町の尚江の弁護士事務所を訪れ、尚江に良を初めて逢わせ、尚江の母くみに「信州に嫁いで来て一人も知人もない私のために里代りとなつてもらふことを」頼んだと、相馬良は回想している。愛蔵は、尚江を深く信頼し、母くみも頼りにしていたのである。

良は、長女俊子が生まれると、仙台の実家に帰ることがむずかしかったので、里代りに頼んだ木下家に里がえりに一日寄せてもらい、「世間の嫁なみにその日だけ据ゑ膳で御馳走になって来ること」があった（相馬黒光著『黙移　後編　穂高高原』女性時代社　一九四四年。一〇頁、三四～三五頁、二五〇頁）。

長野県中学校松本支校の校舎は、尚江在学中の一八八五（明治十八）年九月十九日に落成し、その校舎での開校式は同年十一月二十二、二十三両日におこなわれた。二十二日の式は講堂で、木梨精一郎長野県令・稲垣重為東筑摩郡長・裁判官・警察署長・開智学校長・師範学校長などの来賓二百有余人を迎え、小林有也校長のもとで盛大であった（『松本親睦会々誌』第四号　明治十八年十二月十九日）。式のなかで「生徒の英語演説」があり、英語演説は尚江であったと山田貞光氏は考察している（山田貞光「相馬愛蔵・黒光伝」前掲『相馬愛蔵・黒光著作集5　広瀬川の畔』二五六頁）。

九　尚江がうけた飯田事件被告自由民権家からの衝撃

1　中学生尚江が飯田事件被告と出会った記憶

中学生の尚江が〝クロムウェルの木下〟とよばれるようになったのは、あたかも「国事犯の時代」であった。その被告との出会いに「満身の血が煮え立って頭を衝いて上ぼるのを覚え」る経験をする。それは、一八八四（明治十七）年から一八八五年にかけての出来事で、尚江は『懺悔』の「第六章　自由と血」で、「予の郷国にも一つの小さな国事犯の裁判が開かれ」、「予が毎朝中学へ通ふ時刻と、彼の国事犯の被告人が監獄から裁判所へ送られて来る時刻と同じ」であったことによったと回想している。そのとき出会った自由民権家たちの態度から、尚江が感じ取った衝撃を、つぎのようにのべている（前掲教文館版全集『懺悔・飢渇』六四頁）。

予が書物を抱へ弁当箱を掲げて北の方から裁判所の前を通り過ぎる時、彼の被告人等は一人毎に巡査に護られて、中学の横手を南の方から此方へ向つて来る、そして丁度中学と裁判所との間の、封建時代の遺物なる濠側（ほりばた）に於て行き違ふのだ、竹で編んだ深い笠を被ぶされて居るので、其の面を見ることは出来ないけれど、何れも黒紋付の羽織を着けて、肩で風を切つて颯々（さつさつ）と歩るいて行く容態（さま）は、巡査に護られて行くのでは無く、全く巡査を従へて行くのである、予は常に立ち止まつて、其の裁判所の門を入つて仕舞ふまで見送つて居たが、満身の血が煮え立つて頭を衝て上ぼるのを覚えた、

尚江のいう「国事犯の時代」とは、具体的には松本でおこなわれた政府転覆を構想し、事前に発覚した飯田事件をさす。同事件をめぐる予審裁判の被告の堂々とした態度から、尚江は衝撃をうけたのである。

飯田事件の被告二九人の裁判の予審は、松本で一八八四（明治十七）年十二月四日に着手された。翌八五年九月八日に、長野でひらかれる重罪裁判所に村松愛蔵ほか七人をうつす言渡しが、長野軽罪裁判所松本支所で森憲一予審判事補からおこなわれる。尚江が衝撃をうけたのは、予審が結審するまでのあいだの出来事であった。予審の結果は、有罪八人、免訴一九人、長野軽罪裁判所への送付二人となった。

長野県中学校は、初等中学科四か年八級、高等中学科二か年四級であり（第二章　教授規則　第三条・第四条）、すでにみたとおり、学年は九月一日から翌年七月二十日で、前学期は一学級九月一日〜翌年二月十五日、後学期は一学級二月二十一日〜七月二十日であった（第二章　教授規則　第五条）。したがって、飯田事件予審開始の時期は、尚江は、東筑摩中学校の第三学年前期を七月

に終えていたから、そのまま学年が継続されていたならば、長野県中学校松本支校初等中学科第三学年後期の授業を長野県中学校前学期のさなかで学んでいたときにあたっていたといえよう。飯田事件予審の終了時は、長野県中学校の学科課程では初等中学科第五学年の開始期にあたった。この東筑摩中学校から長野県中学校へのつなぎ目に、どのように尚江が学んだのかついて、わたしは、史料の欠如から明確な把握ができないでいる。

いずれにしても、尚江は一八八六(明治十九)年二月十三日に長野県中学校松本支校を卒業した。卒業時の名簿によると、「長野県中学校松本支校卒業生」の第一回卒業(八五年七月)五人につぐ第二回卒業(八六年二月)の五人の一人が尚江であった。長野県中学校長野本校の第一回卒業生(一八八五年七月)のみが、「初等中学科卒業生」となっていて、松本支校・上田支校などの卒業生には「初等中学科」の記載がない(前掲『九十年史』八五、八六頁)。松本公立中学校・東筑摩中学校・長野県中学校松本支校の三つの中学校で継続的に学び、卒業した尚江たちは、長野県中学校松本支校では同校規則による学科課程そのままでない学期・教科内容を学んだことが予測される。

この時期における尚江が、小学生のときにつぐ二つ目の、今度はクロムウェルに通ずると尚江に感じさせる相貌を帯びた自由民権家と出会い、〝クロムウェルの木下〟が確定する条件を満たすことになる。その実態をあきらかにすることが、ここでの課題である。

これまで信濃国内自由民権研究に取り組んできたわたしは、飯田事件解明との関連に立ち戻って、尚江と同事件被告との出会いの実態にせまりたいとおもう。手塚豊氏の研究「自由党飯田事件の裁判に関する一考察」（手塚豊『手塚豊著作集　第二巻　自由民権裁判の研究（中）』慶應通信一九八二年所収）が、飯田事件の予審をふくむ裁判にかかわる典拠史料をしめしながら、飯田事件発覚の経緯を解明しているので、それをおもに活用させていただき、この書物の主題である木下尚江の考察からはなれるところがあるが、ここで検討しておきたい（すでに上條宏之「地域史のなかの飯田事件」『地域民衆史ノート』銀河書房　一九七七年所収で検討したことがある）。

2　飯田事件はどのように発覚したのか

⑴　飯田警察署による未発の「暴挙の企」の摘発

飯田事件は、「明治十七年（一八八四）十二月、愛知県三河地方の民権家による蜂起計画に長野県飯田地方の愛国正理社社員数人が加わり、発覚した事件」とされている（高島千代「飯田事件」宮地正人・佐藤能丸・櫻井良樹編『明治時代史大辞典』吉川弘文館　二〇一一年）。

政府転覆を計画したことはあきらかにされている飯田事件が発覚した直接的契機は、愛知県三河国渥美郡田原村一四六番地平民で民権家教員の川澄徳次（徳治の表記もあるが徳次に統一）の、下伊那郡内での言動への、愛国正理社関係者による密告によった。

川澄は、七歳から田原藩学成章館で学び、一八七三、七四（明治六、七）年に田原の小学校教員をし、愛知県で師範学科を修めていた教員民権家である。愛知県内民権家と下伊那郡内民権家の交流のもと、下伊那郡にはいった川澄は、一八八三年五月～七月に飯田町小学校教員となって愛国正理社社長桜井平吉と同志的付き合いをする。ついで、八三年後半に和合村（のち旦開村をへて阿南町）の和合学校（一八七三〈明治六〉年創立）の教員をつとめていた。この川澄が、下伊那郡南和田村（のち遠山村から南信濃村をへて飯田市）地域でおこなった同志を誘った言動を、愛国正理社のうごきにスパイを送りこんで警戒していた飯田警察署の知るところとなり発覚した（前掲『地域民衆史ノート』）。

尚江は、飯田事件が「爆裂弾を製造して何か暗殺を企てようとしたのが中途に発覚したのであった」と『懺悔』に書いている（前掲教文館版全集『懺悔・飢渇』六四頁）。これは長いあいだ通説とされてきたが、いまでは誤りであることがあきらかになっている（前掲上條宏之『地域民衆史ノート』）。川澄徳次が、一八八四（明治十七）年十二月十五日が政府転覆をめざす挙兵の日であると説き、十一月二十五日ころ下伊那郡南和田村・遠山村・木沢村などで挙兵参加者を勧誘しているところを、愛国正理社員であった南和田村筆生米山吉松の密告で飯田警察署和田分署に察知される。同月二十九日には飯田警察署にそれがつたえられた。飯田警察署長安原巽は、この報知に巡査三人を出張させ、「暴挙等ノ義ハ万々有之間敷トハ」おもいながら、同年十一月三十日に長野軽罪裁判所松本支庁検事補江木温直に、このうごきをつたえている。それが十二月三日になると、「国事犯陰謀巨魁柳沢平吉・川澄徳次ノ両名逮捕」したこと、「証憑モ稍備リ居リ」と急展開したことが、安原から江木検事補へ報告されている。

柳沢平吉とは愛国正理社社長の桜井平吉（佐久郡東長倉村〈のち軽井沢町〉出身　一八五三年生まれ

一九三〇年死す）のことで、かれは生家の柳沢姓を名乗っていた。

十二月十五日を期した飯田地方における「暴挙の企」とはなにかを川澄徳次に訊問するため、十二月三日午前十一時三十分に、下伊那郡飯田主税町愛国正理社で、巡査山口深省に川澄は拘引された。また、桜井平吉は、長野県内自由民権家のあいだを十一月二十一日から巡回し、とくに松本・長野・佐久の民権家たちの情勢を把握しようと旅をしていた。その桜井が上伊那郡高遠町をへて、十二月三日には飯田への道をいそいでいたところ、伊那村坂下駅で逮捕される。桜井は、飯田を出るとき川澄から手わたされた挙兵の「檄文二通・旗号・隠語書・川澄徳次保証書」を着用の引き廻しカッパの襟に縫い込んでいた。挙兵の檄文・暗号・旗章とは、植木枝盛の執筆した「愛国義党軍令概略」のなかにあった（家永三郎『植木枝盛研究』岩波書店　昭和三十五年。七一六〜七二三頁）。それらは、桜井に高遠町から同行した愛国正理社支社の責任者とされていながら、警察のスパイをしていた稲沢鎌八（上伊那郡東伊那村平民）に、逮捕の危険を察した桜井が咄嗟に托したところ、稲沢から上諏訪警察署高遠分署に差出された。これを証拠に、十二月四日午後四時、川澄は「治罪法第百二十六条」により飯田監倉へ拘留された。飯田警察署巡査川村綱吾によって拘留されたことがわかっている。

飯田事件は、『自由新聞』には、まず一八八四年十二月十一日（第七二九号）に「長野愛知県下の旧自由党員」として、つぎのように部分的な情報を並べたかたちで報ぜられた。

去る四日長野県下埴科郡屋代町の柳澤五郎氏ハ自宅へ巡査出張の上一ト先づ長野警察署へ引致相成り其後同所監獄署へ差回されたり
又た同県下飯田（一説に上田ともいふ）に於て同九日旧自由党員の拘引せられしものあり
又た愛知県下名古屋の旧自由党員に其人ありと知られたる村松愛蔵外六名ハ去る六日の夜を以て拘引せられたり

川澄徳次・桜井平吉の逮捕の報は、桜井の妻光石すず（上飯田村羽場坂の木地椀職人三石松太郎の長女＝正木敬二氏による）の書簡が寧静館宛に十二月十五日に到着し、翌十六日の『自由新聞』（七三三号）に掲載された（句読点は上條）。光石すずは、長野県内では数少ない女性民権家であった。

以書面申上候。先以皆々様御清適大賀、此事に御坐候。陳者、柳澤平吉事、去月廿一日松本表へ出発致し候処、帰途坂下駅に於て何等の事故にや拘引され、去る四日当警察へ護送相成、目今拘留所へ幽閉中。川澄徳次も当三日に本社にて拘引され、翌日入監、目下尋問中に候間、鳥渡御報知申上候。余ハ後便に付て。
萬々

愛国正理社にて

十二月八日　光石すゞ

寧静館御中

川澄徳次のうごきに着目していた飯田警察署長の安原巽の履歴は、つぎのとおりの原文であった（『明治廿年従一月至十二月　判任官以下転免死亡者履歴　知事監房』旧長野県庁文書）。

長野県士族（元上田藩）小県郡上田住

安　原　　巽

旧名　小太郎

嘉永二年正月元日生

明治十四年辛巳　五月七日　長野県　任長野県小県郡書記　十五等官相当月俸拾円支給候事

仝　十五年壬午　五月一日　長野県　任長野県警部補　月給拾五円下賜候事　警察本署詰申付候事　前官ノ賜金ヲ受

仝月十日　仝　警保掛申付候事

七月十七日　仝　兼任長野県監獄書記看守長

仝　日　仝　当分上田警察署詰申付候事

九月十五日　仝　松本警察署詰申付候事

仝　十六年癸未　一月十六日　長野県　任長野県警部　月給弐拾円下賜候事　飯田警察署長

中付候事
仝　十七年甲申　八月一日　仝　免兼官
　　　　　　　　十二月廿五日　長野県　月俸廿五円下賜候事
仝　十八年乙酉　十二月廿六日　月俸三十円下賜候事
仝　十九年丙戌　九月十五日　長野県　叙判任官四等
　　　　　　　　十二月十九日　仝　虎列拉病流行ノ際検疫事務勉励ニ付為其賞金廿円下賜
　　　　　　　　フ
　　　　　　　　仝　日　仝　岩村田警察署長ヲ命ス
仝　二十年丁亥　五月五日　長野県　臼田警察署長兼務ヲ命ス
　　　　　　　　九月十四日　仝　滋賀県へ出向ヲ命ス
　　明治二十年十月四日任滋賀県警部叙判任官四等

一八八三（明治十六）年一月十六日に飯田警察署長となった安原は、民権派に理解のあるポーズをし、ぬかりなく民権派、とくに安原が飯田警察署長に就任した直後の二月八日に結成された愛国正理社の動向に注目していた。一八八四年十一月には、飯田警察署巡査山下清蔵らが、愛国正理社員を名乗る飯田町桜町二丁目借宅に住む川手貝次郎（本名は甲斐次郎）と、柳沢平吉・小塩周次郎・川澄徳次の三人を具体的にしめして「愛国社員暴動企テアル事ノ探偵シ密告スル事」を「契約証」

としてかわした。同月、川手から安原警察署長宛の「密告書」が、愛国正理社幹部小塩周次郎の動向についてだされている（『長野県史　近代史料編　第三巻㈠民権・選挙』一一五、一一六頁）。

安原が民権派に理解があるとする噂が、飯田で流布していたようすは、『自由新聞』第六八七号（一八八四年十月二十二日）の「飯田通信」に、「当地警察署長を勤められし安原巽氏ハ、内藤・曽田両氏の帰京後（注：後述）ハ病気なりとて其郷里なる上田へ帰省せられしが、頃ろ聞く所に拠れバ、同氏は頗る天下の大勢に感慨する所あり、断然と其筋へ辞表を差出され近日自由党に加盟せらる丶の目的なりといへども、真偽の程ハ未だ保証致し難しと云々」（句読点は上條）とあるところに、うかがえる。

一八八二年九月十五日から翌年一月十六日まで松本警察署詰であった安原は、長野軽罪裁判所松本支庁の検事たちとの面識もあって、川澄逮捕以前に検事補江木温直への連絡をおこなったものと推測できる。

安原は、飯田事件検挙の実績から、やがて長野県内民権派の一拠点であった佐久の岩村田・臼田の警察署長に転勤し、一八八七（明治二十）年十月四日に滋賀県警部として転出したことが、履歴書からわかる。

(2) 秩父事件・飯田事件と長野県会における巡査増員案の否定

一八八四（明治十七）年度の長野県会は、県が巡査を現員の四八二人から五五〇人に増員する案をめぐり、松沢求策ほか県会議員による五〇〇人への減員の主張を是として可決した。

松沢は、松方デフレ政策により人民の生活に「到底糊口ニ差支ヲ生ズル」事態が生じており、「此激変ハ人民自ラ為セシニ非ズ、全ク我政府ガ理財ヲ料理シ紙幣ノ低落ヲ恢復セントシ、一大果断ヲ行ハレタルニ職由スル所ナリ、而シテ此挙ヤ我々人民ニ取リテハ幸中ノ不幸ト云フベシ」ととらえていた。この事態のなか、県会議員の役割について、「抑モ一県ノ代議士ト為テ此議場ニ登リ、全管ノ経済ヲ議スルモノハ、上ハ政府ノ政略ト、視下ハ人民ノ休戚ヲ思察セズンバアルベカラズ」と発言している。警察官増員については、「被治者」の立場からは現員四八二人のままでよく、「治者ハ充分ニ其職ヲ尽サントト」すべきで、「被治者ハ我々ノ膏血ヲ以テ支弁スルモノ故、夫レニ対スルノ効用ヲ望ミ浪費ナカラシメン事ヲ欲スル」立場から、巡査増員案を否定した。

県会の巡査増員案否決の決定を、県令はみとめず、五五〇人案の再議を県会に付したが、県会は意見を変えなかった。そこで、県令は内務卿の裁可を得て、長野県政史上はじめての原案執行をおこない、巡査の定員を五五〇人にふやした（前掲上條宏之「一八八四年における長野県会と松沢求策」）。

一八八四年には、秩父事件がおき、ついで飯田事件が摘発された。そこで、長野県は一八八五年度県予算案に巡査をさらに五〇人ふやし六〇〇人に増員する案を提出した。この県案は、まず県会常置委員会にかけられた。常置委員には、東筑摩郡選出の関口友愛（一八八四年六月の県会議員二人満期による選挙で当選　年齢三十一年七か月　所有地価四四八円五二銭）がいて、巡査六〇〇人案を五五〇人にへらす案を対置して常置委員案として県会にまわした。県会は、二二人の賛成で常置委員会案を可決している。

県会での関口友愛の常置委員会における検討結果の説明は、県の巡査増員の理由が、①長野県は地形が広漠で巡査の配置が行き届かないこと、②隣県にくらべ巡査の数がすくないこと、③「時勢ノ窮迫」（主として自由民権激化事件をさす）により、ますます警備を厳しくする必要があることの三点をあげた。常置委員会は、三点に不同意を表明し、関口友愛が具体的にその理由をのべている（「明治十八年三月　警察官増員問題県会審議録」『長野県史　近代史料編　第四巻　軍事・警察・司法』長野県史刊行会　昭和六十三年。五二四〜五二八頁）。

まず①については、巡査の数は土地の広狭できめるものでなく、「県下ノ治安ヲ保維スルニ足ルヲ以テ適度トスベキモノ」であり、「吾々人民ニ於テハ更ニ巡査ノ少数ヲ感ゼザルナリ」、また五〇人の巡査をふやせば「悪漢」を出さない保証があるわけでないと主張した。

②については、県は一府一〇県の巡査数で長野県が八位であることを問題にしたが、「我ハ少数ヲ以テ能ク保安ヲ致ストセバ、当職者ノ最モ栄誉ニシテ、他県ニ対シ大ニ誇揚スルニ足ル者ナレバナリ」とし、秩父事件・飯田事件への県内の対応について、つぎのように論じた。

昨年ノ状況如何ヲ回顧スレバ、夫ノ乱民蜂起シテ群衆ヲ騒擾セシメ（注：秩父事件をさす）、其害延テ本県ニマデ波及セシハ諸君ト共ニ脳裏ニ銘記シテ忘ルル能ハザル所ニシテ、其暴発ノ地

方ハ実ニ巡査ノ最モ多数ナル埼玉県下ニ非ズヤ、而シテ本県飯田事件ノ如キ之ヲ未発ニ鎮制シテ大事ニ至ラシメズ、

是レ固ヨリ当職者其人ヲ得ルト否トニ由ルベシト雖ドモ、抑モ亦巡査ノ多数ヲ以テ恃々トスルニ足ラザルノ例証ニシテ、隣県ニ比較ヲ取ルノ事理ニ当ラザルヲ証スル所以ナリ、

長野県会では激化事件を評価する論調はみられなかったが、激化事件への対処のあり方について、関口たちが冷静な議論をおこなったことがわかる。

こうしたうごきのなかで、木下秀勝巡査がどのような想いで暮らしていたかは、あきらかでない。

3　下伊那郡・飯田町で成立した民衆結社愛国正理社の成立と実像

(1)　下伊那地域の自由民権運動は地域外自由民権家との交流に特色をもつ

下伊那自由民権運動は、地租改正反対運動のリーダーで、『深山自由新聞』の発行に尽力し、一八八一年には自由党員となる森多平（伊那郡上川路村出身　一八四〇年生まれ　一九一八年死す）たちが、まずになった。ついで、地域のそとから飯田に写真業・売薬業で居住し、長野県内外を問わず見られなかった新たな民衆結社愛国正理社を組織し、その社長となった桜井平吉、理論面では肥後国（熊本県）八代郡出身で、東京・水戸などでの自由民権運動に実績があり、『深山自由新聞』

主筆に招かれて飯田に来て愛国正理社総理についた坂田哲太郎（一八五八年生まれ　一八八四年死す）の二人の活動が見逃せない。二人は、元結職人などを愛国正理社に加入させる、民衆的結社の設立と新たな運動を展開させたからである。その運動は、東京の自由党や岐阜・愛知両県内の自由民権運動との交流にも特色をみせていく。とくに岐阜県内との交流には、平田国学門人たちの連携をひとつの歴史的基盤に、新たな展開をみせている（上條宏之『木曽路民衆の維新変革　もうひとつの『夜明け前』』龍鳳書房　二〇二〇年。三六三、三六四頁）。

とくに、木下尚江が中学生の時期にめぐりあった飯田事件被告との出会いは、飯田に関心をもった愛知県田原出身の民権家村松愛蔵・川澄徳次たちと、桜井・坂田たちとの交流なしにはおこり得なかった。それは、飯田事件が未発のまま下伊那自由民権運動をはじめ長野県内自由党系民権家に厳しい試練をあたえる結果をまねいたこととも深くかかわった。

名古屋自由党系と下伊那郡内の愛国正理社との接点には、川澄徳次の存在が大きかった。川澄徳次は、すでにみたように愛知県内では正規の教員をつとめてきた。そのかたわら村松愛蔵らと自由民権結社恒心社をつくり、民権派教員として知られた。この川澄が下伊那郡和合村の教員となったのは、一八八三（明治十六）年後半であった（前掲『地域民衆史ノート』一一五頁）。

下伊那郡和合村の和合学校は、一八八三（明治十六）年度、借家の校舎二一坪、歳費二五七円五九銭九厘で運営され、主座教員の川澄徳次（愛知県内では教員資格をもっていたが、長野県内では正式の教員資格がなかった）のもと、四人の授業生・助手が、在籍生徒男六六人・女三二人に、年間二六〇日の授業をおこなっていた。生徒の日々出席生徒平均数は五人と報告されているから、毎日登校できる生徒はきわめてすくない山村であった。この年度までの卒業生は初等小学を男二人・女三人と報告された（前掲『長野県教育史　別巻一　調査統計』「学校表　第三七表　明治一六年度　小学校（公立）」四九七頁）。和合学校教員川澄徳次は、飯田事件後の新聞報道では、学問もあり、ことに算術にすぐれ、「人望も厚かりし」と報ぜられた（前掲『地域民衆史ノート』一一六頁）。

飯田事件の摘発は、愛国正理社員たちへの川澄徳次の働きかけへの密告ではじまり、あわせて愛国正理社社長桜井平吉が、長野県内自由党員のあいだを訪問し、民権派のうごきの実態を把握しようとした旅とによった。この旅で桜井が訪れた民権家たちは、信陽自由懇親会（一八八三年六月十四日　上田海野町寿楼を会場に結成）に集った人びとであった（上條宏之・緒川直人編『北信自由党史　地域史家足立幸太郎の「自由民権」再考』岩田書院　二〇一三年。四三八〜四四〇頁および「長野県国事犯村松愛蔵等ニ関スル一件書類」前掲『長野県史　近代史料編第三巻（一）民権・選挙』一二五、一二六頁）。

愛国正理社が具体的に武装蜂起をきめ、その実現のために桜井平吉がうごいていたのではなかった。一八八五年十月十九日の飯田事件公判廷における桜井の事実審問で、桜井は飯田事件発覚時の長野県内を旅した目的について、かれがもっとも頼りとした自由党が解党したので、「我ガ長野県ノ如キハ復タ振起スルノ道ヲ杜絶シタルモノト心得タルニヨリ、管内ヲ巡遊シテ同志ノ気脈ヲ通ゼント心懸居タル」と述懐している（上條宏之「愛国正理社考　飯田事件研究序説」家永三郎教授東京教育大学退官記念論集刊行委員会編『近代日本の国家と思想』三省堂　一九七九年。二四九頁）。

(2) 地域外から来た桜井平吉・坂田哲太郎の指導で愛国正理社はできる

飯田事件で存在がクローズ・アップされた愛国正理社は、長野県内にこれまで見ることができず、他の地域の民権結社にもみられなかった元結職人や貧民層を結集した民衆結社であって、政党の性格をもって結成された政治的結社ではなかった（前掲「愛国正理社考」二四二頁）。愛国正理社と社長桜井平吉・総理坂田哲太郎などにかかわる研究結果は、べつに著書として纏めるので、以下に、結社の基本的性格についてしるすこととした。

愛国正理社の設立についての最初の研究は、一九三五（昭和十）年九月三十日、十月一、二日、十一月十三日〜十五日、十二月四日〜六日、一九三六年二月十、十一日、五月十三日〜十五日、七月十四日〜十六日、八月七、八日、八月十日に『信濃毎日新聞』に、二〇回にわたって連載された川狩敦夫（正木敬二氏のペンネーム）稿「伊那谷自由民権運動の発達」であった。愛国正理社を、北佐久郡軽井沢出身の写真師で飯田に移住した自由民権家桜井平吉が「農村の中農以下の貧民小作人階級」を組織するために設立した結社と規定し、その趣意書の要旨を、つぎのように記述している。

一　伊那谷は山が多くて交通不便のため、農村では教育が発達してゐないから、社員には政治、経済、農学、普通学を教へ、将来は農民塾を開設して教育を普及する。

二　農村の零細な金銭貸借が、勧解訴訟となるものが多い。正理社の社員には懇切丁寧に代書の労を採り、法律の不明の点は説明し、一切の訴訟上の事務を無料で取り扱ふ。
三　村から飯田町に出て来た社員には、事務所を無料宿泊所に提供する。

結社式は、一八八三年四月三日（実際は二月八日）、飯田町長姫神社（三霊社）境内でひらかれたとされた。そのさい、社員は義納金と称する一〇銭を入社のさいに納め、つぎの四か条の「規則」を遵守すべきものとされたとした。

一　経済学の研究　人間が社会に処して自体を保全し、生計を維持するためには、経済の学を修めなければならない。
二　農学の研究　日本の国の基は農業であるから、国民は農学を修めることを要する。農学に対する修業があれば、流離して他国へ行っても、直ちに土地を道具として生計を維持することが出来る。
三　政治学の研究　人民に政治の観念がなければ、共同一致、団結の精神が生れない。故に政治思想を養成し、人民の権利自由の精神を学んで、社会公衆の安寧福祉を求めなければならない。
四　普通学の研究　文字の学修、算術、珠算は国民たるものが処世上一通り学ばなければならない。

愛国正理社の結成目的は、学習機関の性格が強調されていた。川狩氏の論考では、氏が聞きとった一九三五年という時期も反映して、「人間」「人民」「国民」などの概念が交錯し、「人民の権利自由」「社会公衆の安寧福祉」などの概念も使われている。この学習機関の性格とともに、愛国正理社は「政治運動施策」に「租税軽減・印紙税廃止を掲げた」とある。

これらの記述は、川狩氏が、元愛国正理社員の中塚安次郎（下伊那郡市田村出身）・勘柄順四郎などからの聞き取りを整理したものであった。文献史料の裏付けは挙げられていない。

中塚安次郎は、一八八三年に二十二歳で愛国正理社の「小使」に就き、来客の応接と裁判所への使いを兼ねたが、一八八四年秋、父と妻の反対で愛国正理社を退いて帰村した人物であったという。中塚からの聞き取りの文章化には、川狩氏の解釈が多分にふくまれているように感じられるが、わたしは、愛国正理社の細則（全二十二条）の存在をあきらかにできたことから、愛国正理社の結社目的、学習機関の性格が、中塚証言の根拠が大筋で事実を反映していることを確認できた。

『信濃毎日新聞』（一八八三年四月十四日、十五日付）に、愛国正理社細則の第六条から第二十二条が掲載されている。四月十三日付に社則と細則第一条から第五条が掲載せれているとおもわれるが、欠号でみることができていない。細則第六条から第二十二条は、つぎのように、まず第六条から第十四条は会員の相互扶助を組織的におこなうことをきめている（句読点は上條）。

第六条　社員ニシテ、旅行中盗難ニ遇フトキハ、其遭難最寄什・伍長及ビ警察署届書、旅店ノ保証ヲ以テ、監督及ビ団長、支社へ救助ヲ乞フベシ。

第七条　社員ニシテ、行旅俄ニ疾病ヲ発セシトキハ、社員ノ宅ヲ求メテ、自己ノ携帯スル印章ヲ証トシ、看護ヲ乞フベシ。

第八条　社員ニシテ、助ヲ乞ハレシモノハ、自己ノ力能ハザルトキハ、之ヲ一伍・一什又ハ隊・団ト計リ、事ノ難易・軽重ニ依テ相当ノ救助ヲ施ス可シ。

但シ、隊・団長モ思慮シ能ハザルトキハ、本・支社へ申告シテ、其指揮ト助力ヲ乞フベシ。

第九条　前条ノ如ク、一旦救ヲ受ケシモノハ、其原籍帰着ノ上、救者ニ相等（相当カ）ノ報ヲ為ス可シ。

第拾条　社員互ヒノ喧嘩口論・公事訴訟ヲ生ゼシトキハ申スニ及バズ、社員ト他人トノ事ニ至ルモ、一旦ハ伍・什・隊・団、或ハ本・支社ト謀リ、其助言・仲裁ヲ受クベシ。

第拾壱条　諸願書・届書並ニ書簡等ハ、本・支社ニ依頼スルトキハ無謝儀ニテ認ムベシ。

第拾弐条　火難ノ節ハ、社員ノ標札アル宅へ専ラ尽力スベシ。

第拾参条　病気其他、非常ノ難ニ遇フモノアルトキハ、之ヲ本・支社へ申出可シ。

愛国正理社は、本社・支社、団・隊・什・伍からなっていた。きわめて組織がととのっていた。

社員は自宅に社員である標札をかかげ、個人では携帯社員証をもっていた。旅行中の盗難・疾病のさいの対応、社員相互はもとより、社員・他人間の喧嘩口論・公事訴訟への対応、火難への対し方がきめられていた。村共同体とはべつの、結社独自の組織的相互扶助がうたわれている。社員は、本社・支社で請願書・届書・書簡などを無謝儀で書いてもらえた。旅行中に救助をうけた場合、原籍帰着後に「救者」に相当の報=礼をすることもさだめている。

この結社による火難・病気のときの社員による相互扶助、喧嘩口論・公事訴訟への愛国正理社の組織を挙げた助言や仲裁は、松方デフレ政策の進行で、村民の階級分解がすすみ、下伊那地域で村共同体の公的機能が解体しはじめたことをしめしている。

細則は、ついで「智識養成ノ事」を、第十五条から第十八条にうたった。べつにさだめた「社則」(川狩氏の聞き取った四か条の「規則」に相当)にもとづき、学課を自主学習する図書室をもうけ、社員が希望する学課の講授の機会を保証しようとした。学課の内容が、川狩敦夫氏が中塚安次郎から聞き取った経済学・農学・政治学・普通学のうち、農学・経済学に修身学がふくまれていたことは、『信濃毎日新聞』(一八八四年十二月十六日)の記事「飯田事件の顛末」に、「愛国正理社を設立する当初の触れ込は、農学経済学修身学等を研究し、又依頼人の需に応じては訴訟の代人をなすことにて、入社するものよりハ壱円以下十銭以上の金額を義納せしめ」とあることから確認できる。また、「国家公衆ノ利益ノ事業」を起こすことも視野にいれていた。

知識養成ノ事

第拾五条　本・支社ハ、社則ニ掲ゲル学課ノ書ヲ具ヘ置キ、勝手次第社員ノ講読ニ任ス可シ。

第拾六条　月次一回毎ニ、本社ヨリ役員ヲ派遣シ、適宜ノ場所ニ於テ、社則ニ具フル学課ノ書ヲ講授ス可シ。

第拾七条　資本充分ニ至ラバ、一隊或ハ一団ニモ書籍ヲ具ヘ、余暇ヲ以テ会読・講議セシム可シ。

第拾八条　社員ハ、国家公衆ノ利益ノ事業アルヲ知ラバ、速ニ本社ニ申告ス可シ。本社ハ、其ノ申告ヲ得レバ速ニ役員ヲ派遣シテ実非ヲ正シ、後更ニ法方ヲ計画シテ着手ス可シ。

つぐ「細則」の第十九条から第二十二条には、愛国正理社役員とその選出方法をさだめていた。

第拾九条　各長ノ任期ハ、伍長以上隊長迄ヲ一歳トシ、監督ヨリ団長迄ヲ二歳トシ、副社長以上ヲ三歳トシ、皆総会ノトキ公撰ニ依テ定ム可シ。

第二拾条　本社役員ハ、社長・副社長ノ意見ニ任ズ可シ。

第廿壱条　此ノ細則ハ、総会ノ意見ニ依テ変換スル事アル可シ。

第廿弐条　本社ニハ総理一名ヲ撰定シ、庶務ヲ総理セシム可シ。

愛国正理社の組織が、本社・支社をもうけたほか、社員を隊・団・一什・一伍と組み立て、本社に任期三年の社長・副社長をおき、任期二年の団長・監督、任期一年の隊長・伍長を、総会で「公撰」でえらぶとしている。一伍に伍長、一什に監督、団に団長、隊に隊長をおいたとおもわれる。任期は、隊長と伍長を一年とし、団長と監督を二年としているのは、任期の長短で組織の重点をどこにおくかをしめしていて興味深い。

庶務を総理する「総理」が本社におかれ、公撰でなく社長の任命だったことは、総理に愛国正理社のもっとも優れた理論家である、熊本八代出身の自由民権家坂田哲太郎が就任していることからも注目される（坂田哲太郎については、上條宏之「愛国正理社総理坂田哲太郎昌言についての再考」『伊那』二〇一七・五月号）。

愛国正理社総理坂田哲太郎
1882年12月飯田容館で写す

従来、愛国正理社は一八八三年四月に結成されたとされてきた。しかし、いまでは二月八日に結社式がおこなわれたことがあきらかとなっている。総理に就く坂田哲太郎は、『深山自由新聞』主筆として飯田に来たが、『深山自由新聞』社主森多平など地主的自由民権運動に違和感をおぼえていった。坂田は、桜井平吉との結びつきをつよめ、一八八二年十二月には『深山自由新聞』との決別をあきらかにした。『信濃毎日新聞』一八八二年十二月二十二日から二十七日付に、坂田は柳沢（桜井）平吉方に身を寄せ、つぎのような広告をのせた（前掲上條宏之「愛国正理社考」二三八頁）。

○広告
拙者儀是迄深山自由新聞社員ニ候所今回退社致候ニ付自今ハ該社ニ対シ全ク関係無之候依テ江湖ニ広告ス

十二月十八日

飯田裁判所前
柳沢方　坂田哲太郎

この時期、『信濃毎日新聞』（一八八三年一月十八日）は、「○自由党組織　下伊那飯田近辺にては、此程有志者が結合して、同地に自由党を組織せんと当時専ら奔走中なるよし」と報じている。これは、愛国正理社設立のうごきを報じたものとおもわれる。

地租改正反対運動から自由党にはいる森多平は、『深山自由新聞』を発行し、公道社を経営していた。森の『日誌録』には、二月九日に「○九日社務▽此日愛国正理社開業ニ付坂田哲太郎惣代ニ而招キニ応ゼリ」とある（正木敬二『東海と伊那　商品流通と政治・文化交流』自家版　一九七八年。一九三頁）。愛国正理社開業に坂田が「惣代」＝総理として柳沢の招きに応じたという意味である。これは、前日である二月八日に愛国正理社が開業式を開催し、社が発足したのに坂田が応じたことの記録である。開業式が二月八日であったことは、『信濃毎日新聞』（一八八三年十二月八日）に愛国正理社が社屋新築を「十七年二月八日の同社紀元」までにおこなうと決定したとする、つぎの記事でわかる。

○愛国正理社　下伊奈郡飯田町に設立の同社ハ、已に社員も五千余に及び倍々盛大を極め事務多忙なるより、此程忘年会をかね一大会議を開き、満場の賛成を得て愈々新築するに決し、来る十七年二月八日の同社紀元までにハ悉皆落成の見込にて、受負人は同下平某にて、目下既に着手せり。其新築掛りは、同社役員及び監督の諸士なるよし。

同地より。

○又右紀元までには、東京より諸名家を聘して一大演説を開会し、其費額は総べて社長柳沢氏の一手に支出さるやに聞き及べり。

社員は、一八八三年二月八日の愛国正理社開業式から十二月までに「五千余」人に及んだとある。同年八月には、森多平の深山自由新聞社のあった公道社（飯田町二番町一二二番地〈伝馬町〉専照寺長屋で発足、のち飯田町内を移転）において、外部から演説者を招いた柳沢平吉や坂田哲太郎の政談演説会に四〇〇余人が聴きにあつまったと、つぎのように報ぜられている（『信濃毎日新聞』一八八三年八月二十三日）。

○学術演説　去る（注：八月）十一日夜より三夜間、下伊那郡飯田町の公道社に於て学術演説会を開設せり。其出張員は、柳沢、坂田、上条、下平、福住の五氏にて、聴衆無慮四百余名ナリト。

八月十一日～十三日の三夜間におこなわれた演説会は、柳沢平吉・坂田哲太郎と飯田町の下平鎮直・福住某、さらに松本の上條螘司（奨匡社員・国会開設請願運動代表から一八八二年十一月二十六日結成の信陽立憲改進党へ入党）を迎えてひらかれた。

さらに寧静館内藤魯一・自由新聞編輯員曽田愛三郎が、八月二十三日午前六時に東京上野停車場から東京に出ていた柳沢平吉と同道して出立し飯田におもむいた。三人は、高崎から鉄道馬車に乗り換え、前年の長野県会で松沢求策たちが議決した七道開鑿事業で竣工なった新道で碓氷峠を越えて追分宿油屋で宿泊。翌二十四日、柳沢は内藤たちを迎えた演説の届出など準備のため、黎明に一人で飯田に向かう。

内藤と曽田は、「調査することあり」と人力車で向かった岩村田で一泊し、自由民権家遠藤政次郎（岩村田平民　十七歳十一か月）・渡辺久太郎（号抜山　小県郡上田町士族　二十一歳七か月）・桃井伊三郎・堀玄貞などと交流、暑い日であったため、鼻顔稲荷の境内で納涼をしたあと、夜は岩村田駅周辺の数十人ほどがひらいた有志懇親会にのぞんだ。遠藤・渡辺による開会の主旨、曽田の旅途上の感想、内藤の時務の談話は、聴衆を感動させた。そののち、吟歌・余興を楽しんでいる。

飯田への道を急ぐ必要があった二人であったが、翌二十五日に「調査すること」であった公判傍聴に半日をさいた。この公判は、遠藤・渡辺が八月十六日午後九時ころ、岩村田町館林亭江森ウタ方で集会しているところを巡邏中の巡査がみつけ、集会条例違反ではないかと、遠藤・渡辺と会場を貸した原清次郎（岩村田町平民　五十一歳三か月）を拘留・告訴した事件で、岩村田治安裁判所でおこなわれた。この裁判は八月三十日に、長野軽罪裁判所上田支部の判事補森川雄八郎から、三人に集会条例違反の宣告をそれぞれくだすこととなる（判決文『自由新聞』六五一号一八八四年九月七日）。その審査中の公判を傍聴した曽田は、「被告の警察官に対する答弁は亮々条理あるを覚え」た、としるしている。傍聴後に岩村田を午後四時に出た二人は前山に至っている。前山駅では、自由党員箕輪豊治などと懇親会を大和屋でひらき、自由党員が経営する楼に宿泊した。八月二十六日、内藤・曽田は御馬寄村で自由党員鈴木一郎・小平蔵吉知・町田勝一郎・藤田豊太郎などとの懇親会に参加、演説・談話をしている。

二十七日は、御馬寄村から和田駅に行き、駅馬で和田峠をのぼったが、途中で徒歩に変え、黄昏どきに上諏訪駅に着き、諏訪湖の風景を楽しみ温泉で疲れを癒している。二十八日は上諏訪駅から飯島駅まですすみ一泊、田切り地形をみる。

八月二十九日午前十一時に内藤と曽田は飯田に着き、花美徳亭で、出迎えにでた柳沢平吉、愛国正理社副社長矢島直重、同社幹部小塩周次郎（飯田町上七二八番地平民商）など重立ち一〇人余と小憩をとっている（以上、曽田病鶴手稿「信中紀行」『自由新聞』六五五号　一八八四年九月十二日、六五七

号　九月十四日、六五八号　九月十六日）。

飯田に内藤魯一・曽田愛一郎を迎えた愛国正理社は、九月二日には永昌寺に聴衆八〇〇人余と堂外門内に蝟集した数知れない民衆を相手に、桜井平吉の開会の辞、酒井・坂田哲太郎・曽田愛三郎・内藤魯一の政談演説会があった。翌三日は愛国正理社員と有志六〇余人で懇親会がひらかれた。会場の「門口には蒼々たる竹を植え、その枝に数十の毬燈を連吊」し、二つの旗に「自由懇親会・自由万歳」と「圧制撲滅」などとしるした。桜井の開会の辞、内藤の答辞のあと坂田・宮島の席上演説、そののち酒興、「紅裙（こうくん）」＝芸者の歌舞があって、最後に内藤と曽田の胴上げをした。曽田の「信中紀行」（『自由新聞』一八八四年九月十六日）に「該社趣意書・規則中に貸座鋪に遊ぶ者ハ退社申付る云々の一款あり、亦以て其気風の軽薄なる都人士に卓越する萬々たる証するに足れり」とある。愛国正理社が、酒興と芸者の踊りをいれて内藤たちと懇親したのは、ぎりぎりのもてなしと考えられる。

桜井たち愛国正理社は、内藤たちの訪問目的であった自由党費徴収にも対応しようとしていた（前掲上條宏之「愛国正理社考」二四五頁）。

この愛国正理社と飯田事件発覚について、平田門人の北原信綱（下伊那郡座光寺村士族　一八四九～一九〇一　一八八四年六月三十日長野県会議員当選）による同時代の評価がある（前掲『長野県史　近代史料編第三巻（二）民権・選挙』一一六頁）。北原は、一八八四年十二月四日の日誌に、「飯田町ニ明治十五年（ママ）以来愛国正理社ナル者アリ、其社長ハ北佐久郡軽井沢産之者ニテ柳沢平吉ト称シ、貧民及愚昧人民ヲ煽動（動カ）シテ得世トカ貧富平均トカノ演舌ヲ以奨励シ、入社スル者数百人有之所」となったと書き、愛国正理社が「得世」「貧富平均」をかかげた結社であったとしるしている。これが、「巨魁」などの策略で日限を期して飯田町諸役所・諸会社・富豪家などを焼き払い、追々在村へおよぼすなどの「陰謀」が発顕し、ついに数人捕縛になり松本裁判所に護送となった、この結社は愛知県に同盟の結社がある、「互ニ発スルノ機ヲ調シ合スルノ策ナラン」、そののち、「国事犯トノ予審廷ノ調ニテ、松本ニ（ママ）於テ十八年高等法院ヲ被開」、有罪者が出て刑せられて長野監獄に投ぜられた、とある。同情する立場ではなかった。

(3) 下伊那郡内における元結職人と維新変革期の騒動・打ちこわし

下伊那郡内・飯田町周辺に元結職人がどのように生まれ、維新変革期から自由民権期にどのようなうごきをしめしていたのであろうか。

飯田元結の製造は、『飯田細釈記』に元禄六（一六九三）年に飯田城下の番匠町にいた商人左兵衛がはじめたとあるという（清水迪夫「東髪流行と飯田元結」下伊那地域史研究会編『下伊那の百年』信毎書籍出版センター　一九八二年。四七頁）。これを発展させたのが、飯田地域の和紙を原料に名古屋元結をつくっていた桜井文七（一六八一～一七五三）で、飯田藩領島田村（のちの飯田市松尾）に住み新技術をつたえたとされ、飯田市箕瀬町長昌寺に墓碑があり、供養塔（一九〇三〈明治三十六〉年）も建てられている（前掲正木敬二『東海と伊那』一二三頁）。元結は、髪を頭のいただきで束（たば）ねたもとどりを結ぶ細い紐で、生産工程は、原料の晒し紙を「紙截ち」、「紙端より」から「元結扱き」をおこなうもので、おおくの人手を必要とした。飯田藩は、安政二(一八五五)年に元結の保護と専売制のために物産会所をもうけ、同年の元結問屋一〇六軒・生産額八〇万両にのぼった元結を統制し、藩財政に活用していった。維新変革をへて、明治四年の断髪令で元結の生産はへったが、一八七四(明治七)年の元結生産をおこなっていた二三府県の生産総額は一四万九一五二円で、うち七万五二一一円(四七パーセント)が筑摩県、すなわち伊那郡・飯田地域で生産されていた(前掲清水迪夫「束髪流行と飯田元結」)。

一八七六(明治九)年における下伊那地域一町三一か村の産業をみると、一町二四か村に、楮から和紙を生産し元結・水引などを製造する産業が存在した(表2)。楮は一八か村で生産され、元結と水引は、楮を周辺村むらから移入した飯田町・上飯田村・鼎村・松尾村・久堅村などで生産されていた。飯田町・上飯田村を中心に元結の生産・流通の局地的市場圏が形成されていたのであった。

下伊那郡内における紙漉業(元結生産ほか)の展開や元結職人の動向をあきらかにした研究に、平沢清人『百姓一揆の展開』(校倉書房 一九七二年)がある。

平沢氏は、「商業資本の発展と文化の紙問屋打こわし」(四一〜四三頁)で、下伊那地域の紙漉業が近世中期までは領主へ年貢を納めるための産業で、その後の商品経済の農村内浸透によって、①百姓が自分自身のためにつくった紙を商人に売るようになった、②原料の楮を売る百姓と楮から紙を漉く百姓にわかれた、③楮の産地遠山・大鹿・西部・阿南と、紙漉業者の集中する下伊那

表2　1876年の下伊那郡町村の楮・元結など生産

町　村	楮	元結紙	中折紙	屑　紙	晒紙など	水　引
大　鹿	8,380貫					
遠　山	13,950貫					
生　田	○		○			
久　堅		2,180貫				
龍　江			116箇	574本	1,500箇	
千　栄		15個	50箇	50箇		
泰　阜	13,800貫		1,000束		厚紙300束	
市　田	8,950貫					
上　郷	4750貫	3,045丸				
鼎		112,500丸			120箇	28,000把
松　尾		47,500丸			1,300箇	
飯　田		612,216丸				17,900杷
伊賀良	4,000貫					
上飯田		127,300丸				96,500杷
信　夫	○					
米　川	○					
睦澤(下條)	310貫					
伍　和	500貫					
富　草	3,000貫					
阿　知	1,500貫					
陽皐(下條)	2,200貫					
大下條	160駄					
神　原	4,800貫					
平　岡	17,230貫					
旦　開	2,050貫					

長野県編『長野県町村誌　南信篇　長野県』(長野県町村誌刊行会　昭和11年) より作成　○印は、数量は不明であるが生産されていたことをしめす

の中心天竜川沿岸の久堅・松尾・竜江・川路とにわかれ、半専業的に一戸で漉く紙の量がおおくなった、④阿島傘や飯田町周辺の元結にかかわる手工業が成立し、原料の紙傘紙・晒し紙など新しい紙が多量に生産されるようになったことを指摘している。そのなかで、⑤紙仲仕が生まれ紙問屋に発展し、

文化年間になると紙漉きに原料・資金を貸す問屋制家内工業が展開し、一揆や打ちこわしの対象になったと指摘している。

明治二年は、信濃国内各地で贋二分金の流布で一揆が多発した。下伊那地域にも贋二分金流布を要因に打ちこわしがおこり、そのおもな担い手は「元結こき」であった。平沢氏は、「幕末から明治維新にかけて前期プロレタリアの主導による騒動打ちこわし」がおこったようすを、のこりすくない史料を駆使し叙述している。

愛国正理社結成時に参加した元結職人たちは、松方デフレ政策下、高利貸や金貸し会社に高利の借金取り立てにあい、愛国正理社員になれば借金返済を有利にすすめてもらえると聞き社員にくわわったと、平沢氏はみている。

飯田治安裁判所における勧解（かんかい）で、借金を返せないため「身代限り」＝破産としてみとめてもらい、借金返済をのがれようとする貧民がおおく出ていた。正木敬二氏は、元結職人のおおかった上飯田村で戸長役場宛の治安裁判所における身代限りをめぐる処置のための照会通達が、一八八四年度全通達三八三のなかに、一一・八パーセントにあたる四五あったと指摘している。治安裁判所が、被告の身代限りが事実であるかどうか戸長役場に問い合せたときの通達である。被告三人に関する進退かぎり調査の照会内容の一例をみると、つぎのような案件であった（前掲『東海と伊那』二八二頁の写真史料による）。

郡乙号外

上飯田村大平耕地
平民　竹腰増太郎
同　麦島　新八
同　麦島辰次郎

右之者共へ飯田町平民竹村辰之進ヨリ係ル貸金催促之詞訟ニ対シ身代限申立ルニ付、所有財産身代限取調之処、飯田治安裁判所ヨリ照会越候ニ付、動・不動産、質入書入之分共差押へ、原告為立会、取調帳簿並人員調正副三通、来ル八日マデニ無相違可差出。

尤、原告人来ル五日被告宅へ出頭之筈ニ候条、此旨相達候事。

追而、本人負債並諸税未納之有無本文仝日マデニ可届出事。

明治十七年四月廿九日

下伊那郡役所

上飯田村戸長役場中

飯田町の貸金業竹村辰之進が、上飯田村の三人に貸した金を返すよう治安裁判所に訴えたところ、被告三人が破産しているので返せないと申し立てた。そこで、治安裁判所は戸長役場に三人が実際に破産しているのか、動産・不動産の実態、家屋や土地が質入(しちいれ)・書入(かきいれ)（抵当にはいっていること）

となっているかどうかを、五月五日に被告人の家に行き原告人立会いのもとに取調べ、『取調帳簿』と『人員調』を正副三通、五月八日までに下伊那郡役所に差出すように、また、被告人たちの負債と諸税未納の有無について、五月八日までに治安裁判所に届け出るようにという通達内容である。

この勧解裁判に力を発揮し、桜井が頼みにしていた坂田哲太郎は、一八八四年七月に肺結核にかかり十月十九日（永昌院の墓碑には「十月二十日没　享年二十六」とある）に病没、愛国正理社の運営に大きなブレーキがかかった。

正木氏は、治安裁判所による勧解裁判の結果が被告人に不利になることがおおかったので、一八八四年九月中旬、坂田哲太郎が指導し、上飯田村羽場坂、箕瀬、愛宕坂に架場（はざば）をもつ元結職人四〇〇人によびかけ、勧解裁判による条件の緩和を歎願する集会を、上飯田村今宮神社の森のなかの丹塗りの御堂でもち、治安裁判所への歎願書を作成し署名するまですすんだが、飯田警察署の巡査に押し込まれ果たされなかったとしるしている。しかし、同年七月に坂田は肺結核で病床にあったことと時期的に矛盾するので、事実としてそのまま採用しがたいところがある（鋤柄順四郎からの聞き取り　前掲正木敬二『東海と伊那』二八四頁）。

もっとも、愛国正理社が、松方デフレ政策以降に顕著となった民衆の生活難の解決に取り組み、元結職人などの社員をふやしたことはあきらかといってよい。

飯田事件が発覚すると、愛国正理社のおおくの社員たちにも警察の手がのびた。一八八四年十二月十八日、飯田警察署が上飯田村戸長役場宛に一五四人の社員名簿をつけ、同月二十日午前九時までに遅滞なく飯田町旧劇場に、弁当二度分・実印・愛国正理社員章を必ず携帯して出頭させるよう取りはからいを指示した（前掲『長野県史　近代史料編第三巻（一）民権・選挙』一四七、一四八頁）。それを受けた上飯田戸長役場が個人宛に連絡できた社員は、羽場九、箕瀬七、愛宕坂八、箕瀬羽場一二、土井七の四三人にとどまった。べつに「所在ノ知レザル者」五二人がいて、合せて九五人の人名簿が判明している。警察の戸長役場宛の人名簿になく、戸長役場から個人宛にだした四人があり、戸長役場が警察署から受け取った人名を、たとえば菅沼森長を菅沼盛長、高田万造を高田伴造とするなど変更した人名がいくつもみられることから、戸長役場も愛国正理社員を独自に把握していたこと、住民台帳と個々に照合したことをしめしている。それでも「所在ノ知レザル者」に載っていない五九人がいた。実在を戸長役場が把握できなかった社員である（村沢武夫「飯田事件前後㈣㈤」『伊那』一九六五年四月号、六月号）。

こうした事実は、愛国正理社員の正確な把握がむずかしくなっていたことをしめし、愛国正理社の崩壊がすすみ、警察や戸長役場では実態を把握できなくなっていたことがわかる。

4　国事犯裁判飯田事件の予審を松本でひらいた政府の意図

川澄徳次が和田村周辺の愛国正理社社員などに挙兵参加を呼びかけていることを、一八八四年十一月二十九日に和田分署よりの報知でつかんだ安原が、川澄逮捕のため巡査三人を出張させ、十二月二日夜には、遠山から南和田村戸長役場筆生米山吉松（元愛国正理社員）を戸長中村新平同伴で招致して、翌三日午前までの事情聴取で、ほぼ名古屋と下伊那との連携による政府転覆計画を把握した。そこで、すでにみたように桜井平吉・川澄徳次を逮捕し、証拠もやや備わった旨の連絡を、松本の江木宛に十二月三日におこなうと、長野県警察本部にただちに連絡され、十二月五日には長野県警部補青木直交を名古屋警察署に派出した。

名古屋警察署は、十二月五日夜に、村松愛蔵と止宿人田中常吉、共犯と目された渥美郡田原村加藤亀次と村松愛蔵の妻竹内スヱを引致した。十二月六日には、名古屋鎮台看護卒中島助四郎、石川兵太郎、江川徳太郎らを引致し、村松愛蔵方と公道館内を捜査し証拠を発見した。これら、未発の飯田事件の関係者と証拠の概要は、十二月七日の名古屋軽罪裁判所検事補青木素から検事近藤巨摩宛につたえられ、ほぼ把握された。

自由民権派が、このうごきを把握し、『自由新聞』（第七三二号　一八八四年十二月十四日）に名古屋からの郵信が十二月十三日についたとして掲載した（句読点は上條）。

拝啓　去る六日突然村松愛蔵（三州田原出生、当時在名古屋）拘引と相成、名古屋警察署に留置、続て同氏妻女も拘引・家宅捜査の上、巡査出張、警衛厳重なり。
七日、吉田道雄・久野幸太郎・岡田利勝・塚原久輪吉等拘引、何れの家宅も捜索し、吉田道雄方に於てハ銃・鎗・刀剣等、其他書類を押収し、塚原久輪吉方にてハ奥宮健之〻の来状一通押収されたり。

又伊藤平四郎方へも同日数名の巡査出張拘引なるべき処、不在なるを以て一時難ハ免れしと雖も、家宅ハ捜索の上鎖鑰し妻女を拘引せられたるを以て、止むを得ず九日自ら出頭せし処、其儘留置せらる。

又巡査数名ハ中島郡一の宮迄出張、旅舎其他の箇所捜索すること厳密なり。該地駐在の遊佐發（三州豊橋の人）ハ一昨九日当名古屋警察署へ厳重の警衛にて送致せらる。

其他、廣瀬重雄（静岡県人）・田中常長等数名（何れも旧自由党員）も追々引致せらる。然れども、新聞社の探訪も出入を厳敷すれバ、其数幾名程か定かならず。此の原因ハ概ね名古屋鎮台の兵卒にして中島某と云ふ者（出生郷里三州田原）、村松愛蔵の朋友と云ひ、且つ同主義にて曾て十三年中国会願望の建言書を大政府に呈し、一時嫌疑を蒙りたる者、近頃脱営し村松方に潜伏し居たると露顕し捕縛になりたり。夫れに就き旧自由党と彼れ相連合して事を為さんかと深く慮り、斯くハ厳密なる所置を為されしとか聞き及べり。又名古屋鎮台に於ても、非常の警戒を為し、兵士の出入も容易ならざる由にて、夫れ故人気も兎角穏かならず云々

このように、飯田・名古屋両警察の対応は早く、被告たちの裁判のあり方の検討にまではいった。被告に三人の軍人がいたため、陸軍治罪法（明治十六年八月四日太政官布告第二四号）の第二十条に「軍人ト軍人ニ非サル者ト共ニ重罪軽罪ヲ犯シタル時ハ軍法会議ニ於テ之ヲ審判ス」ときめられてい

たこととの関連が大きな課題となった。すなわち、八木重治（名古屋鎮台病院二等看護卒）・中島助四郎（名古屋鎮台歩兵第十八連隊第二大隊一等看護卒）・福住大宣（名古屋鎮台病院一等看護卒）のあつかい、軍法会議にかけるべきことをどうするかが、まず課題となり、併せて高等法院による国事裁判か通常裁判かを検討し、通常裁判とする方向が検討された。一八八五年一月十三日、名古屋始審裁判所から司法省検務局長青山貞に、通常裁判に付し陸軍治罪法第二十条によってもよいか、至急の指揮を待つと伺いがおこなわれた。

司法省は、特別措置を太政官に伺い出て、飯田事件の被告を軍法会議へ移管することを極力阻止する方針で検討し、一月二十一日に司法卿山田顕義から太政大臣三條實美に、参事院議案をふまえ、一八八五（明治十八）年二月二十三日の太政官指令で、「軍人ト雖モ今度ニ限リ普通治罪法ニヨリテ審理セシム可キ儀ト可相心得候事」と決定した。さらに、手塚豊氏が、飯田事件の裁判のあり方について、「河野広中一派の福島事件を、高等法院を開いて処断した結果、余りにも世間の注目をひき、被告達が英雄視されてしまったにがい経験」をふまえ、「飯田事件に際し、高等法院の開設を取り止めた」と指摘する方向がきめられた。

福島事件・高田事件を高等法院で審理したことが、被告たちを「志士」として天下に宣伝することとなり、この再現を危惧した司法省は、下級の判事によって国事犯厳罰主義の方針をより確実に貫くことに方針を変えたと、手塚氏はみた。一八八二（明治十五）年に治罪法により、国事犯事件は高等法院をひらいて審理することとしてきたが、一八八三年十二月二十八日の太政官布告第四九号で、治罪法の一部改正をおこない、通常裁判所においても国事犯事件の審理を可能にすることに代えたのであった。一八八五年二月二十三日の太政官指令は、軍人がなかにいても飯田事件は通常裁判によること、併せて秩父事件も被告に軍人がいても普通治罪法によることを達した。これは、手塚氏によって「前後に類例をみない異例の措置」と考察・指摘された（前掲手塚豊「自由党飯田事件の裁判に関する一考察」二四頁）。

飯田事件の審判を名古屋軽罪裁判所でおこなう名古屋がわのうごきもあり、事件の管轄をめぐる名古屋と長野の両始審裁判所の意見対立があったが、予審を長野始審裁判所松本支庁でおこなうことは、太政官指令で一八八五（明治十八）年三月二十四日の参事院議案によって確定した。これは、すでに、飯田事件被告の予審は、八四（明治十七）年十二月四日に着手済みであり、同管内の飯田警察署が最初に事件を摘発したことを理由としたが、手塚氏は、ここでも大都市名古屋より小都市松本が、国事犯事件をなるべく世間の目にふれさせたくないとした政府の方針にそったものとみた（「同前」三四頁）。

すでにふれたように、このような政治的配慮のもとにえらばれた松本で、一八八五年七月末に予審が終結し、七月三十一日長野始審裁判所検事石川重玄から山田顕義司法卿への村松愛蔵など二九人の予審審理済みの報告があり、八月十三日に見込のとおりの処分がみとめられた。九月八日には森憲一予審判事補から村松愛蔵ほか七人を重罪裁判所にうつす言渡しがあった。有罪八人のほかに、免訴一九人、べつに長野軽罪裁判所へ送付する二人の決定があった。予審の結果はつぎのとおりであった。

有期流刑：村松愛蔵　八木重治　川澄徳次　広瀬重雄
軽禁獄：桜井平吉
軽禁錮：江川甚太郎　中島助四郎　伊藤平四郎
免訴：小塩周次郎　三浦猪之太郎　遠山八郎　米山房太郎　宮沢隣三郎　福住大宣　遊佐発
　鈴木滋　大平紀鋼　翠川鉄三　水品平右衛門　柳沢五郎　渡辺久太郎　竜野周一郎
　早川権弥　遠藤政次郎　田村伊三郎　中村好造　石塚重平
長野軽罪裁判所へ送付：太田膳太郎　白井伊蔵

長野県内の自由民権家で重罪裁判所に送られたのは、愛国正理社社長桜井平吉だけであった。「証憑不十分」で免訴となったうち、福住大宣（愛知県西加茂郡御立村）、遊佐発（同県渥美郡豊橋八丁、当時中島郡一宮村寄留士族）、鈴木滋（同県渥美郡田原村出身、当時名古屋で医師開業）以外は、すべて愛国正理社関係（米山は未成年）および長野県内の自由党系の主要民権家であった。小塩・三浦・遠山・米山・宮沢が愛国正理社関係者である。柳沢五郎（埴科郡屋代町）、竜野周一郎（小県郡古安曽村）、早川権弥（南佐久郡前山村）、遠藤政治郎（北佐久郡岩村田町）、田村伊三郎（同郡志賀村　桃井姓を名乗る）、石塚重平（北佐久郡小諸町）は、一八八二年から八四年に自由党に加盟し、さきにみた八三年六月には長野県内自由党系民権家を集結させようと信陽自由懇親会をつくっていた面めんである。水品平右衛門（長野町）、渡辺久太郎・中村好造（いずれも岩村田町）も、長野県内で知られた自由党系民権家で、懇親会に名を連ねていた。大平紀鋼（東京府武蔵国下谷区御徒町二丁目十六番地士族　安政二年九月二十二日生まれ　代言人）と翠川鉄三（長野県小県郡和田村　万延元年一月生まれ　代言人）は、いずれも松本北深志町に居住していた民権派弁護士である。

このときの一斉捜査で、二五〇〇人（一時は五〇〇〇人と報ぜられた）といわれた、元結職人などもふくむ広範な民衆を組織した愛国正理社は崩壊し、いっぽう長野県内の自由党系民権家は、逮捕され、みてきた予審裁判で大打撃をうけた。

正木敬二氏は、こうした事実から、飯田事件が「名古屋公道館の少数民権家が企図した国事犯であって民衆運動ではなかった」こと、川澄徳次（安政六〈一八五九〉年三月七日生まれ　一九一一〈明治四十四〉年五月二十六日病死す）の不注意な行動で愛国正理社が崩壊したことをきびしく批判した（前掲正木敬二『東海と伊那』三四六頁）。

飯田事件発覚をもたらした川澄徳次は、予審の結果を松本監獄支署で、一八八五（明治十八）年九月十日午前十時に在監人として「予審終結言渡書」一通の送致をうけた。長野軽罪裁判所松本支庁書記丸山一郎から看守稲垣初秀をとおしてうけたという。同年九月廿五日午前一時には、川澄は在監のまま「公訴状」一通の送達を、長野重罪裁判所書記木村正雄から看守川澄為庸をへてうけている。

手塚氏の研究などは、重罪裁判も松本でおこなわれたとしたが誤りで、上水内郡長野町にあった長野重罪裁判所でおこなわれ、その裁判には、法廷外での被告支援の「信濃有志大懇親会」、民権演説会などがひらかれた（前掲『地域民衆史ノート』一三一～一三二頁）。

長野重罪裁判所については、裁判所と長野県のあいだのやりとりがあって、開庁した。一八八五（明治十八）年二月に長野県令木梨精一郎から長野重罪裁判所第一期の開庁についての告示・回答があった（前掲『長野県史　近代史料編　第四巻　軍事　警察　司法』七九九頁）。

告示案

戊第三拾八号

本年第壱期長野重罪裁判所ヲ本月十日ヨリ長野始審裁判所ニ於テ開庁候旨、該所ヨリ通知有之候条、此旨告示候事

明治十八年二月十三日　　長野県令　木梨精一郎

回答案

本年第壱期長野重罪裁判所ヲ本年十月ヨリ開庁ノ義、重第五号ヲ以御通知之趣了承、則当管内へ告示方取計候条、此旨及御回答候也

明治十八年二月十四日　　長野県令　木梨精一郎

長野重罪裁判所

裁判長判事　戸原楨国殿

飯田事件の重罪裁判は、一八八五年十月十日に開始され、十月二十七日には、戸原楨国裁判長（長野始審裁判所長　明治十六年一月十八日就任　明治十九年九月十日離任）から判決言渡しとなった。その間、一二〇人ほどの傍聴人が許され、飯山の自由民権家栗岩愿二、飯田から来た桜井平吉の妻光石すずなどが傍聴した。弁護人には、全体に宮下一清、村松に小島相陽、八木に矢島浦太郎、川澄に稲川次郎次、桜井に小木曽庄吉、江川に鎮目弘毅、中島に嶺顕がついた。宮下・小島・矢島・鎮目・嶺は長野町の代言人であり、小木曽庄吉（一八八〇年代言人免許取得）は松本出身で、分県運動反対で松本におれなくなった木下尚江が、一八九二年に身を寄せ、尚江自身が弁護士試験に合格するときサポートする弁護士となる。

中学生の木下尚江が感動をうけた国事犯の民権家が誰であったかは、もちろん不明である。それぞれが、尚江に感動をあたえる姿勢をみせたとも考えられる。

被告のなかで、長野の重罪裁判で一八八五年十月十六日の法廷における村松愛蔵の陳述には、戸原楨国裁判長（長野始審裁判所所長）が涙したと報ぜられ、とりわけ村松愛蔵（安政四年三月二日＝一八五七年三月二十七日生まれ）の態度が立派だったと、のちにまでつたえられている。村松の自筆履歴によれば、幼時に田原藩校で学んだのちに豊橋の穂積氏の塾に学び、明治五年東京に出てロシア人ニコライの門にはいり、間もなく外務省所属の外国語学校に学んだ。さらに文部省所管の外国語学校に学び、在学中文部省で『日露辞典』の編纂にたずさわり、そののちロシア語を独学した。これが、村松のロシア虚無党への関心に展開した。一八八〇年の自由党結成にくわわり、愛国公党・立憲自由党などにもはいった。八一、八二年には名古屋で『愛岐日報』の新聞記者として、八一年九月三十日に論説「日本国憲要論」を載せるなどした（柴田良保『自由民権村松愛蔵とその予告』白い家　一九八四年）。

飯田事件の最終判決は、つぎのようであった。六人ともに二十歳代と若く、愛知県がわ五人、長野県がわ一人であった。

村松　愛蔵	軽禁獄七年	愛知県渥美郡田原村	士族	年齢二十八年八ケ月
八木　重治	軽禁獄六年	愛知県渥美郡田原村	士族	同　二十二年二ケ月
川澄　徳次	軽禁獄六年	愛知県渥美郡田原村	士族	同　二十六年八ケ月
桜井　平吉	軽禁錮三年六月	長野県下伊那郡飯田町	平民	同　二十三年八ケ月
江川甚太郎	軽禁錮一年六月 監視一年	愛知県碧海郡高棚村	平民	年齢二十三年二ケ月
中島助四郎	軽禁錮一年 監視一年	愛知県渥美郡磯辺村	平民	同　二十二年十ケ月

伊藤平四郎と広瀬重雄については、検事が公訴を放棄した。
手塚豊氏は、この判決の結果は「政府の期待を大きくうらぎるもの」であり、「明治裁判史上、下級裁判所が取扱ったほとんど唯一の国事犯事件において、身分保証なき裁判官が示した毅然たる態度」は「賞賛の辞を惜しむべきではなかろう」と、高く評価している（前掲手塚論文四八頁）。権力がわの政治的思惑を加味した裁判判決でなかったのである。

ややくわしく飯田事件、とくに松本でこの国事犯被告の予審が何故ひらかれたのかについてみてきた。なお、飯田事件の歴史的評価は、発覚時における川澄徳次の言動からの正木敬二氏の評価で尽きるものではないと、わたしは考えている。べつに纏めた著書を用意している。

みてきたように、飯田事件の国事犯裁判は、太政大臣三條實美、司法卿山田顕義（尚江に不快な想いをさせた一八八〇年の松本巡幸で開智学校をおとずれ、松本平民権運動の抑圧をおこなった政府高官の一人）らが、国事犯被告の英雄視を怖れ、国事犯裁判を松本・長野でおこなわせた。このことが、政府の予期に反して、〝クロムウェルの木下尚江〟に大きな刺激をあたえ、近代日本における国家的近代のあり方に、根本的な異議を唱える稀有の思想家に、尚江を成長させる契機を創ったのであった。これは、三條たちの大きな誤算であったといえよう。

なお、飯田事件被告と出会ったときの尚江が学んだ中学校校舎のあった師範学校と道をへだてた松本城二の丸に、長野始審裁判所松本支庁・長野監獄松本監獄支署があった。当時の長野監獄松本監獄支署は、一八八三（明治十六）年に北の堀を埋め立てて建築した。男監を拘置する建物であった（前掲『長野県史　近代史料編　第四巻　軍事・警察・司法』）。この建物配置もまた、尚江と国事犯被告を出会わせる条件となった。

十　木下尚江の明治維新・自由民権運動の歴史的評価

尚江は、維新変革の最中の明治二年に生まれた。すでにみたように、かれは、基本的には生を享けた維新変革期を高く評価していたことはあきらかといってよい。

少年時代の尚江は、父秀勝は同居することがすくなかったこともあり、おもに外祖父平岡脩蔵や母から歴史的知見を、はじめにうけたことをしるしている。

開智学校で学んだ尚江は、文明開化期の学校教育における地球規模の世界を知り「科学教育」に強い影響をうけ、教員も参画した自由民権期の政談演説会における自由・民権の主張に感動をおぼえている。それは、幕藩体制・封建政治への批判とかさなっていく。

『懺悔』のなかで、開智学校の教室でそれぞれの先祖の系図くらべが流行したとき、尚江は木下家の先祖が大坂落城のおりの浪人であったことを知り、木下藤吉郎秀吉と「浅からぬ因縁のあった」と解釈し、それを喜んでいる。周辺の松本藩士族たちに「動もすれば幕府時代を追慕する現代呪詛の空気が瀰漫して居」り、その明治維新への見方によい感情をもてないでいた。そのため、木下家が木下藤吉郎秀吉とかかわりがあると知って、尚江少年は「豊臣家の仇敵徳川将軍を打ち亡ぼしたることに雀躍せる復讐心の満足」をおぼえ、また、父秀勝が「廃藩置県の後旧主の厚意を謝して遂に東京から帰って来給ふたることを忝なく思つた」という（教文館版全集『懺悔・飢渇』五一、五二頁）。父秀勝が、廃藩置県でその職を解かれた藩知事戸田光則が、東京永住の身となって松本を去ったときに、戸田氏に従って東京へ出たが、間もなく戸田の好意を謝して帰郷したことを、尚江は封建的主従関係から解放されたと評価したのであった。

『神・人間・自由』では、隣り町に住む雄弁な民権家「加藤といふ先輩」から書物を借り、福沢諭吉『学問のすすめ』で「天は人の上に人を造らず、人の下に人を造らず」に「言語に尽くせぬ素晴らしいもの」を感得し、『維新奏議集』で徳川慶喜の「軍職を辞するの表」を読んで「封建制度が廃されて明治の新政治になった分界」を知ったとある（前掲『神・人間・自由』三二六、三二七頁）。

尚江が、みずから文章を書いて発表するのは、東京専門学校生徒になったからである。教文館版全集前掲『論説・感想集1』にみるように、『松本親睦会雑誌　一四巻』（一八八七年六月十七日）に発表した「婦女ノ生涯　家父ハ畏懼的ノ者ニアラズ　子タルニ於テ男女ノ別ナシ」が最初期の文章で、家父を地震・雷光・火災とならぶ社会の恐るべきものとみるのは「封建時代ノ産出」であると、法律を学んだ成果をしめした家族論となっている（一一頁）。

木下尚江の明治維新論が総括的に展開されるのは、日清戦後の一八九九（明治三十二）年六月に『毎日新聞』に書いた「伊藤侯の憲法論を読み聊か所懐を述ぶ」（前掲『木下尚江全集　第一二巻』一三六～一四三頁）であることは、おおくの研究者が指摘してきた（前掲後神俊文『木下尚江考』二一一頁）。

尚江は、まず明治維新の一段階を、「民主々義こそ人生本来の面目、日本歴聖の理想、明治新政の主眼」であったとみた（「我同胞に警告す」『八面鋒』二号）。維新変革は、(1)武門の欲望（関ヶ原敗北の復讐）、(2)朝廷への政権の回復（公卿縉紳の思想）、(3)自由思想の世界的大勢という三種の思潮が織りなせるものとみたが、とくに(3)に力点を置いて評価していた。「日本の憲法政治」は、「明治維新の劈頭に於て、既に基礎の第一石を据へたる者」で、「明治元年より十年に至るまでを、王政復古の時代と認め」るが、「明治十年より廿二年に至る迄を、憲法政治に至る準備の時代」—自由民権運動展開期とかさなる時代—と位置づけ、「明治の変革は王政復古に非ずして、実は驚くべき王政の革進」であったと評価した（前掲『木下尚江全集　第一二巻』一三七、一三八頁）。

こうした明治維新評価は、幼年時から〝クロムウェルの木下〟とよばれるまでの尚江の体験・学習で得たものに、東京専門学校生徒として学んだ学識がくわえられ、かれが学問的裏付けを明治維新評価にしたものと考えられる。

そののち、普通選挙実現運動に取り組むのは、自由民権運動敗北を見届け、明治政府による憲法体制への批判、宗教と帝室とのかかわりを生んだ天皇制への批判とむすびつくこととなる。その解明が、わたしのつぎのテーマである。

おわりに

木下尚江は、一九三七（昭和十二）年十一月五日に六十九歳で逝去した。一九三六年一月十七日に生まれたわたしは、木下尚江と一年一〇か月ほどを同時代としていたことになる。尚江は、わたしにとって、かすかな同時代人であった。

この木下尚江が、わたしとおなじ松本の地に生まれたのは、明治二年九月八日（西暦一八六九年十月十二日）であり、きわめて変化のおおい生涯を送っている。わたしは現在、この木下尚江の歴史的存在を、維新変革期から自由民権期の激動のただなかで生を享けて思想形成の糧を得、日本近代の重要諸課題を核心においてとらえる、優れた歴史意識をもちつづけて生き抜いた稀有な存在であったと評価している。

十歳でアジア太平洋戦争敗戦を経験したわたしは、日本における民主主義的伝統の有無の探索から歴史研究に取り組みはじめた。大学の卒業論文では、尚江の少年時代の回想に欠かせない自由民権結社の信州松本奨匡社研究に取り組んだ。そのとき少年尚江が体験した自由民権運動の記憶を尚江の著作で知ったことが、ひとつの導きとなった（上條宏之『わたしの半生』自家版　二〇一八年）。にもかかわらず、維新変革期から自由民権期の民衆史研究に忙しく、これまで尚江研究に正面から取り組んだことがなかった。しかし、いま尚江研究に取り組む必要性を痛感している。ふたつの理由からである。

第一の理由。「松本市立博物館分館松本市歴史の里」に復元された「木下尚江生家」で、生誕一五〇周年記念企画展「『木下尚江』という生き方」が二〇一九（令和元）年七月二十七日から九月十六日に開催された。この企画展のさなかに講演を依頼されたわたしは、二〇一九年九月十五日、「木下尚江と二つの松本時代　生い立ち・学習の少年期と青年期の社会活動」と題する私見をのべた。参加者は二四人とすくなかった。でも、熱心な聴講者から鋭い質問をいくつもうけ、要望もきき、有意義な時間をもつことができた。なかには、韓国人の尚江研究者で、二〇一三年に『天皇制国家と女性　日本キリスト教史における木下尚江』（教文館　二〇一三年）を上梓された鄭玹汀（チョン・ヒョンジョン）さんが神奈川県内から参加されていた。当日および翌十六日の尚江をめぐる史跡巡見（参加者八人）で、鄭さんと意見交換ができ、学問的刺戟をうけた。

しかし、松本市歴史の里で開催された木下尚江生誕一四〇年記念特別展「木下尚江は終らない　民主主義と非暴力を伝えて」（冊子、清水靖久監修『木下尚江生誕一四〇記念特別展　木下尚江は終わらない　民主主義と非暴力を伝えて　松本市歴史の里』の作成にわたしも協力した）のときの雰囲気を知るわたしは、この一〇年間に、人びとの尚江への関心が低下してしまったことを痛感させられた。これは、「木下尚江という生き方」のもつ現代的意義に照らして看過できない事態だと、わたしにはおもえた。

第二の理由。鄭玹汀さんが指摘する尚江研究史上の問題点を、わたしも共有せざるを得ないことによった。一九九〇年から二〇〇三年にかけて教文館から『木下尚江全集』全二〇巻が編纂・出版され、木下研究のための史料上の基礎が整備された。しかし、「全集完結後かなりの年月が経っているにもかかわらず、本格的な論考がいっこうに現れてこないことは、木下の思想への一般の関心が近年低下していることを示しているのではあるまいか」と鄭さんは指摘している（鄭玹汀『天皇制国家と女性　日本キリスト教史における木下尚江』教文館　二〇一三年　二一頁）。

かつて、松本では有賀義人・千原勝美・山田貞光三氏を中心に、木下尚江研究会が創られた。全国各地で最先端の木下尚江研究をしていた方がたの参加を得て研究を推進し、尚江にかかわる史料の発掘と紹介、顕彰活動や生家の保存などにも取り組んだ。一九六一（昭和三十六）年から六七年に『木下尚江研究』（創刊号～第一〇号）を発刊している。一九七五（昭和五十）年十一月には、木下尚江顕彰会が結成され、尚江顕彰碑の設置（一九七八年）、尚江生家の歴史の里への移築保存（一九八三年）におおくの賛同者を得たのであった（木下尚江顕彰会編『木下尚江顕彰碑建立記念誌』一九七八年）。松本市内・長野県内を超えて、全国の尚江研究にたずさわる人びとや尚江に深い関心をもつ人びとが、層として存在していたのであった。

わたしは一九六三（昭和三十八）年、一〇年ぶりに郷里松本市に帰り、尚江がかつて学んだ松本中学校の後身でわたしの母校でもある松本深志高校の教諭になり、木下尚江研究会会員となった。『木下尚江研究』（一九六三　一一　第七号）の編集後記に「六号の会員名簿以降に、新たに郷土の先輩務台理作、自由民権研究の上条宏之、信大の宮坂正治、東北大の佐々木靖章、木曽福島の安藤茂良の五氏が入会され、計四一名となった。講（ママ）読者は既に百名をこえるものがあり力強い限りである」とある。

「木下尚江という生き方」への、近年の人びとの関心の低下は、有賀・千原・山田三氏が物故者となってしまったあとの地元の研究者による尚江研究の継承の弱さ、尚江と同時代をわたしより長く生き、戦後の尚江再評価にかかわった方がたが、これまたこの世を去られ、尚江を知る人がすくなくなったことと関連することはあきらかといってよいだろう。これは、松本にいて日本近代史を研究しているひとりとして、わたしも木下尚江研究を引きつぎ発展させるべきだと反省したことが、この著書を優先させて書くことにした第二の理由となる。

この理由にはまた、前掲教文館版『木下尚江全集』において、従来の研究を集大成して付されれた、アジア太平洋戦争敗戦後に木下尚江研究に真摯に取り組んだ人びとによる解説を読んで、尚江の生涯における基礎的事実が必ずしもあきらかになっていないことに気づかされたことがくわわり、この書物を書きあげる動機となった。

松本中学校在学中に、〝クロムウェルの木下〟とよばれる存在となった尚江の少年期と、その思想形成にかかわる事実認定と歴史的評価―具体的には、通説でしめされてきた開智学校、公立松本中学校・東筑摩中学校・長野県中学校松本支校における尚江の言動への解明に基本的な空白のあることを確認できたため、わたしは、この書でその空白部分や事実の誤謬について私見をのべ、くわえて、尚江が自伝『懺悔』などで語っている自由民権家との出会い、飯田事件にかかわる「国事犯」からの刺激についても、基礎的考察をおこない、明確な事実認定をおこなうこととした。

この書では、考察の拠り所となる史料を、できるかぎり丁寧に集めて紹介することとした。松本城管理事務所所蔵の戸田家史料、旗本諏訪氏知行所百瀬陣屋にかかわる近藤家文書は、同事務所専門研究員であった青木教司・後藤芳孝両氏の研究と青木氏からの丁寧なたびかさなるご教示によって解読することができた。開智学校の尚江関係史料は、国宝旧開智学校の学芸員遠藤正教氏のご尽力で確認できた。これらのご教示とご尽力を得られなかったらこの書を書きあげることができなかったので、心より感謝するものである。

この書を上梓するにあたってわたしが考慮したことを、つぎに書いておきたい。木下尚江研究の最初にわたしが取り組んだこの著書は、これまでの諸研究の成果に学びながら、関連史料群によって、〝クロムウェルの木下〟とよばれるに至った少年尚江を取り巻く時間の経過はできるだけこまかく、空間はできるだけ広く考察することにつとめた。

先行研究を参照・考察するにあたっては、あきらかになっている尚江の思想的成長を可能とした時間的経緯をできるだけ細部をはぶかずに確認した。また、疑問点をあきらかにするためには、拠り所とした諸史料の突き合せが先行研究でなされていないところが気になり、同時期の史料を相互に突き合せて比較・考察することにつとめた。その実証過程の叙述は、この作品を読みにくいものにしているに違いないが、新たな考察結果をもたらすことができたと自覚している。

この著書では、木下家の先祖、とりわけ従来研究のなかった尚江の母くみの出た平岡家と外祖父平岡脩蔵の維新変革期のうごきなどをあきらかにするように、まず努めた。祖母ちょう、父秀勝など尚江の生い立ちに影響をあたえた家族および周辺住民との関係は先行研究ですでにあきらかにされてきたが、不明になっていた木下家・平岡家の先祖については、もっぱら新たにみることのできた史料の解読で叙述した。

この書を書きあげたうえでの第一の感想は、主題とした尚江少年と開智小学校・松本中学校時代における尚江の教員や自由民権家との歴史的出会いが、小学校・中学校の両教育制度が、国家的近代化が初期における試行錯誤のなかにあったこと、むしろそのことが、尚江にみずからの主体性を創りだしながら、権力がわの試行錯誤をも自己形成の場に代え成長する糧を得たことをあきらかにできたようにおもう点である。尚江の回想と歴史的諸事実との照合が充分でないことからくる疑問はまだおおいが、その解明には史料発掘が欠かせないとおもう。

尚江が小学校・中学校の多感な時代に出会った人びとは、維新変革期、文明開化期から自由民権期への移行過程にあって、これまでの東洋的世界で得た知見に、あらたな西洋的世界から得た近代思想を相互にぶつけあいながら自己のものとし、多面的に組み合せている。それを欠かすことのできない時代状況を積極的に活かし、国家的近代とは異なる、もうひとつの民衆的近代を創出するのに苦闘していたのである。

民衆的近代の創出に苦闘していたかれらが、国家権力の近代化路線と緊張関係にあったことが、多感な尚江に急速な成長をもたらせる糧を提供できたと、わたしはこの著作を書きあげるプロセスで感得できたようにおもう。

最後に、この著書の公刊を担当してくれた龍鳳書房の酒井春人氏に深謝し、つぎの尚江研究――「普通選挙獲得運動と尚江」を主題とする著書の執筆――にわたしが踏み出す契機にできればと考えている。

上條宏之

上條宏之（かみじょう・ひろゆき）

1936 年生まれ。
信州大学名誉教授　長野県短期大学名誉教授
現在、信濃民権研究所を個人で運営し執筆活動中、窪田空穂記念館運営委員会委員長

最新著書
民衆史再耕シリーズ
『木曽路民衆の維新変革　もうひとつの『夜明け前』』龍鳳書房　2020 年
『『富岡日記』の誕生　富岡製糸場と松代工女たち』龍鳳書房　2021 年

民衆史再耕
〝クロムウェルの木下尚江〟の誕生
祖先・家族・開智学校・松本中学校

二〇二二年七月二十八日　第一刷発行

著　者　上條宏之
発行者　酒井春人
発行所　有限会社龍鳳書房
〒388-8007
長野市篠ノ井布施高田九六〇-一
電話〇二六（二四七）八二八八
印刷
製本　信毎書籍印刷株式会社

ISBN978-4-947697-75-2
C0021